O COMANDANTE IANQUE

MICHAEL SALLAH & MITCH WEISS

O COMANDANTE IANQUE

Tradutora
Cristina Cavalcanti

1ª edição

EDITORA RECORD
RIO DE JANEIRO • SÃO PAULO
2017

CIP-BRASIL. CATALOGAÇÃO NA PUBLICAÇÃO
SINDICATO NACIONAL DOS EDITORES DE LIVROS, RJ

Sallah, Michael

S161c   O comandante ianque: a história de coragem e luta de um americano
para libertar Cuba / Michael Sallah, Mitch Weiss; tradução
Cristina Cavalcanti. – 1ª ed. – Rio de Janeiro: Record, 2017.
il.

Tradução de: The yankee comandante: the untold story of courage,
passion, and one American's fight to liberate Cuba
Inclui bibliografia e índice
lista de personagens; notas sobre as fontes
ISBN: 978-85-0108-959-5

1. Morgan, Willian Alexander, 1928-1961. 2. Castro, Fidel, 1926-
2016 – Amigos e companheiros. 3. Políticos – América Latina – Biografia.
4. Revolucionários – América Latina – Biografia. 5. América Latina –
Política e governo – Século XX. 6. Cuba – História. 7. Cuba – Política e
governo. 8. Cuba – História – Revolução, 1959. I. Weiss, Mitch.
II. Cavalcanti, Cristina. III. Título.

CDD: 972.91064

16-38331   CDU: 94(729.1)'1959/...'

Copyright © Michael Sallah and Mitch Weiss, 2015

Título original em inglês: The yankee comandante

Todos os direitos reservados. Proibida a reprodução, armazenamento ou transmissão de
partes deste livro, através de quaisquer meios, sem prévia autorização por escrito.

Texto revisado segundo o novo Acordo Ortográfico da Língua Portuguesa.

Direitos exclusivos de publicação em língua portuguesa para o Brasil
adquiridos pela
EDITORA RECORD LTDA.
Rua Argentina, 171 – 20921-380 – Rio de Janeiro, RJ – Tel.: (21) 2585-2000,
que se reserva a propriedade literária desta tradução.

Impresso no Brasil

ISBN 978-85-0108-959-5

Seja um leitor preferencial Record.
Cadastre-se em www.record.com.br
e receba informações sobre nossos
lançamentos e nossas promoções.

Atendimento e venda direta ao leitor:
mdireto@record.com.br ou (21) 2585-2002.

A nossas esposas e filhos

Deus pode salvar a todos, mas o resgate humano é para poucos.

Saul Bellow

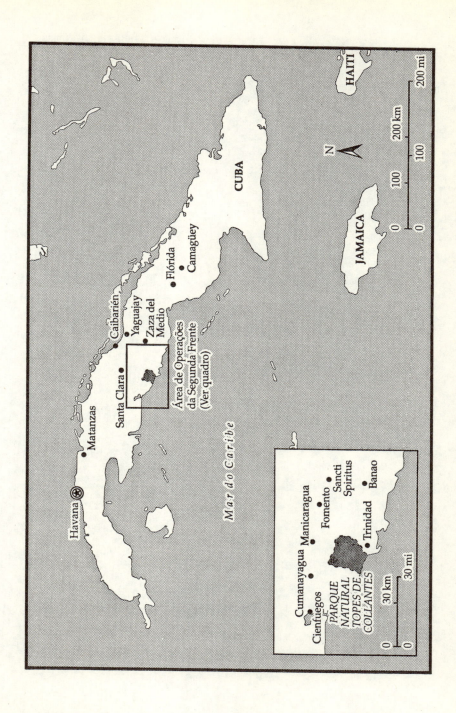

LISTA DE PERSONAGENS

Segunda Frente Nacional do Escambray (SFNE)

Edmundo Amado Consuegra: combatente rebelde que serviu como guarda-costas de Morgan depois da Revolução.

Lázaro Artola Ordaz: comandante que treinou Morgan quando este chegou às montanhas.

Regino Camacho Santos: capitão e instrutor que durante o conflito fabricou com Morgan uma arma caseira que ficou conhecida como "Winchester Cubana".

Anastasio Cárdenas Ávila: comandante morto na batalha de Trinidad, em 1958.

Jesús Carreras Zayas: comandante que se opôs a "Che" Guevara quando este tentou subjugar a Segunda Frente. Carreras foi executado com Morgan em 1961.

Antonio Chao Flores: jovem rebelde conhecido como "americanito", que conheceu Morgan em Miami e o ajudou a chegar a Cuba para se juntar à Segunda Frente nas montanhas.

Armando Fleites Díaz: comandante e médico que defendeu Morgan depois da Revolução, quando Fidel Castro tentou expulsar William Morgan das forças pós-revolucionárias.

Eloy Gutiérrez Menoyo: comandante e principal criador da Segunda Frente. Tornou-se grande amigo e mentor de Morgan.

Rafael Huguet del Valle: piloto escolhido por Morgan para transportar armas para as novas forças rebeldes que se levantaram contra Castro.

Ramiro Lorenzo Vega: rebelde que quebrou a perna e foi carregado por Morgan em um trecho acidentado quando fugiam dos soldados de Batista. Mais tarde, Morgan escreveu sobre a bravura de Lorenzo em carta publicada no *New York Times*.

William "Billy" Morgan: figura proeminente da Revolução Cubana e o único americano a alcançar o posto de comandante, o mais alto no comando das forças rebeldes. Conhecido como "americano" e "comandante ianque", posteriormente organizou um movimento contra o novo governo revolucionário, quando Fidel Castro começou a tecer laços com a União Soviética.

Domingo Ortega Gómez: capitão cuja equipe rebelde interceptou soldados inimigos nos últimos dias da luta e impediu que escapassem.

Pedro Ossorio Franco: antigo membro da unidade de inteligência de Castro enviado para espionar Morgan, mas que terminou por se unir a ele e jurar lealdade à Segunda Frente. Mais tarde também foi acusado de tentar derrubar o governo e condenado a trinta anos de prisão.

Roger Redondo González: capitão e oficial da inteligência que em 1960 alertou Morgan de que assessores militares soviéticos estavam por chegar a Cuba.

Olga Rodríguez Farinas: líder estudantil e opositora notória, forçada a fugir para as montanhas centrais durante a Revolução. Segunda esposa de Morgan, esteve presa por onze anos, liderou greves de fome e passou um longo período na solitária. Ao ser libertada, em 1981, mudou-se para Toledo, em Ohio, cidade natal de Morgan, onde fez campanha para restaurar a cidadania do marido e trazer os seus restos mortais para os Estados Unidos.

Roger Rodríguez: combatente rebelde e médico que acompanhou Morgan às montanhas para lutar na Segunda Frente.

Movimento 26 de Julho

Fidel Castro Ruz: carismático organizador da Revolução Cubana que liderou a luta a partir de sua base nas montanhas de Sierra Maestra, em 1958. Conhecido como o "Líder Máximo", Castro foi primeiro-ministro e presidente até ser afastado do cargo por motivos de saúde, em 2008. Antiamericano virulento, ficou incomodado com a popularidade crescente de Morgan entre o povo cubano e tentou expulsá-lo das forças pós-revolucionárias.

Raúl Castro Ruz: irmão mais novo de Fidel, tornou-se uma das figuras mais importantes na liderança cubana. Comunista declarado desde os primórdios da Revolução, opôs-se ferozmente ao reconhecimento da Segunda Frente e tentou desbaratá-la. É presidente de Cuba desde 2008.

Ernesto "Che" Guevara de la Serna: médico argentino e marxista ferrenho que se uniu aos irmãos Castro para ajudar a liderar a Revolução. Durante a luta, antes da campanha final que derrubou Batista do poder, tentou, sem sucesso, subjugar a Segunda Frente. Posteriormente se opôs à postura democrática dos seus líderes e tentou rebaixá-los de seus cargos militares.

Outros rebeldes

Faure Chomón Mediavilla: destacado rebelde estudantil e apoiador da Segunda Frente que rompeu com a unidade ante a decisão de lutar nas montanhas em vez de levar o combate até Havana. Depois da Revolução, Castro o nomeou embaixador na União Soviética.

Alvos da Revolução

Fulgêncio Batista y Zaldívar: líder cubano que assumiu o controle do governo em dois golpes militares distintos, o primeiro em 1933 e o segundo em 1952. Líder populista nos primeiros tempos, mais tarde criou vínculos com empresários e mafiosos americanos que lhe renderam milhões em subornos, ao mesmo tempo que esmagava a oposição mediante torturas e detenções. Fugiu do país em 1º de janeiro de 1959, quando os rebeldes tomaram Santa Clara e as montanhas do Escambray. Morreu no exílio na Espanha, em 1973.

Manuel Benítez: chefe corrupto da polícia nacional cubana no governo de Batista, fugiu para Miami e mais tarde se tornou importante informante do FBI.

Antonio Regueira: tenente do exército de Batista cujo longo e acirrado tiroteio com Morgan na batalha do Charco Azul ressaltou a tenacidade de ambos os lados nos primeiros anos da revolução.

Ángel Sánchez Mosquera: coronel obstinado do exército cubano que participou de diversas batalhas contra os rebeldes em Sierra Maestra antes de ser enviado às montanhas do Escambray para deter a incursão rebelde.

Francisco Tabernilla Dolz: general e chefe do exército cubano no governo de Batista cujas forças desmoralizadas lutaram contra os rebeldes, levando-o a declarar que a guerra estava perdida muito antes da rendição final.

A Conspiração Trujillista

Augusto Ferrando: cônsul dominicano em Miami e receptador de Rafael Trujillo, que colaborou com o ditador no planejamento do complô para derrubar o governo de Castro com a ajuda de Morgan.

Rafael Trujillo Molina: ditador da República Dominicana por vários anos que, em 1959, planejou derrubar o governo de Castro com a assistência de Morgan. Trujillo ofereceu uma recompensa de US$ 100 mil pela cabeça de Morgan ao descobrir que o americano era agente duplo de Castro.

Ricardo Velazco Ordóñez: padre espanhol e agente secreto de Trujillo que participou do planejamento da conspiração contra Castro e convenceu o ditador de que o plano seria bem-sucedido.

Americanos

Dominick Bartone: figura do crime organizado de Cleveland que forneceu armas e um avião a Trujillo como parte do complô para derrubar Castro.

Ellen Mae "Terri" Bethel: primeira esposa de Morgan, que ele conheceu quando trabalhava em um circo da Flórida, na década de 1950. Ela pediu o divórcio em 1958, três meses depois de Morgan partir para Cuba. Eles tiveram dois filhos: Anna e William Jr.

Philip Bonsal: diplomata americano de carreira e último embaixador dos Estados Unidos em Cuba, que passava informações ao FBI sobre as atividades de Morgan em Cuba.

Frank Emmick: agente da CIA natural de Ohio que ajudou a financiar o empreendimento de Morgan de criação de peixes e rãs em Cuba para venda a restaurantes americanos.

J. Edgar Hoover: diretor do FBI obcecado com a ascensão de Fidel Castro e com a ajuda de Morgan para mantê-lo no poder.

Alexander Morgan: pai de William Morgan, sofreu com a decisão do filho de lutar na Revolução Cubana.

Loretta Morgan: mãe de William Morgan, tentou impedir a execução do filho, e, mais tarde, restaurar sua cidadania americana e repatriar seus restos mortais para um novo enterro nos EUA.

Frank Nelson: agente da CIA e da máfia, o primeiro a oferecer US$1 milhão a Morgan para que assassinasse Castro.

Leman Stafford Jr.: agente veterano do FBI encarregado de seguir os movimentos de Morgan entre Miami e Havana em 1959 e 1960.

Introdução

A ESCURIDÃO ENVOLVIA LA CABAÑA, A ANTIGA PRISÃO FORTIFI-
cada junto à Baía de Havana. A maioria dos detentos recebera ordem
de ir para suas camas, e a maior parte das sentenças de morte havia
sido executada sem grandes problemas. Porém, os oficiais no comando
ordenaram aos guardas que permanecessem alertas. O pelotão de fuzilamento se reuniu diante do muro esburacado e manchado de sangue.
Ninguém na área de capela — a sala de espera de Deus — veria a luz
da manhã.

Com os braços fortes unidos pelas algemas, William Alexander
Morgan avançou pelo longo corredor escuro e passou diante das celas onde os muitos detentos se apertavam agachados sobre a própria
imundície. Ao seu lado, o padre se apressava para acompanhar o passo
do pequeno grupo. Eles passaram pela capela onde Morgan tinha se
ajoelhado na escuridão da noite anterior para rezar. Na guarita, homens
uniformizados se reuniram para ver o prisioneiro e o padre. Os guardas
garantiriam que Morgan não presenciasse a aurora. Abriram o portão.
A escolta o esperava para levá-lo.

O corredor de pedras se estreitava entre a capela e o centro da prisão
e depois se abria para o pátio interno e o céu escuro. Ao passarem pela
guarita seguinte, Morgan e o padre foram seguidos por outros guardas
que os vigiavam. Poucas vezes um prisioneiro tinha chamado tanta

atenção na prisão de Fidel Castro, onde mais de 597 homens tinham sido confinados antes de morrerem desde o fim da revolução, dois anos antes. Mas poucas vezes a prisão recebera alguém como Morgan. Até os guardas recuaram quando passou aquele prisioneiro musculoso de quase 2 metros de altura, alheio aos que o rodeavam.

Era o *comandante ianque.*

Dois anos antes, ele havia sido herói da revolução. Conquistara a simpatia de milhões de cubanos depois de ajudar a libertá-los de um ditador violento. Desde que Theodore Roosevelt tinha atacado a colina de San Juan, nenhum americano arrebatara a imaginação do país daquele modo. Ele tinha ido a Cuba pela aventura, mas terminou liderando um grupo diversificado de rebeldes em uma série de vitórias impressionantes que forçaram o ditador militar Fulgêncio Batista y Zaldívar a deixar o poder.

A imagem de Morgan — barba espessa, louro, forte — ao lado de Castro e Che Guevara, ícones de uma revolução saudada em todo o mundo, se espalhou por revistas e jornais.

Garotos trocavam figurinhas dele, mulheres pediam autógrafos, produtores de cinema o procuravam e escritores queriam contar a história da sua vida. Nos Estados Unidos, virou quase uma celebridade. Mas William Morgan era mais do que isso.

Ninguém — nem os guardas, nem o padre, nem os prisioneiros que se apinhavam ao seu lado no dormitório quente conhecido como Galeria 13 — sabia o que estava em jogo detrás daqueles muros de prisão do século XVIII. Castro fazia alianças com a União Soviética, e os Estados Unidos estavam a ponto de executar uma invasão secreta para tirá-lo do poder. O planejamento fora concluído, e o ataque ocorreria em poucas semanas. Enquanto forças apoiadas pelos EUA desembarcassem na costa sul, Morgan e outros liderariam uma insurreição nas montanhas centrais.

Morgan já armazenara centenas de fuzis, granadas de mão e metralhadoras em lugares seguros. Pouco depois, ele as distribuiria a um pequeno exército de rebeldes que havia meses se escondia nas montanhas. Durante este tempo, ele os treinara: abdominais, saltos, prática de pontaria. O plano era arriscado — e perigoso para alguns planejadores — mas, com Morgan e outros líderes rebeldes nas montanhas do Escambray para lutar contra as forças de Castro, podia funcionar. Se fosse bem-sucedido, ele eliminaria o risco de uma nação comunista a cerca de apenas 150 quilômetros da costa americana.

A Casa Branca de Kennedy vinha monitorando o julgamento de Morgan. E também J. Edgar Hoover, cujos agentes do FBI acompanhavam os movimentos do americano em La Cabaña. A CIA enviara agentes a Havana para informarem sobre a situação.

No final do corredor, a porta bateu atrás dele e do padre. Se as forças rebeldes pudessem aparecer, se Tony Chao e os outros conseguissem chegar a tempo a La Cabaña...

Ao longe brilhavam as luzes de Havana, uma cidade em perigo.

Olga Morgan se inclinou, pegou as duas filhinhas e as apertou contra o peito. Aquilo ia ser difícil. Podia levar dias — semanas, até — para vê-las novamente. Mas precisava ir.

Fitou Loretta e Olguita por um instante e depois passou pela fonte e sob os arcos da embaixada em direção ao carro. O motorista tinha aberto a mala. Sem hesitar, ela subiu uma perna, depois a outra, e se acomodou no compartimento do carro. Como combinado, deitou-se de lado em posição fetal e assentiu com a cabeça. O porta-malas foi fechado com um baque.

Escuridão.

Ela ouviu a porta do motorista se fechando. O motor arrancou. *Prisa, por favor.*

Pressa.

O mensageiro acabara de deixar a embaixada e dissera-lhe que ela precisava ir embora. Morgan ia escapar. Ela precisava chegar ao refúgio em Camagüey, onde ele a encontraria. Não havia muito tempo. Se tudo ocorresse como planejado, seu marido estaria livre e a caminho das montanhas. O embaixador brasileiro a alertara para não deixar a embaixada. A polícia secreta de Castro, o G2, podia prendê-la, espancá--la ou algo pior.

Mas Morgan sempre aparecia para salvá-la. E o faria novamente. Ninguém poderia separá-los.

Ela queria que ele largasse a revolução para que pudessem criar as duas filhas em paz, mesmo que isso significasse mudar-se para os Estados Unidos. Mas isso ele não fez.

— Não posso abandonar meus rapazes — disse, referindo-se aos homens que serviram ao seu lado na revolução. Milhares de rebeldes estavam no Escambray, prontos para outro levante, desta vez mais violento que o anterior.

O coração dela se acelerou quando o carro avançou pelas ruas, dobrou esquinas e a sacudiu de um lado ao outro.

Da última vez em que eles se viram, na sala de espera da prisão, ela tinha pegado na mão dele.

— Eu te amo — dissera ele.

Se continuasse viva por mais 80 quilômetros, ela o veria novamente. Já havia antes conseguido reunir forças, e o faria outra vez.

1

José Paula limpava o balcão do seu restaurante no centro de Miami quando viu um estranho com alguns fios grisalhos no cabelo se esgueirar pela porta e entrar. Paula conhecia quase todos os seus clientes regulares, mas nunca tinha visto aquele sujeito.

Amarrotado e com a barba por fazer, Morgan pediu um café, andou sem pressa até uma mesa quadrada coberta com toalha branca e se jogou na cadeira. Não era uma hora boa.

Em poucos minutos, o interior do restaurante quente e sufocante estaria repleto de gente puxando cadeiras e se apertando no espaço, entoando uma palavra que poucos americanos tinham ouvido: *revolución*. O restaurante, um centro de recrutamento para a causa rebelde, logo se encheria dos chamados *barbudos*, com uniformes de combate manchados e suados, dispostos a convencer jovens cubanos a regressarem ao país para a luta.

Alguns homens portariam armas; outros andariam pelas ruas coletando montes de dinheiro. Paula precisava que alguém tirasse o americano dali. Havia agentes do FBI por toda Miami, à procura de sinais de atividades subversivas.

Com a nação insular a apenas 150 quilômetros da costa dos Estados Unidos, nenhum país tinha mais coisas em jogo. A segurança nacional estava em risco. E a de todo o hemisfério.

Apenas dias antes, agentes da alfândega de Miami haviam flagrado dois homens com um carregamento de armas — quinhentos fuzis e 50 mil cartuchos de munição — destinado a Cuba. Caminhões estacionavam à noite junto às marinas e carregavam as embarcações com caixotes repletos de armas antigas.

Miami tinha se tornado dois lugares: a imagem resplandecente de cartão-postal com hotéis da moda, praias debruadas de palmeiras e navios de cruzeiro, e palco étnico de uma revolução a ponto de explodir. Dois mundos em rota de colisão.

Dirigindo-se a dois jovens sentados diante do balcão, Paula pediu que fizessem algo para se livrar do ianque. Segundo ele, o cara que segurava a xícara de café e fumava um cigarro podia ser espião dos EUA.

Edmundo Amado Consuegra, adolescente de 16 anos, magro e de olhos fundos, foi até Morgan, meneou a cabeça e se sentou. Depois de certa estranheza, começou a fazer perguntas em um inglês ruim, mas Morgan limitou-se a ignorá-lo.

Um amigo de Amado foi até a mesa e se sentou. Tony Chao Flores, também de 16 anos e irritadiço, foi mais direto. Examinou Morgan de alto a baixo e perguntou:

— O que você está fazendo aqui?

Morgan o encarou, varreu o salão com o olhar, e percebeu que todos os clientes o observavam. Em outra época, teria dito ao garoto que não era da conta dele. Se isso resultasse em briga, que assim fosse.

Mas ele tinha penado para chegar lá, e àquela altura não queria ir embora. Não daria a mínima para o que alguém dissesse. Alguns dias antes, deixara a casa da família, em Ohio. Foi um dia depois do Natal de 1957, e sua mãe, de 62 anos, havia-lhe rogado para não largar mulher e filhos.

Ele tinha passado diante das luzes que ainda cintilavam na árvore de Natal e dos papéis de embrulho espalhados pelo chão. Caminhara diante do pai, que lia na biblioteca, e dos dois filhos, Annie e Billy, deitados na cama. Não conseguira explicar à mulher, Terri, por que estava partindo. Isto teria provocado uma briga diante de todos.

Já era bastante difícil viver na casa dos pais com a mulher e os filhos. Mas ele não conseguia revelar por que ia embora. Em seu quarto, no andar de cima, guardara a última carta de rejeição do exército, que deixava claro que ele não seria reincorporado.

Dez anos antes, Morgan fora expulso desonrosamente e condenado à prisão por se ausentar sem permissão. Havia dez anos que ele fora levado para Milan, uma prisão desolada nos campos de milhos congelados do sudeste de Michigan. Havia dez anos que deixara a cadeia, sem emprego e sem perspectivas de um futuro.

Ele tinha tentado voltar para o exército, mesmo enquanto trancafiado, mas a primeira tentativa fora rejeitada. Depois, recebeu uma segunda carta, em março de 1957, dizendo que, a menos que tivesse havido um grosseiro na corte marcial, ele estava fora. *Diabos, será que ninguém entende?*, reclamava.

A única que sempre o entendeu era sua mãe, Loretta. Quando todos o esqueceram na prisão, ela ficou do lado do filho, mesmo quando a cadeia tinha deixado todos enlouquecidos no lar da família Morgan, principalmente o pai dele, Alexander.

Engenheiro brilhante e republicano fervoroso, que instalou a família confortavelmente em casa com telhado de duas águas no elegante bairro de Old West End, em Toledo, Alexander Morgan nunca entendeu por que a esposa desculpava tantas coisas do filho. Naquela vizinhança, que incluía algumas das famílias mais ricas dos Estados Unidos — inventores da vela de ignição, da balança comercial e do jipe —, William "Billy" Morgan era um verdadeiro desastre.

No ensino fundamental foi expulso de duas escolas e fugiu de casa duas vezes depois de se meter em encrencas. "Ele gostava de puxar briga", contou sua única irmã, Carroll. Mais tarde, foi detido pela polícia por sequestrar um homem e seu carro para dar um passeio, depois de amordaçá-lo e amarrá-lo no banco traseiro.

Talvez a causa fossem as marcas azuis nas suas têmporas, provocadas pelo fórceps que o médico apertou demais quando ele nascera no hospital de Cleveland, em 1928. Ele era como dispositivo de ignição pronto para explodir.

Passava horas na sua brincadeira favorita — soldado, com armas de mentira e facas de verdade. Uma vez a mãe o impediu de saltar do telhado da casa com um paraquedas improvisado amarrado às costas.

Então, não foi nenhuma surpresa quando, pouco depois de fazer 18 anos, ele ligou para ela do Arizona com a notícia: alistara-se no exército. Por um lado, foi o desejo de aventura, por outro, iria assumir responsabilidades muito maiores do que estava preparado para enfrentar.

Loretta esperava que ele ligasse ao chegar ao acampamento militar na Califórnia, mas ele se saiu com outra surpresa: tinha se casado. A caminho do acampamento, conheceu no trem uma moça de 21 anos e passou as 24 horas seguintes cortejando-a. Quando o trem parou em Reno, eles pegaram um táxi durante a noite, despertaram um juiz de paz e passaram os dois dias seguintes em um quarto de motel. "Foi uma coisa tão romântica", recordou-se Darlene Edgerton, que estava noiva de outro homem. "Nós não paramos para pensar nas consequências de longo prazo." Ao chegarem à Califórnia, ele foi enviado ao Japão e ela ficou para trás. Quando ele se estabeleceu na nova vida militar, o casamento acabou.

Loretta não ficara contente com a união, mas estava mais preocupada com a adaptação do filho ao novo regime militar. "Eu esperava problemas", lembrou-se. Meses depois, seus temores se concretizaram ao receber um telefonema da Companhia B do 35º Regimento de Infantaria: Bill tinha se ausentado sem licença, e escapara de um modo dramático — subjugou um guarda, roubou a sua .45, forçou-o a tirar as roupas e saiu pela portão disfarçado com elas.

Mais tarde, ele declarou à corte militar que havia tentado ajudar uma namorada que conhecera pouco depois de voltar do Japão. Ela tinha ímpetos suicidas, explicou. Mas o juiz não levou aquilo em conta.

O COMANDANTE IANQUE

Morgan foi condenado a cinco anos, primeiro em Camp Cooke, na Califórnia, e depois na prisão federal de Milan, em Michigan. Incapaz de se adaptar, foi classificado como encrenqueiro. "Ele é irresponsável, impulsivo e inconfiável", dizia o relatório disciplinar. "Não merece liberdade condicional."

Mais tarde, Morgan contou a psicólogos do exército que seus problemas não tinham nada a ver com questões de infância, e sim com um profundo sentimento de tédio. "Eu estava sempre insatisfeito com a mesmice das coisas", explicou.

Ao ser solto, dois anos depois, Edgerton tinha conseguido anular o casamento, e Morgan voltou para a casa dos pais. Ele agia como alguém durão, mas, no íntimo, a expulsão desonrosa — uma mancha na patriótica década de 1950 — marcou-o profundamente. Ninguém melhor do que a mãe conhecia a sua dor. Ela o via sair de casa todos os dias em busca de trabalho e reparava na expressão do seu rosto quando voltava. Seu histórico de prisão o perseguia.

Ele passou dias vagando pelas ruas. A mãe rogou ao monsenhor que lhe desse um emprego de servente na catedral de Nossa Senhora Rainha do Sagrado Rosário, mas semanas depois ele largou a vassoura e saiu de farra, bebeu com os amigos da rua e violou a condicional.

Então resolveu ir embora de Toledo e tentar a vida na Flórida, onde passou algum tempo no circo. Tornou-se engolidor de fogo, devorando chamas diante de audiências inquietas em espetáculos circenses no extremo sul do país.

Lá, foi apresentado a Ellen May Bethel, conhecida como Terri, morena baixinha que era encantadora de serpentes — número favorito do bagunceiro público. Casaram-se em Miami, em 1954, e um ano depois nasceu Anne Marie.

Em busca de emprego mais estável, Morgan e sua família se instalaram no centro de Miami, onde ele conseguiu trabalho como segurança e recepcionista na Zissen's Bowery, boate de comédia. Ele se vestia de

25

palhaço e recebia os clientes na calçada, eventualmente apartando desentendimentos no bar.

Logo os fregueses descobriram que o novo porteiro era bom de briga. Charlie Zissen trabalhava por trás do balcão certa noite quando entraram três bêbados exigindo que os servissem. Quando o dono se recusou, um deles puxou uma faca e estava a ponto de enfiá-la nas costas do velho. De repente, do nada, Morgan deu um salto, jogou o homem no chão e tomou-lhe a faca. Os três fugiram. "Não sei como ele fez aquilo", recordou Zissen. "Ele salvou minha vida."

O Bowery era o ponto da Miami clandestina: jogadores e traficantes de armas. E Morgan logo conheceu muitos deles. Certa noite, uma figura sombria entrou no bar e lhe propôs um trato: ajudá-lo a transportar armas às ilhas Upper Keys e ganhar algum dinheiro. Quando apareceu no lugar marcado com as armas, Morgan se deparou com jovens cubanos em um barco.

Foi seu primeiro contato com a rede de homens ligados ao incipiente movimento revolucionário que crescia em seu país. Navegando em pequenas embarcações, eles aportavam na costa, escondiam as armas sob as lonas e dentro de barris de petróleo e desapareciam na noite. Seu destino: os acampamentos de rebeldes nas montanhas de Cuba.

Um dos rebeldes era Roger Rodríguez, jovem estudante de medicina que havia deixado sua vida em suspenso. Farto da pobreza no seu país — as pessoas nas montanhas sofriam de desnutrição e lepra —, Rodríguez aliara-se ao movimento que se espalhava pela ilha. Os rebeldes precisavam de dinheiro e de armas para lutar contra os soldados do ditador cubano Fulgêncio Batista y Zaldívar.

Sentado, Morgan ouviu em silêncio o jovem residente descrever o desespero no seu país. Alguns traficantes de armas chegariam às montanhas, outros seriam detidos e nunca mais voltariam a ser vistos. Mas isto não os impedia.

Morgan não conseguia apagar a imagem dos jovens nos barcos oscilantes, atracados na costa sob a luz da lua. À medida que passava cada vez mais tempo no Bowery, seu casamento começava a se desfazer. Ele e Terri brigavam todas as noites. Havia outro bebê a caminho.

O casal decidiu que seria melhor fazer as malas e se mudar para Ohio, a fim de tentar salvar o pouco que restava. Porém, mais uma vez, Morgan enfrentou dificuldades para arranjar emprego. Começou a se arriscar sozinho nos bares à beira-rio, onde os jogadores de Toledo circulavam.

Depois de uma noite de bebedeira, ao acordar, ele descobriu que quase tinha matado um homem a pancadas. Jurou nunca mais beber, mas sua reputação de durão estava se espalhando. Mais tarde, ele chamou a atenção de Leonard "Chalky Red" Yaranowski e de Anthony "Whitey" Besase, chefões da máfia local.

À época, Toledo — onde por um tempo funcionou o maior cassino dos Estados Unidos — era a meca do jogo ilegal. Apostadores de Chicago e Nova York deixavam milhares de dólares nas mesas de dados do Clube Devon.

O que distinguia Toledo de outras cidades invadidas pela máfia é que era um porto seguro para sujeitos espertos se esconderem quando a coisa ficava ruim em Detroit ou Chicago. A jogatina era praticamente aberta, com locais de piso de pó de serra em praticamente todos os bairros de imigrantes, e policiais que recebiam sua parte.

Morgan começou como segurança de clubes e logo granjeou a confiança dos criminosos. Sempre que havia problemas, ele aparecia. Em pouco tempo se tornou os músculos dos chefões e foi usado para cobrar seus devedores.

Com dinheiro no bolso, começou a usar ternos e a portar revólveres .38 em cada coldre debaixo dos braços, e ganhou o apelido de Morgan Dois-Revólveres. Ele podia ser intimidador, mas também charmoso — um gozador que se esgueirava por trás dos amigos na rua e encostava o cano da pistola nas costelas deles. "Eu podia ter te matado", dizia, rindo.

As coisas iam bem para Morgan até que uma equipe de agentes federais começou a prestar atenção ao jogo ilegal no país. Um dos seus alvos: Toledo. Em uma audiência nacional televisionada de determinado comitê do senado que investigava o crime organizado, um mafioso de Toledo depôs e admitiu tudo: os clubes, os jogadores, os policiais. A confissão levou a uma enorme batida policial, e em 1957 os salões de jogos estavam fechados.

Para Morgan não sobrou nada. Se continuasse a trabalhar para os chefes locais, seria questão de tempo até ser apanhado pelos federais.

Certo dia, ele apareceu diante da porta da casa dos pais com a mulher e os filhos. "É só por uns dias", disse. Sua mãe não conseguia dizer não. Morgan e Terri se instalaram no antigo quarto dele no fim do corredor, mas as coisas não funcionaram. Os dois brigavam e às vezes nem se falavam.

Morgan saía e caminhava pela vizinhança, observando as antigas mansões vitorianas com jardins bem aparados onde ele crescera. Passava diante das casas dos Ryans e dos Rosenblatts, mas os amigos que viviam ali tinham se mudado depois de formados na universidade e trabalhavam para as companhias da cidade listadas na *Fortune 500*.

Quando Morgan finalmente saiu de casa, um dia depois do Natal de 1957, poucos eram os lugares para onde poderia ir. Sabia que sempre existia a possibilidade de voltar a Miami, onde poderia se arranjar em um apartamento acima do Bowery. Seu velho amigo Charles Zissen nunca o decepcionaria.

Algo mais o levou de volta a Miami, algo que ele parecia não conseguir descartar. Jamais se esquecera dos jovens cubanos que vinham à costa em busca de armas e desapareciam no horizonte.

As notícias das revoltas em Cuba apareciam na televisão, com imagens de passeatas nas ruas de Havana. Morgan não sabia muito sobre a política cubana, mas se lembrava da expressão no rosto de Roger Rodríguez e da paixão em sua voz quando contou sobre a luta pela liberdade em seu país. O jovem residente podia ter feito uma carreira médica, porém vestia uniforme e enfrentava uma batalha que tinha poucas chances de vencer.

O Comandante Ianque

Ao chegar a Miami, Morgan circulou várias vezes pelo quarteirão do restaurante de Paula antes de se atrever a entrar. Ele tinha se decidido.

Sabia que chamaria a atenção. Sempre fora impetuoso e agira movido pelo instinto. Mas aquela era sua única chance de chamar a atenção das pessoas que podiam levá-lo a Havana. Ele só precisava se entender com Tony Chao.

O rapaz sardento com cara de bebê sentado à mesa cravava o olhar em Morgan e queria saber por que o americano desejava se intrometer no mundo deles. Se isso significasse medir forças com Morgan dentro do restaurante, Chao estava pronto. E Amado também.

Morgan percebeu que a coisa estava ficando tensa. Ele se inclinou na direção dos rapazes. Se conseguisse mostrar que estava do lado deles, talvez o ouvissem.

Ele sabia tudo sobre a revolução e inclusive ajudara a entregar armas aos rebeldes. Quanto mais ouvia sobre a luta cubana, mais queria se unir à causa, disse.

Se quisessem mandá-lo embora depois de fazer seu lance, que assim fosse. Mas ele tinha ido longe demais para isso. Contou aos dois que servira ao exército e fora preparado para o combate. Sabia disparar com precisão uma M1 e enfrentar qualquer oponente no corpo a corpo. O que não disse foi que tinha sido expulso do exército antes do primeiro ano, mas ninguém precisava saber.

Amado olhou para Chao. Em primeiro lugar, ninguém conhecia aquele americano. Mas essa não era a principal razão para não confiar nele. Do outro lado do balcão, Paula continuava fitando a mesa e consultando o relógio.

Os adolescentes tampouco podiam se arriscar a cometer um erro.

Amado podia já estar sendo vigiado pelos agentes do FBI. Tinha participado de manifestações revolucionárias em Miami, infiltradas por agentes secretos. Aos 16 anos, uma foto sua como ativista contrário a Batista acabara de aparecer no *Miami News*. Ele tinha abandonado a escola secundária Robert E. Lee, trabalhava em dois empregos e queria juntar dinheiro para regressar ao seu país e se juntar aos *barbudos*.

Chao já tinha se unido à causa revolucionária e transportara armas em Havana alguns meses antes, até que a polícia o pôs na lista de procurados. Provavelmente estaria morto, se não fosse por um sargento que se apiedou dele e o mandou de volta a Miami. Agora estava ansioso por regressar.

Enquanto a maioria dos rapazolas de Miami ia a bailes, surfava e dançava ao som de Elvis Presley, Amado e Chao eram jovens enraivecidos em um mundo em que não se encaixavam.

Morgan olhou fixamente para os jovens e percebeu que não estava avançando. Se saísse do restaurante naquele instante, provavelmente teria menos chance de entrar em contato com os rebeldes. Neste caso, realmente não teria para onde ir.

Como em tantos outros momentos da sua vida, tinha de pensar rápido. E precisava de uma ideia muito boa. Tinha que mostrar aos dois que havia um motivo real para se dedicar à luta deles.

Decidiu inventar uma história — que certamente atrairia a atenção dos adolescentes do outro lado da mesa. Disse que queria ir a Cuba para vingar a morte de um antigo amigo do exército.

Tudo acontecera durante um levante em março, contou, quando um bando de rebeldes invadiu o palácio presidencial. Seu amigo estava em um balcão de hotel assistindo ao tumulto e levou um tiro de um soldado de Batista. "Ele não estava fazendo nada", disse Morgan.

Afirmou que ficara desolado com a morte. Seu camarada não era só um amigo — na verdade, tinha salvado a vida de Morgan durante um combate na Coreia. Morgan nunca se esquecera disso. Ele precisava ir a Cuba como os outros que participavam da luta.

Por um instante, todos na mesa ficaram em silêncio. Os rapazes se entreolharam, sem saber o que dizer.

Embora fosse bem novo, Amado pôde perceber que Morgan sofria. Talvez — só talvez — houvesse uma maneira de ajudá-lo. Pediram licença e foram conversar com José Paula. Durante alguns minutos falaram no ouvido do velho e depois voltaram para a mesa.

Disseram a Morgan que estavam se preparando para ir a Cuba: Amado, no dia seguinte, e Chao, na outra semana. Ambos tinham poupado dinheiro suficiente para regressar ao seu país e se juntar à revolução.

Talvez pudessem levar Morgan com eles. Mas, mesmo que conseguissem levá-lo a Havana sem chamar atenção, não havia garantia de que pudessem conduzi-lo até as montanhas. E ainda que fosse possível, ele poderia não ser aceito pelos guerrilheiros.

Mas, se aquele americano tinha a intenção de lutar, eles dariam um jeito de levá-lo até lá.

2

O SOL SE ENCARAPITAVA NOS TELHADOS DE SANTA CLARA QUANDO Olga Rodríguez subiu apressada os degraus do ônibus lotado. Segurando a bolsa junto ao corpo, dirigiu-se à última fileira com a cabeça baixa e se jogou em um assento.

O ônibus estava a apenas 27 quilômetros de Manicaragua, mas ela ainda teria de passar pelos bloqueios e sentinelas do governo. Precisava apenas levar mantimentos aos rebeldes — remédios, comida e cartas. Depois, era só dar meia-volta e retornar para casa.

Por favor, Deus, faça-me chegar até lá, sussurrou.

Se os agentes do governo cubano entrassem no ônibus e revistassem os passageiros, ela seria retirada do veículo, golpeada e, provavelmente, executada. Olhou pela janela quando o veículo começou a se afastar lentamente da pequena rodoviária. Lá fora, as ruas, normalmente repletas de carros e pedestres, estavam apinhadas de soldados e armas.

As suas amigas da Escola Normal em Santa Clara insistiram para que não fizesse aquilo. Mas a cada dia que passava sentia-se mais atraída por um movimento que ia se infiltrando em direção ao coração de Cuba.

Ela havia liderado protestos nas escadarias da escola, onde foi eleita presidente do grêmio estudantil em 1956. Meses depois, liderava greves durante o período letivo.

A região ao redor de Santa Clara sempre fora centro de dissidência política, mas no início de 1958 a situação piorou. Durante meses, desapareceram colegas do diretório estudantil e mais tarde seus corpos mutilados foram encontrados em valas. Poucas semanas antes, um amigo de Olga, de 17 anos, havia sido torturado de maneira tão brutal pela polícia secreta de Batista que seu coração não aguentou.

Ela se viu vagando por lugares como o parque Leoncio Vidal Caro, e passava horas ouvindo gente protestar contra o governo e contra o líder, mandante desde que Olga nascera: *Batista*.

Que traição.

O nome dele era suficiente para inflamar os jovens estudantes, que o viam como ditador corrupto comprometido com mafiosos e empresários dos EUA. Na sua sede de poder, Fulgêncio Batista havia feito acordos secretos com companhias como a International Telephone and Telegraph e com figurões do crime organizado, como Lucky Luciano; aceitara subornos e deixara na miséria a maioria dos cubanos do campo.

Mas Olga não se importava com as empresas nem com os nomes dos mafiosos americanos. O que sabia era que Batista desfrutava da glória em hotéis luxuosos e cassinos, enquanto, a poucos quilômetros dali, seu povo vivia afundado na miséria, sem postos de saúde e escolas.

A maior decepção dos cubanos era que Batista já havia sido um deles. Mulato nascido em 1901, em uma família de camponeses pobres de Banes — cidade dominada pela companhia United Fruit —, Batista sabia o que significava ser explorado. Em seu primeiro governo, em 1940, cumpriu as promessas feitas aos pobres e construiu escolas e hospitais.

Para os *guajiros** simples que gostavam de se divertir, Batista era como Benito Juárez — o lendário presidente mexicano do século XIX que derrubou um governo corrupto e ajudou a reconstruir a antiga glória do país. Batista lançou grandes projetos de obras públicas e, no entanto, a riqueza que criou não chegou aos pobres, que apenas viam hotéis e cassinos espocarem na linha do horizonte de Havana.

---

* Camponeses. [*N. da T.*]

O COMANDANTE IANQUE

Embora tivesse sido derrotado na reeleição, Batista não desistiu. Tramou o regresso em sua propriedade palaciana na Flórida. Em 1948 ganhou a eleição para senador, e em 1952 liderou um golpe para retomar a presidência. Desta vez voltou com sede de vingança, suspendeu a Constituição, proibiu as greves e acabou com a liberdade de imprensa. Saqueou Havana "como uma pantera" e destroçou os adversários.

Empregava sua polícia secreta, a terrível SIM, contra os oponentes políticos e os que debochassem da sua autoridade. Cansados dos abusos, os pobres e os estudantes revidaram. Começaram a forjar alianças clandestinas para recuperar o país.

Para Olga, a iniciação para o movimento teve lugar em sua própria casa apinhada, erigida com blocos cinza de cimento, enquanto sua mãe chorava no escuro por não ter o suficiente para alimentar os cinco filhos. No entendimento de Olga, a família era pobre e as coisas nunca iriam mudar. Como menina, ela vira os pais saírem para as choças de tabaco, onde passavam horas amarrando trouxas de folhas verdes e, em troca, não recebiam o suficiente para sobreviver.

Mas não foram as cólicas de fome que a empurraram à beira do desespero. Foi o irmão menor, Roberto, que assombrou seus sonhos e abalou sua alma. Aos 9 anos, durante uma tempestade, ele pisou em um prego enferrujado quando tentava resgatar o gato que ficara preso debaixo de uma ponte. Três dias depois, tremia descontroladamente devido a uma infecção que tomou todo o seu corpo. Os pais de Olga conseguiram encontrar quem doasse um antídoto contra o tétano, mas dias depois descobriram que o remédio estava vencido havia muito tempo.

Enquanto o irmão jazia com dores no Hospital San Juan de Dios, em 11 de dezembro de 1948, Olga vestiu o corpo tremulante do menino com sua camisa favorita antes que ele desse o suspiro final.

Ela se lembrava do menino nc pequeno caixão, na casa da família, e da mãe e irmãs aos prantos. Depois, da longa marcha até o cemitério —

a sete quadras de distância — e do cortejo com bastante gente. Ela não derramou uma lágrima durante o dia todo. "Quando estou ferida por dentro, não consigo chorar", afirmou.

Tentou agir como se a vida tivesse que seguir em frente, mas a dor era demais e a despertava no meio da noite. *Roberto, por que você morreu?*

Olga sabia a resposta: a família era paupérrima e vivia em uma choça sem água corrente e sem banheiro. Não podiam comprar o remédio que o teria salvado.

Quando voltou para a escola, Olga vivia ressentida. Não era mais a menininha que saltitava pela Calle Independencia, brincando com outras crianças. Tornou-se retraída — e solitária.

Começou a passar mais tempo conversando com professores dissidentes sobre temas que nunca tinham despertado sua atenção: política e guerra. Ela sabia que Fidel Castro Ruz e seu Movimento 26 de Julho já estavam nas montanhas de Sierra Maestra, a uns 650 quilômetros de distância, liderando a causa. Mas a revolução seria ganha na província de Las Villas, no coração das montanhas do Escambray.

Os homens de Batista sobrepujavam numericamente os *barbudos* — os revolucionários —, possuíam viaturas blindadas, submetralhadoras, granadas e até bombardeiros B-26, tudo cortesia do governo dos Estados Unidos. Se os rebeldes não conseguissem mais suprimentos e mais armas, logo os homens de Batista os perseguiriam pelos pântanos e tudo estaria perdido.

Eles precisavam de um voluntário, alguém que pudesse circular sem ser observado. Olga não tinha nada a perder. Seu irmão tinha morrido. Sua família era pobre. Ela não terminaria os estudos. Concordou em embarcar no ônibus.

Para os colegas de escola, disse que não tinha medo. Mas estava apavorada. Em Havana, a polícia havia atacado uma manifestante e a despido; depois de abrirem suas pernas, os homens introduziram uma barra de metal em sua vagina, quase provocando sua morte. Quando oficiais da SIM entraram no seu quarto de hospital, uma dúzia de freiras cercou o leito para protegê-la. Na mesma época, a polícia torturou um jovem arrancando-lhe uma das orelhas, quebrando seu pé e esmagando seus testículos.

Ao olhar pela janela do ônibus, Olga viu uma barreira. O veículo começou a diminuir a velocidade.

Olhe para a frente, pensou. Contou os segundos. O ônibus tinha que prosseguir. Era necessário chegar a Manicaragua.

3

WILLIAM MORGAN ESTAVA PRESTES A IR PARA UM PAÍS ESTRANgeiro onde se arquitetava uma revolução. Não conhecia ninguém lá. Não falava a língua. Não sabia nada sobre os rebeldes ou o ditador.

No entanto, em breve embarcaria em avião para Havana, levando tudo o que possuía.

Enquanto andava pelo saguão do Aeroporto Internacional de Miami, olhou em volta e percebeu Chao e alguns outros reunidos no portão de embarque, à espera do mesmo voo.

Para Chao, era arriscado levar Morgan; se ele fosse agente do governo, estariam todos em perigo. Mas se Morgan estivesse sendo sincero, poderia contribuir muito para o conflito. Aos 29 anos, era mais velho que a maioria dos rebeldes nas montanhas e, com seu treinamento militar, poderia ser valioso.

Deus sabia que eles precisavam de preparo militar.

Os jovens que iam para as montanhas não tinham conhecimentos de nada sobre combates e muito menos sobre guerra de guerrilha. Absolutamente nada. E era disso que se tratava a guerra em Cuba. Eles nunca haviam disparado uma M1. Nem tinham vivido na selva por dias a fio. A maioria nunca matara um homem. Não sabiam como era ver a cabeça de alguém explodir com as balas velozes nem ver entranhas saltarem com o impacto de uma escopeta calibre .12.

Era só questão de tempo.

Sua geração era como tantas outras em Cuba que haviam engendrado revoluções nos últimos cem anos. Aconteceu na guerra de independência, quando milhares de jovens cubanos pegaram em armas contra os espanhóis, na virada do século XX. Ninguém inspirou mais a juventude do que o lendário José Martí, o poeta guerreiro que morreu no conflito.

Três décadas mais tarde, houve a revolta contra o presidente Gerardo Machado — que no fim levou ao golpe sem derramamento de sangue que trouxe Batista ao poder. O culto ao *pistolero* se tornaria um rito de passagem, uma espécie de orgulho masculino que inspirou cada geração a superar a anterior.

Morgan conhecera Chao havia poucos dias, mas já podia ver que o cubano louro de olhos azuis de fato liderava. Chao e seus amigos podiam estar fazendo qualquer coisa — indo à praia, estudando, dormindo com garotas — mas, ainda assim, se mostravam ansiosos por voltar para casa.

A mãe de Chao se mudara para Miami na tentativa de afastar os filhos do tumulto político do país — a clássica história dos imigrantes —, mas os jovens cubanos não estavam interessados em se misturar ao caldo de cultura americano. Queriam voltar.

Chao permaneceu junto aos outros no portão de embarque, as veias pulsando em seu pescoço ao erguer o dedo indicador no ar para enfatizar um assunto. Ao observá-lo, Morgan viu a si mesmo quando jovem. "Americanito", como chamavam Chao, era como uma mariposa pronta para se atirar nas chamas da fogueira.

Talvez, só talvez, Morgan poderia recuperar o que havia perdido. Poderia resgatar o que lhe escapara das mãos. Ele agarrou a maleta a caminho da pista. Era o final de dezembro de 1957. Àquela altura, ele não sabia se algum dia voltaria. Estava a ponto de cruzar o céu com treze jovens para lutar contra um exército entrincheirado e decidido a eliminar todos eles.

4

MESMO ALHEIO AOS MASSACRES, WILLIAM MORGAN PERCEBEU a tensão ao desembarcar no Aeroporto José Martí. Havia carros da polícia alinhados ao longo do terminal, e homens vagueando pela calçada com cassetetes e submetralhadoras.

De terno branco, camisa branca e sapatos, Morgan parecia um turista do Kansas a caminho do Hotel Nacional para uma rodada de roleta e um daiquiri. Contudo, seus companheiros tinham com o que se preocupar.

Eles eram jovens, cubanos, viajantes típicos que chamavam a atenção dos guardas de Batista. O governo tinha uma lista de ativistas revolucionários de Miami, e qualquer um do grupo poderia ser detido.

Batista havia garantido que a revolução política era uma piada e que esmagaria os rebeldes como se fossem baratas, mas na verdade estava preocupado com o impacto que causavam no país.

Ordenou à polícia que patrulhasse os bairros de Havana, onde os ativistas organizavam manifestações, e mandou a sua temida polícia secreta infiltrar os grupos estudantis na Universidade de Havana. Em público, tentou menosprezar o ataque ao palácio presidencial em março, mas, antes de ser repelido, aquele ataque ousado, em plena luz do dia, chegara ao piso logo abaixo do escritório do ditador. No tumulto, cerca de 45 rebeldes morreram, deixando Batista abalado e furibundo com o embaraçoso ataque que fracassou por pouco.

Um mês depois, ele se vingou, quando a polícia secreta invadiu um apartamento em Havana e matou quatro conspiradores.

Pouco depois de Chao, Morgan e os outros passarem pela alfândega e pela imigração, fizeram sinal para um motorista com o carro estacionado próximo ao meio-fio. Sem mais barreiras policiais, só precisavam chegar ao refúgio.

Havana parecia mais ou menos a mesma, salvo pelos novos hotéis que mudaram o perfil da cidade. O Hotel Riviera se erguia acima de todos, uma maravilha arquitetônica inaugurada havia pouco com uma festa espetacular e celebridades de Hollywood. Pouco atrás do Riviera, outro símbolo monstruoso de opulência e prosperidade, o Hilton, seria inaugurado em dois meses.

Mas por baixo da ostentação havia uma cidade em perigo, que se tornara ímã para jovens revoltados que queriam derrubar tudo aquilo.

Amado limpara a barra para eles entre os outros rebeldes, mas Morgan não precisava falar espanhol para entender, assim que pisaram no refúgio, que estavam enrascados. O lugar estava sendo vigiado e a polícia secreta podia bater na porta a qualquer momento. Os contatos de Amado deviam ter aparecido dias antes, mas algo havia ocorrido. Ninguém veio.

Aquilo não cheirava bem. Morgan e Chao precisavam agora se virar para encontrar alguém da rede clandestina de Castro que os ajudasse. O problema era que não só Batista tinha matado alguns organizadores urbanos que ajudavam Castro, como a SIM havia infiltrado os grupos rebeldes. Se dessem um só passo errado — um contato falso —, estariam a caminho de uma cilada. A mente de Morgan se agitava enquanto ele olhava pela janela.

Teve uma ideia e a transmitiu ao grupo por intermédio de Chao: estudantes cubanos eram os suspeitos mais prováveis, então por que não deixar um americano fazer alguns contatos? Procurando por grupos rebeldes ele poderia chegar à célula certa sem chamar atenção. Eles precisavam fazer *alguma coisa.*

Havia um telefone público logo depois das lojas diante da janela. Morgan podia anotar os nomes e números e começar a ligar. Muitos falavam um pouco de inglês e, caso contrário, saberiam de alguém no grupo que falasse.

Quando o sol se pôs no porto, Morgan saiu silenciosamente e foi até a cabine telefônica. Apesar dos tiroteios recentes entre guerrilheiros e soldados, as ruas ainda estavam repletas de turistas. Malgrado todos os erros de Batista, ele ainda controlava a grande mídia e suprimia com eficácia as notícias sobre os avanços revolucionários.

Perto da cabine telefônica, Morgan viu uma figura surgir na escuridão. A princípio, não sabia o que esperar, mas quando o homem se aproximou ele reconheceu seu rosto.

Ambos ficaram paralisados.

Não podia ser.

Mas era.

<hr />

Diante de Morgan estava Roger Rodríguez, o ex-estudante de medicina mergulhado no movimento clandestino em Miami e que frequentara o Bowery, clube onde ele havia trabalhado.

— William — disse ele, e avançou para abraçá-lo. Ao longo de várias noites, no bar, Roger conversara com Morgan sobre os problemas no seu país, e agora seus caminhos voltavam a se cruzar.

Morgan lembrou-se do estudante jovem e idealista que sempre prometera regressar um dia. Entre os jovens ninguém gostava de Batista, especialmente Rodríguez. Talvez Morgan pudesse obter a ajuda de que precisava. Sabia que corria um risco, mas abriu o jogo. Precisava fazer contatos. Ele e os amigos queriam ir para Sierra Maestra.

— Você *quer* ir? — perguntou Rodríguez, atônito. Morgan não era cubano. Não tinha vínculos com a ilha.

Mas Morgan não tinha tempo para explicações. Enfiou a mão no bolso e puxou uma lista.

Rodríguez olhou o pedaço de papel sob a luz do poste.

— Meu amigo — disse ele, segurando o papel. — Você foi enganado. Estes caras estão com as forças de Batista.

Rodríguez, então médico, tinha passado mais de um ano entrincheirado com a revolução. Sabia quais grupos haviam sido infiltrados. A polícia apareceria durante as reuniões clandestinas noturnas para interrompê-las e ameaçar a todos. Depois, faria detenções. Morgan precisava sair dali.

— Você precisa voltar — disse Rodríguez. — Regressar aos Estados Unidos.

Era perigoso demais para um americano. Morgan não falava espanhol. Não entendia a política de Havana, onde tantas pessoas denunciavam umas às outras.

— Só tenho 20 dólares no bolso — respondeu Morgan. — Vou para Sierra Maestra.

Rodríguez entendeu que ele não desistiria. Se o deixasse na rua, Morgan seria facilmente enganado. Situação difícil. Pensou por um instante e apresentou uma alternativa: se Morgan pudesse esperar, Rodríguez o poria em contato com outro grupo rebelde. Não seria fácil, mas poderia conduzi-lo a uma parte totalmente diversa do país. A milícia de Castro já contava com centenas de guerrilheiros. Mas este grupo precisava de ajuda. Eram jovens, inexperientes, estavam desesperados por reforços e se encontravam em uma região perigosa. Os soldados de Batista se aproximavam e os rebeldes precisavam de armas, munições e outros suprimentos básicos.

Quando Morgan voltou para o refúgio, ele e Chao se despediram. Os dois tinham se tornado bem próximos, porém Chao voltara a Cuba a fim de ir para Sierra Maestra, e não para outra cadeia montanhosa. Era melhor que se separassem agora. Algum dia, caso sobrevivessem à luta, voltariam a se encontrar.

O COMANDANTE IANQUE

Agora, Morgan só precisava esperar por Rodríguez. A tensão havia aumentado em Havana com a prisão de outros rebeldes. Os manifestantes detidos para interrogatório estavam desaparecendo.

Esteban Ventura Novo, o temido capitão da polícia que se vestia todo de branco, estava prendendo as pessoas que deveriam ajudar Morgan e os outros. Não era de admirar que ninguém tivesse aparecido para levá-los às montanhas.

Quando Rodríguez por fim apareceu, com outro rebelde ao volante, tinha descoberto que os homens de Ventura espionavam a casa que eles ocupavam. Não havia tempo a perder. Rodríguez serviu de guia, e Morgan sentou-se, tenso, segurando o passaporte para o caso de serem parados.

Rodríguez conhecia as melhores rotas para evitar as barreiras policiais, mas ainda assim não podia arriscar. A polícia estava cada vez mais esperta com relação aos movimentos.

Enquanto aceleravam por uma estrada secundária que saía da cidade, o motorista mostrou que a polícia parava os carros ao longo de La Rampa, o caminho principal. A situação estava ficando tão perigosa que logo seriam forçados a encontrar novas rotas para sair da cidade. Se conseguissem chegar à província de Las Villas, teriam mais chances de alcançar o destino — a mais de 150 quilômetros de distância.

Se seguissem em frente, poderiam continuar vivos.

5

Quando o carro se aproximou de Sancti Spiritus, a paisagem deu lugar a encostas mais suaves. Havia horas Morgan observava a vasta extensão de plantações que levavam ao interior do país. Era difícil acreditar que aquela terra serena com palmeiras que se erguiam contra o céu azul estivesse a ponto de se tornar zona de guerra.

Homens cavalgavam pelos campos cobertos de capim baixo que pareciam se estender em todas as direções. A distância, o topo das montanhas se alçava até as nuvens.

Como planejado, o motorista subiu uma colina e entrou na cidade, enfiando-se por um labirinto de ruas até parar diante de uma farmácia. Pouco depois, Reinol González apareceu e estendeu a mão. Por meses o dono da farmácia vinha ajudando a causa, levando medicamentos, gaze, seringas e outros suprimentos aos rebeldes.

— Você é o americano — disse ele a Morgan, assentindo com a cabeça.

González criara um vínculo importante no movimento clandestino ao oferecer a sua loja como ponto intermediário seguro para jovens que queriam se juntar à causa.

Roger Rodríguez precisava voltar a Havana, mas deixara Morgan ainda mais perto do seu destino. De certo modo, aquele encontro ao entardecer na cabine telefônica havia sido mais do que uma coincidência.

Tardaria muito para que Morgan pudesse agradecer ao velho amigo. Pela primeira vez desde que chegara a Cuba, ficou por conta própria.

González o conduziu ao interior do estabelecimento, onde se quedaram à espera.

Morgan soube que o movimento clandestino era muito mais do que vira na breve passagem por Havana. Gente ia de uma cidade a outra a cavalo recolhendo armas e roupas para os rebeldes. Em todas as cidades, mensageiros levavam informações cruciais até as montanhas, inclusive sobre movimentos das tropas. Aquela grande mescla étnica era crucial para os rebeldes.

Pela manhã, entraram dois homens escuros em uniformes militares e saudaram González. Faustino Echemendia e Efrén Mur tinham feito diversas vezes o caminho entre a farmácia e as montanhas, ajudando voluntários a chegar ao acampamento rebelde. Eram camponeses locais que cresceram naquela área. Conheciam as trilhas das mulas, todas as suas curvas e os sendeiros estreitos que serpenteavam como artérias pelas montanhas mais baixas. Teso e forte, Echemendia se parecia com os meninos de rua com quem Morgan andara em Toledo. Qualquer menção a Batista o fazia apertar os olhos e resmungar baixinho alguns palavrões.

O que surpreendeu Morgan foi o destemor de Echemendia. Ele tinha habilidade suficiente para atravessar sorrateiramente barreiras policiais e encontrava os rebeldes ao amanhecer para entregar os jovens magricelas de Havana que vinham para combater.

Ainda de terno branco, agora salpicado de sujeira, Morgan pulou em um jipe com os dois guias. Na primeira hora, rumaram ao sul, e o terreno foi se tornando mais íngreme, coberto de mato denso e com palmeiras cada vez mais altas e escuras à medida que avançavam. Depois, mal se via o sol em meio às árvores. Morgan conhecia toda a Flórida — sua versão dos trópicos — mas nunca tinha visto nada como o Escambray. Papagaios iam de árvore em árvore e de vez em quando algum animal peludo e escuro cruzava a trilha.

O COMANDANTE IANQUE

Quando chegaram a uma fileira de casebres, o jipe se deteve. Era o fim da estrada. Nem um carro com tração nas quatro rodas conseguiria avançar por aquelas colinas íngremes e cobertas de pedras. Pegando seus cantis com água e outros mantimentos, os dois homens desceram do carro, esperando que Morgan os seguisse.

Enquanto avançavam subindo, ficaram à mercê de uma trilha interrompida por arbustos espinhentos e trepadeiras que se enredavam nos troncos dos mognos. A princípio, Morgan acompanhou o ritmo dos dois, mas depois de algum tempo começou a arrastar os pés. Echemendia e Mur não tinham problemas para se orientarem através das trilhas, mas para Morgan faltava até fôlego. O sol ia alto acima das montanhas, iluminando de maneira bem inclinada os três homens que subiam lentamente até que eles chegaram à ampla clareira. O mato baixo de parte da área havia sido desbastado e existiam redes dependuradas nas árvores.

Aquelas eram as montanhas centrais, para onde pouca gente se aventurava a ir. Ficava longe dos roteiros do turismo americano. Não era conhecida nem pela população urbana do país. Porém, de certo modo, era o coração de Cuba. Não só abarcava um dos solos mais ricos do Caribe, mas também contava com o povo mais resistente do país. Ferozmente independentes, eles só se preocupavam com duas coisas: família e terra.

Ao chegarem à clareira, Echemendia parou de súbito. Pôs um dedo sobre os lábios. Havia alguma coisa logo adiante. A distância, avistavam-se através das árvores o céu e o campo aberto. Poderia haver soldados mais à frente... ou nada.

Echemendia reforçou o sinal de silêncio. A princípio, ouviram um sussurro suave. Quando ele amainou e sumiu, Echemendia imitou o som do arrulhar de uma pomba.

Os três ouviram folhas farfalhando entre as árvores e um *barbudo* de mandíbula saliente surgiu por entre os arbustos e os fitou com olhar gélido.

— Ayu Acama — disse ele, apontando o fuzil para a cabeça dos três homens.

Echemendia assentiu.

— Ayu Acama.

O homem baixou o fuzil e andou na direção deles, abrindo um sorriso. Era Ramiro Lorenzo Vega, rebelde que servia de sentinela à beira da clareira.

Jovem enérgico com 20 anos, que fugira para as montanhas quando a polícia de Batista começou a perseguir os revolucionários em Havana, Lorenzo tinha se juntado à unidade algumas semanas antes.

Enquanto ele se aproximava dos dois homens e de Morgan, mais farfalhar precedeu outros guerrilheiros, que saíram do mato com seus uniformes verdes-oliva e seus fuzis. Em segundos, Morgan e seus acompanhantes estavam cercados. Alguns do bando tinham barba e os olhos com pupilas escuras sobre fundo amarelado; outros eram garotos de cara suja portando carabinas M1. Todos reconheceram Echemendia e Mur, mas detiveram o olhar em Morgan, com o terno manchado empapado de suor e seus sapatos chiques.

Echemendia alçou a voz em espanhol.

— *Está bien.*

Ele é Ok.

Roger Rodríguez o havia recomendado em Sancti Spíritus. O americano poderia ser um bom combatente, mas era óbvio que aqueles homens não estavam de todo convencidos. Um deles, um *barbudo* magro com óculos grossos, deu um passo adiante.

Eloy Gutiérrez Menoyo havia organizado a unidade rebelde dois meses antes. Sabia mais do que ninguém como seria perigoso se estrangeiros soubessem a exata localização dos revolucionários. Em comparação com os rebeldes de Sierra Maestra, que estavam a centenas de quilômetros, eles se encontravam dentro do alcance de um tiro de fuzil de Batista e seus capangas.

— Quem é você? — perguntou.

Com ajuda de um tradutor, Menoyo indagou por que Morgan estava nas montanhas e quem o havia mandado.

Pela primeira vez, Morgan não soube o que dizer. Não esperava aquele tipo de questionamento. Precisava dizer algo que os tranquilizasse; caso contrário, estaria acabado. A situação parecia um retorno ao Restaurante do Paula, só que desta vez era na selva e cercado dos *barbudos* armados. Pensou por um instante e quase sem querer emendou. Tinha vindo às montanhas para vingar a morte de um amigo. E lá veio a mesma história que contara a Chao e Amado: os soldados de Batista tinham matado um antigo companheiro do Exército que estava junto a um balcão de hotel durante o ataque ao palácio.

Menoyo o escutou fitando-o bem nos olhos. Não havia como saber se o visitante falava a verdade, mas o comandante rebelde tinha o dom de avaliar as pessoas rapidamente e, se Morgan fosse um espião, estaria morto.

Morgan disse que tinha servido no exército americano. Podia manejar e disparar uma M1, bem como atirar facas.

Ele percebeu que os rebeldes estavam tentando processar o que dizia, mas continuavam desconfiados. Já haviam arriscado demais. "Temiam que Morgan tivesse sido mandado pela polícia", recordou Roger Redondo González.

Pela hierarquia rebelde, a decisão cabia a Menoyo. O comandante o deixava entrar ou levariam Morgan para a extremidade do acampamento e o deixariam em um lugar totalmente desconhecido para ele.

❧

O sol se elevou acima dos picos do Escambray jogando sombras sobre o acampamento quando Morgan foi arrancado do sono. Disseram-lhe que estivesse de pé ao amanhecer.

Os homens saltaram das redes armadas em vários pés de figueira-de-bengala. Como quase todas as manhãs, fizeram fila para uma caneca quente de *cortadito** e depois se reuniram no centro do acampamento.

---

* Café pingado. [*N. da T.*]

Menoyo ainda não tinha decidido o que fazer com Morgan. A chegada dos soldados de Batista na área era questão de tempo. Os rebeldes não estavam preparados. A maioria era de estudantes, agricultores ou operários — gente pobre que havia se embrenhado nas montanhas sem nada além das roupas do corpo. Alguns trouxeram armas e facas, mas não tinham experiência na guerra de guerrilha.

Durante anos viram crescer as grandes cidades em riqueza e poder, especialmente Havana, enquanto eles continuavam apenas sobrevivendo com o que colhiam como meeiros. Esperaram a construção de estradas, escolas e hospitais. Aguardaram, mas nada daquilo ocorreu.

Menoyo havia criado a Segunda Frente em 10 de novembro de 1957, e planejava aumentar o efetivo da unidade com várias centenas de rebeldes, com o objetivo de controlar o Escambray. Para a revolução, aquelas montanhas eram muito mais importantes estrategicamente do que Sierra Maestra, onde Castro estava sediado, por uma simples razão: a maior proximidade da capital. Para todos os efeitos, o Escambray constituía a última linha defensiva entre o palácio presidencial e as províncias irredutivelmente independentes, onde grande parte da discórdia se originava. Ninguém sabia disso melhor que Menoyo. Se ele e seus homens conseguissem expulsar os soldados das terras altas — verdadeira façanha —, abririam caminho para Havana.

Ele só havia reunido trinta homens até então, e estava à espera de reforços e armas. Com a crescente popularização do movimento, tinha certeza de que outros camponeses viriam.

Quando os homens se preparavam para a instrução, um dos líderes do acampamento sugeriu levarem o gringo com eles. Não tinha dito que servira ao exército? Ótimo. Eles o fariam correr como nunca. Lázaro Artola Ordaz, um líder determinado, tinha ajudado Menoyo a organizar a Segunda Frente e fora destemido nos breves combates da unidade contra os soldados de Batista. Artola convocou Morgan para seguir com eles. O acampamento estava rodeado de trechos escuros de selva fechada e da perigosa planta *chichicaste*. Da mesma família da hera venenosa, a *chichicaste* é um arbusto infernal com talos espinhosos, mas os nativos desenvolvem imunidade a ela.

— Vamos fazer um teste para ver se ele é bom mesmo — anunciou Artola.

Começou ordenando aos homens que se juntassem a ele e se alinhassem no fundo da ravina. O exercício que tinha em mente testaria não só o equilíbrio, mas também a resistência. Ele ergueu a mão e mandou que avançassem. Um a um, os homens começaram a subir, alguns escorregando nas pedras, até chegarem ofegantes ao topo.

Em seguida, Artola chamou-os de volta. Assim que chegaram, ordenou que subissem novamente.

Os da terra davam passos rápidos, curtos e saltitantes, como sempre aprenderam, para dominar o terreno. Morgan acompanhou o ritmo do grupo na primeira subida, mas na segunda precisava fazer muito esforço. Seus músculos das pernas estavam retesados; os braços, pesados, e começava a ficar tonto.

— Continuem subindo! — bradou Artola.

Depois de outra rodada, todos descansaram. Artola observou o ianque, cuja camisa branca estava encharcada de suor e muito suja. Em breve, ele estaria implorando para ir embora.

Artola os mandou montanha acima e montanha abaixo novamente. Depois de uns minutos, ordenou outro exercício: caminhar pela trilha íngreme da área. Durante o resto do dia os homens palmilharam arduamente a trilha longa e tortuosa, parando de vez em quando para beber água, mas nunca por muito tempo.

Os olhos de Morgan estavam embaciados e ele se encontrava prestes a desmaiar.

Ao regressarem ao acampamento, Menoyo e os outros sorriram ao ver o americano sem camisa, o rosto e os braços terrivelmente queimados de sol. Grande parte do seu corpo estava coberta por minúsculos calombos vermelhos causados pela *chichicaste*. Redondo acabava de voltar com comida quando viu Morgan mancando na direção do acampamento. "Ele tinha um aspecto horrível", recordou.

Morgan ignorou todos à sua volta e deitou-se na rede, exausto.

O exigente regime de treinamento prosseguiu. Todos os dias, Menoyo e os outros comentavam que Morgan iria desistir. Ao final de cada dia, ele se arrastava fielmente de volta ao acampamento, mancando e coberto de feridas. Não ia facilitar a decisão para Menoyo.

Em determinado estágio, Artola fez Morgan chegar à beira do colapso. Ele estava morto de cansaço, furioso, e tinha os pés cobertos de bolhas. Artola gritou-lhe para que se mexesse. Morgan finalmente estourou.

Virou-se, encarou o líder do grupo e disparou:

— Não sou uma mula!

Por um instante, Artola ficou atônito. Estivera espicaçando Morgan por dias seguidos. Mas todo homem tem um limite.

Quando voltaram ao acampamento, Artola foi ter uma conversa com Menoyo. Enquanto se afastavam, os outros rebeldes ficaram olhando de esguelha para Morgan, perguntando-se se seria autorizado a ficar.

Depois de vários minutos, Menoyo meneou a cabeça. O Americano tinha resistido. Cumprira as ordens mesmo estando a ponto de desmaiar. Foi aceito na Segunda Frente. Poderia portar um fuzil; combateria pela causa deles. Mas que não se enganasse: teria de obedecer às ordens. O líder era Menoyo. Se acaso Morgan tivesse outras ideias, era melhor esquecer.

Mais uma vez, alguns rebeldes se enfureceram e discordaram da decisão de Menoyo. Morgan não era dali, e não confiavam nele. Não era cubano. Não falava a língua deles. Vinha do país que apoiava Batista com aviões, armas e munições.

Morgan percebeu o ressentimento, mas não podia fazer nada. Pela primeira vez, desde seus dias de exército, recebera um fuzil, um uniforme verde-oliva e um lugar onde deitar a cabeça.

O Comandante Ianque

Durante as manobras no dia seguinte, Morgan alçou seu fuzil e deslocou-se até o meio do acampamento, assegurando-se de que os demais o vissem. Inclinou-se para trás, aprumou os ombros, mirou uma árvore a uns 150 metros de distância e, fechando um dos olhos, apertou o gatilho.

Os rebeldes ficaram mudos. Ele acertara bem no centro. Nem os líderes da unidade tinham tão boa pontaria.

No dia seguinte, Morgan teve outra oportunidade de demonstrar do que era capaz. Tirou serviço como sentinela, vigiando os arredores do acampamento. Marchando por uma trilha, viu o que pareciam ser soldados por trás de um grupo de árvores. Imediatamente correu para o acampamento.

— Eles estão aqui — alertou a Menoyo.

Menoyo reuniu seus homens de imediato. Precisavam armar uma emboscada. Para Menoyo, o objetivo principal era obter armas. Se conseguissem cercar os soldados e forçá-los a se render, poderia conseguir suas armas e sua munição.

— Não atirem — advertiu Menoyo. — Repito: não atirem. Vamos prendê-los vivos. Se forem seis, pode haver uma companhia nas redondezas. — Eles não tinham como enfrentar tantos soldados naquele momento.

Os rebeldes se dirigiram lentamente ao topo da colina e se detiveram, esperando pelos soldados. Morgan apontou o fuzil e perscrutou o terreno até vê-los com seus uniformes escuros. Com firmeza, apontou e disparou.

Os soldados se lançaram ao solo e buscaram refúgio. Em segundos começaram a atirar de volta. A área eclodiu num tiroteio.

Morgan se ergueu e lentamente andou na direção dos soldados de Batista, sempre disparando, enquanto os rebeldes permaneciam deitados no chão. Assombrados, os homens o viram avançar.

Menoyo percebeu que havia dois soldados feridos — um deles atingido no ombro — mas os demais correram em busca de abrigo e depois fugiram. Menoyo ordenou o cessar-fogo.

55

No chão, os dois soldados sangravam. Menoyo ficou furioso. Normalmente sereno, não se conteve ao se aproximar de Morgan.

— Eu disse para não atirar! — gritou ele em espanhol.

Morgan ficou surpreso — pensou que participava de uma emboscada/tática básica em campanha. Não sabia que não devia atirar. Ninguém tinha lhe dado explicações em inglês.

Menoyo não tinha tempo para explicar por meio de um intérprete por que não queria que disparassem nos soldados. Agora, estava diante de um problema maior: precisavam sair logo dali. Os soldados que escaparam avisariam aos comandantes, e em breve as tropas de Batista estariam subindo pelas montanhas.

Durante semanas, eles tinham se esforçado para erguer aquela pequena unidade oculta em meio às árvores, nas elevações mais baixas das proximidades de Banao. Desde que chegara ao Escambray com poucos homens, a estratégia de Menoyo havia sido recrutar homens, reunir armas e atacar a partir de posições favoravelmente calculadas. Agora, teriam que desaparecer dali rapidamente.

6

OS REBELDES PRECISAVAM ENCONTRAR ESCONDERIJO PARA AS armas: 47 carabinas ITALIANAS CARCANO de cano raiado com calibre de 6,5 mm. Redondo e outros se prestaram a arrastá-las por uma trilha e escondê-las em cavernas subterrâneas.

O outro grupo, liderado por Menoyo, tinha de avançar rapidamente por uma trilha que se estendia a oeste pela segunda crista de colinas.

Eles conheciam o amplo e acidentado terreno que tinham pela frente assim como os *guajiros* que lhes haviam ofertado alimentos, suas armas e facas enferrujadas. Os rebeldes precisavam se afastar da linha de tiro — e da vista dos homens de Batista — até que chegassem a um lugar seguro.

O grupo de Menoyo avançou rapidamente pela trilha, detendo-se a cada poucas centenas de metros para certificar-se de que não havia aviões sobrevoando a região. Quando encontravam cobertura de bosques com árvores altas e copadas esperavam até a noite para continuar progredindo. Foi um começo duro para Morgan. Tiveram de fugir porque ele cometera uma tolice. Deu no que deu por não falar a língua. Se não a aprendesse, não conseguiria sobreviver.

Menoyo ainda estava irado com ele por ter revelado a localização do acampamento. Mas o que realmente o preocupava era que a Segunda Frente ainda não se encontrava em condições de um confronto sério com o inimigo, e os soldados iriam alcançá-los.

Ninguém na Segunda Frente entendia a importância da experiência e do treinamento militar como Menoyo. Criado na Espanha na década de

1930, ele vira sua família pegar em armas para se proteger dos soldados de Francisco Franco durante a Guerra Civil Espanhola. Um dos seus irmãos mais velhos, José, foi morto durante o conflito armado, aos 16 anos de idade.

Pouco depois, outro membro da família, Carlos, decidiu sair de casa para lutar pela liberdade, mas desta vez contra um novo inimigo: os nazistas. Juntou-se às forças de Jacques-Philippe Leclerc para a libertação de Paris e foi condecorado duas vezes pelo governo francês.

Assim como os irmãos, esperava-se que Menoyo ocupasse seu lugar nos quadros revolucionários, mesmo depois que a família se mudou para Havana após a guerra. O pai, médico, se inflamava com suas crenças políticas e condenava todas as formas de ditadura. Mesmo em um país recém-adotado, nunca esmoreceu. Quando Batista tomou o poder, em 1952, a família se alinhou com o crescente movimento clandestino contra o ditador.

O irmão mais velho, Carlos, logo granjeou seguidores entre os estudantes radicais. Esperto e carismático, tentou desesperadamente imprimir sua marca na rebelião que crescia. Em março de 1957, liderou o ataque ao palácio presidencial, mas não deixou que Eloy, o irmão menor, participasse. Se o plano falhasse, a família não podia perder outros dois filhos.

Carlos liderou os comandos na invasão do palácio, atirando granadas à medida que avançavam. Incapazes de encontrar Batista, ele e seus homens subiram correndo por uma escadaria, mas foram cercados e mortos pelos guardas. Eloy ficou desconsolado. Nada o impediria de se lançar de cabeça naquela revolução.

O que tinha Carlos de impetuoso, Eloy possuía de sereno e reservado. Frágil, com óculos escuros grossos, Eloy Gutiérrez Menoyo lembrava mais um professor universitário do que líder guerrilheiro. Porém, quando possuído pela raiva, estampava um olhar frio como aço. Tinha de estar à altura dos irmãos, e havia pouco tempo para prová-lo. Aquele era um momento de situação crítica para seu comando.

O Comandante Ianque

Por dois dias os homens seguiram a trilha, caminhando principalmente à noite, para não serem detectados. Falavam pouco, temendo que suas vozes fossem levadas pelo vento. Não podiam fumar, e só se detinham para encher os cantis. Estavam exaustos.

Passavam-se horas até que pudessem dormir, o que dificultava a travessia pela mata espessa. O peso das mochilas, carregadas de roupas, cobertor, bandagens, latas de leite condensado, munição, uma rede e um pedaço de nylon para se proteger da chuva os fazia diminuir o passo. Seguiram adiante até que, por fim, Menoyo viu a distância a fileira familiar de palmeiras de palmito ao longo do arroio que levava à Finca Diana. A fazenda, bem no alto da encosta do Escambray, devia ter sido uma visão acolhedora. Porém, para os rebeldes, trazia lembranças dolorosas.

Meses antes, os soldados de Batista tinham cercado a novata unidade rebelde, que teve a sorte de escapar para uma selva próxima, mas perdeu um combatente. Pouco depois, os soldados os perseguiram perto da fazenda, e desta vez mataram seis — um quarto de toda a unidade — no dia do Natal. Alguns ficaram a ponto de desistir, mas Menoyo se recusou a deixá-los voltar para casa. Se havia um fiapo de chance de derrotar Batista, ela estava nas montanhas, no interior, não nas cidades, e certamente não em Havana. Era necessário que resistissem até contarem com homens e armas suficientes.

Depois de ver o irmão morrer no desastroso ataque ao palácio presidencial, Menoyo aprendera que os rebeldes precisavam tirar Batista e seus homens da cômoda situação nos centros urbanos — como Castro tinha feito — e levá-los a se desgastarem nas montanhas. Precisavam executar a guerra de guerrilha.

❧

O sol se erguia acima das montanhas; Menoyo e seus homens estavam prontos para montar acampamento quando um vigilante avisou: soldados à vista.

Ele não tinha como contá-los, mas havia ao menos uma dúzia deles vindo na direção dos rebeldes por uma trilha de veados. Menoyo determinou que todos se escondessem onde pudessem ver a trilha logo abaixo e que aguardassem suas ordens.

Desta vez, Morgan estava preparado, com seu fuzil nas mãos. Não queria de modo algum pôr tudo a perder.

Com os rebeldes de tocaia nos dois lados, os soldados apareceram. Menoyo esperou. *Tres... dos... uno...*

Por fim, deu a ordem: Fogo! Disparos soaram da elevação mais acima. Surpresos, os soldados correram para se proteger. Morgan se ergueu acima dos demais empunhando o fuzil, e seus tiros atravessaram o matagal e atingiram as árvores e o solo abaixo. Os outros permaneceram imóveis em suas posições, mas Morgan se levantou e começou a descer.

Alguns soldados se posicionaram e responderam ao fogo, mas era impossível acertar seus disparos fazendo pontaria para cima. Em apenas vinte minutos, perceberam que sua chance de sobreviver era fugindo. Um a um, foram parando de atirar e recuaram. Pela primeira vez, Menoyo e seus homens tinham conseguido repelir o inimigo sem correr.

Tudo então ficou calmo, mas Menoyo sabia que os soldados regressariam com mais homens e poder de fogo.

❧

A 800 metros da escaramuça, Menoyo podia ver grandes pedras se projetando no alto, acima do passo. Quando seus homens se aproximaram da fazenda, ele conseguiu observar com mais clareza a crista das elevações. Se conseguissem chegar àquele ponto, poderiam armar o acampamento, esperar a volta dos soldados e arquitetar outra emboscada.

Menoyo sabia que viria uma companhia inteira — e que seus integrantes estariam furiosos. Se os rebeldes, um grupo heterogêneo de camponeses, os derrotassem duas vezes, seria grande humilhação a explicar para os superiores.

Enquanto faziam verdadeira escalada pela encosta escarpada, Menoyo decidiu empregar sua arma mais formidável: uma submetralhadora tcheca que guardava para aquelas ocasiões. De modelo leve, fabricada após a Segunda Guerra Mundial, a arma podia disparar 650 tiros por minuto. Era tudo que tinham.

O homem que levava a arma tcheca, Jesús Carreras Zayas, estava com eles desde o início. Aquele rebelde quieto e pensativo largara o trabalho como técnico de laboratório em Trinidad, cidade costeira do sul. Duro e genioso, Carreras bebia e se metia em confusão; gabava-se de não ter medo de ninguém. Na maior parte das situações, isso era verdade. No começo do movimento contra Batista, ele fora emboscado por um agente secreto do governo. Para não ser preso, pulou em um jipe, atirou no agente e arrancou; levou um tiro no ombro, mas conseguiu escapar. Menoyo ordenou a Carreras que posicionasse a submetralhadora em um ponto com suficiente campo de tiro e alcance para fazer chover disparos por toda a trilha.

Depois de algum tempo explorando a área, Menoyo mandou alguns homens se posicionarem ao longo dos pontos mais elevados — uns aqui, outros ali, outros mais espalhados à esquerda e à direita. Depois, selecionou uns e os dispersou pela retaguarda. Assim, os rebeldes disfarçariam seu efetivo, e os soldados não teriam ideia do tamanho das forças contra as quais lutavam.

Menoyo arrastou a mochila e a submetralhadora M3 até uma posição acima da trilha, sentou-se e esperou. O sol castigava os guerrilheiros, que empunhavam firmemente suas armas.

Qualquer ruído, mesmo abafado — gravetos quebrados, o barulho de pássaros deixando o ninho — seria o sinal. Às 15 horas, um vigia voltou correndo.

— *Vienen* — sussurrou.

Estão vindo — duzentos, talvez mais, pela trilha.

Menoyo tinha razão: os soldados voltavam em maior número. Mais uma vez Morgan agarrou seu fuzil e ficou preparado. Quando apareceram os primeiros poucos soldados pela trilha, Menoyo esperou. Ainda não. Quanto mais surgissem na trilha, a surpresa seria maior e mais baixas poderiam ser provocadas.

Esperem. *Esperem.*

Menoyo deu o sinal. Carreras abriu fogo, despejando uma autêntica barragem que rasgou o chão. Alguns soldados caíram, atingidos pelos tiros; outros correram para se proteger.

Encurralados, eles começaram a disparar de volta para se contrapor ao ataque. "Mas não tinham por onde passar", recordou-se Redondo.

A confusão se instalou entre os soldados. Alguns gritavam. Outros tentavam sair dali. Quando os dois lados se aproximaram, dois rebeldes foram atingidos.

Novamente, Morgan se destacou no tiroteio: agarrado ao rifle e agora de pé, começou a atirar freneticamente sobre os inimigos. Enquanto os outros olhavam, Morgan começou a avançar, balas zunindo ao seu lado, disparando uma rajada atrás da outra. Aos poucos, o inimigo foi recuando, alguns através da trilha pela qual chegaram, outros debandando pelo matagal.

Após vários minutos, tudo acabou. À exceção da dúzia de soldados mortos no chão, a companhia havia desaparecido. Os rebeldes esperaram imóveis por mais algum tempo. Depois, um a um, foram descendo a encosta.

Tinham conseguido. Haviam repelido pelo menos uns duzentos soldados no mesmo ponto onde certa vez o exército os enxotara em direção às montanhas. Os jovens fitaram Morgan. Nunca tinham visto ninguém ficar de pé e disparar numa troca intensa de tiros, recusando-se a se proteger. "*Está loco*", disseram. Ele é doido.

Até Menoyo tinha parado de atirar por um instante para observar aquele atrevido guerreiro. Viu algo em Morgan incomum nos outros. Enquanto os disparos passavam raspando à sua volta, o americano não parara de caminhar para a frente. Em uma revolução que tinha tudo para se tornar mais acirrada, Menoyo ia precisar dele.

Ninguém esperara aquilo, nem a liderança militar, muito menos os camponeses, que aguardaram a chegada da noite para se aventurarem encostas acima. Mais de uma dúzia de homens uniformizados — soldados de Batista — jaziam espalhados no solo, seus corpos perfurados pelas balas. Os camponeses se surpreenderam. Souberam do entrevero, mas achavam que enterrariam rebeldes, e não soldados.

Não podiam deixar os cadáveres apodrecendo ao sol, então amarraram os corpos nos lombos dos cavalos. Em El Pinto, a venda do povoado, os locais contavam entre sussurros o que havia acontecido. Meses antes, tinham visto os guerrilheiros recuarem. Agora, a história fora muito diferente.

"Foi importante para toda a região", lembrou-se Armando Fleites Díaz, um dos rebeldes. "Marcamos posição."

A notícia se espalhou pelos povoados vizinhos.

Redondo, o rebelde que tinha se separado da unidade dias antes para esconder as armas, soube da vitória rebelde a quilômetros de distância, em outro povoado. Àquela altura, o exagero já tomara conta das conversas. "Falava-se de guerrilheiros *barbudos* com quase 2 metros de altura", recordou. Mas ficou claro que a vitória em Finca Diana causara impacto favorável para o recrutamento de novos rebeldes no Escambray. Uma grande quantidade de camponeses começou a aparecer nas montanhas, todos querendo se unir à Segunda Frente.

7

Menoyo mostrou o mapa.

— Aqui — disse, espetando o dedo no papel dobrado e amassado.

Os outros olharam por cima dos seus ombros e viram o ponto: Guanayara. Para a maioria, terra de ninguém, área remota nas profundezas do Escambray.

Todos sabiam que o exército de Batista regressaria com tudo: aviões, morteiros, mais homens. A Segunda Frente precisava sair dali. Se conseguissem chegar ao posto avançado nas montanhas, poderiam enviar mensagens às cidades — suas redes confiáveis —, entrincheirar-se e preparar novas posições. Toda força rebelde precisava de uma base própria. Mas aquilo não seria fácil. Significava cruzar uma área montanhosa coberta de mato denso com uma dúzia de homens e poucas provisões.

O único que objetou foi Faure Chomón Mediavilla, um dos líderes que sempre propusera uma estratégia diferente: fazer a guerra na cidade, e não nas montanhas. Aquele era um bom momento como qualquer outro para retornar a Havana.

Havia dias em que Menoyo e Chomón discutiam, e começavam a demonstrar pouca consideração um com o outro. Para Chomón, não importava que tivessem obtido uma vitória. Os rebeldes dependiam do apoio de professores e sindicalistas em cidades como Havana e Santa Clara. Necessitavam voltar à capital, atacar os altos escalões. Por que pôr em risco as vidas daqueles homens em plantações de café, questionou Chomón elevando o tom de voz.

Mas Menoyo fincou pé. Ninguém ia lhe dizer como conduzir a unidade; já fazia muito tempo que decidira que o modo de vencer a revolução seria atacando Batista onde ele era mais vulnerável: nas montanhas. O governo não tinha presença no interior. Seus soldados nunca haviam lutado nos matagais. Menoyo acabara de demonstrar que, com treinamento e táticas corretas, poderiam derrotar o exército e confiscar suas metralhadoras calibre .50. Se obtivessem vitórias suficientes nas montanhas, desmoralizariam o inimigo, que se renderia alhures. Como o picador na tourada, cansariam a besta com a lança, um golpe por vez.

A esta altura, os dois já gritavam um com o outro.

Diante de todos, Chomón deu meia-volta e começou a empacotar suas coisas. Seu tempo nas montanhas tinha acabado. Ele e os que lhe eram leais levariam algumas armas e iriam até Fomento, e depois para Havana. Menoyo e os demais se embrenhariam montanha adentro.

Chomón foi embora. Acabou-se.

Cada líder abriria seu próprio caminho, mas tratava-se de um revés para a Segunda Frente. Menoyo perdeu mais homens e armas. Poderiam transcorrer semanas até recompletarem a unidade ao efetivo anterior. Os guerrilheiros precisavam deixar a província e avançar por uma trilha perigosa que cruzava terreno traiçoeiro, sem garantias de que conseguiriam fazê-lo.

O vento soprava através dos pinheiros, espantando os pássaros no ar noturno. Ninguém queria se mexer. Os rebeldes tinham cruzado o matagal que levava às terras altas. Seus corpos estavam doloridos. Quanto mais se embrenhavam pelas terras ermas, mais escuras e assustadoras elas se tornavam. Só uns poucos homens já haviam avançado tanto pelas montanhas. Era difícil enxergar mais de 15 metros adiante, mas o melhor momento para avançar era à noite.

Morgan vinha se arrastando pela trilha escura e começava a ficar tonto. Durante o dia tivera calafrios, e agora seu rosto, coberto de sujeira, começava a ficar avermelhado. Alguma coisa não estava bem.

Mas Menoyo não podia esperar. Tinha de manter o ritmo da marcha para chegar a Guanayara a tempo. Lá, encontrariam novos recrutas, e ele esperava que trouxessem os suprimentos de que tanto necessitavam.

— Sigam em frente — ordenou.

Alguns atiraram o boné no chão, outros alçaram as mãos e a cabeça para o céu, mas todos sabiam que deviam cumprir ordens. Levantaram-se, agarraram as mochilas e fuzis e voltaram para a trilha.

Armando Fleites, o único médico da Segunda Frente, percebia que alguns recrutas jovens estavam receosos do novo entorno, e os chamou de lado; precisavam confiar em Menoyo e nos líderes, afirmou. Todos corriam riscos, mas por isso estavam nas montanhas.

Assim como Menoyo, Fleites, *barbudo* alto e imponente de olhar penetrante, tinha sido profundamente influenciado pelo pai, um médico que partira para as montanhas trinta anos antes, durante a revolução contra o então presidente Gerardo Machado.

Quando Fleites decidiu se juntar à luta contra Batista, o pai lhe entregou uma pistola e o abraçou. "É o seu dever", disse-lhe o velho. A mãe lhe deu um crucifixo.

Os homens iam por uma trilha quando perceberam que Morgan e Lorenzo tinham desaparecido. Menoyo deu meia-volta e desceu, praguejando em voz baixa. Depois de passar por um grupo de árvores, encontrou os dois, ainda no chão.

— Levantem-se — ordenou Menoyo.

Morgan olhou para ele mas não se moveu. "Preciso de um tempo para descansar", disse. Estava com forte diarreia, e claramente desidratado.

Para Menoyo, aquilo não era nada. Precisava manter os homens vivos. Deixá-los era uma impossibilidade. Inclinou-se e fitou Morgan nos olhos. Desde o início ele tinha deixado claro que estava no comando, disse. Se Morgan precisava reunir forças, era agora. Caso necessitasse reunir toda a sua energia para ir em frente, a hora era agora.

— Diabos o partam, mexa-se!

Apesar de se sentir confuso, Morgan ficou surpreso. Por anos ninguém falava com ele daquele jeito. Mas Menoyo deixara claro: a Segunda Frente precisava dele, e o líder da unidade não ia largá-lo no mato.

Morgan se ajoelhou e depois conseguiu se pôr de pé. Imediatamente posicionou-se atrás de Lorenzo, de 23 anos, que tinha rompido os ligamentos do pé alguns dias atrás, e lentamente o ajudou a se erguer. Então Morgan pegou uma corda na mochila de Lorenzo e a amarrou em volta da cintura do jovem. Tomou a outra ponta e a amarrou na própria cintura. Pouco depois, os rebeldes viram Morgan, que puxava Lorenzo, caminhar lentamente na direção deles, um passo de cada vez. Semanas depois da sua iniciação vacilante com os rebeldes, estava se tornando um deles.

———— ⚬ ————

Os homens se embrenharam ainda mais pela mata e deixaram cair as mochilas. Encharcados de suor e cobertos de sujeira, despencaram no chão. Todos estavam com dores. Lorenzo precisava ser tratado em uma clínica. Outros tinham arranhões profundos do mato e dos espinhos; os pés, rachados e sangrando.

Mas agora, quase em Guanayara, finalmente entenderam por que Menoyo os tinha levado até lá. O terreno era acidentado e íngreme, o que quase impedia a passagem de jipes e caminhões. As árvores eram das mais altas nas montanhas. Os soldados teriam de subir a pé. Menoyo estava avaliando as possibilidades no campo de luta. Ordenou que armassem o acampamento em um lugar conhecido como Charco Azul.

O Comandante Ianque

Alguns homens foram a uma fazenda próxima pedir ajuda aos *guajiros*. Precisavam principalmente de comida e água. Por dias sua dieta consistira em cocos e inhame, uma raiz escura que cozinhavam como prato principal. A maioria sofria de infecções intestinais ou estomacais, causadas principalmente pela desidratação e excesso de calor. Ao menos agora poderiam se estirar debaixo de um mogno para descansar.

Exausto, Morgan se arrastou até a beira do campo e encontrou uma árvore. Puxar Lorenzo consumira todas as suas forças. Pensou na família, nos filhos. Levaria muito tempo até vê-los novamente, se é que os veria. Quase morrera sob o sol escaldante e por pouco não fora deixado para trás. Se morresse ali, ninguém saberia nem mesmo o motivo de estar em Cuba.

Se pudesse escrever sobre isso, colocar tudo no papel, provavelmente se explicaria com as pessoas que deixara para trás. Achou que era sua única oportunidade.

Caminhou até o centro do acampamento e pediu um pedaço de papel e um lápis a um rebelde. O jovem *barbudo* pareceu surpreso, mas entregou-lhe uma folha de papel enrolada. Morgan voltou para a sombra. Recostado, escreveu seus pensamentos. Mesmo que nunca os lessem, ao menos poderia traduzi-los em palavras.

"Por que estou aqui? Por que vim para cá, longe da família e de meu lar? Estou aqui porque acho que a coisa mais importante que os homens livres devem fazer é proteger a liberdade alheia."

Não se tratava de aventura, dinheiro ou fama. Tratava-se de lutar contra "as forças que querem usurpar os direitos das pessoas".

Ele refletiu sobre sua experiência com Lorenzo. Mais jovem, este havia trabalhado em uma loja em Havana, onde viu os soldados de Batista extorquirem comida do proprietário, enquanto o pobre-diabo mal conseguia juntar o suficiente para comprar pão.

Mesmo depois do sério problema no pé em plena montanha, Lorenzo se recusara a entregar os pontos, disse Morgan. "Aqui, o impossível

MICHAEL SALLAH E MITCH WEISS

acontece diariamente. Aqui, um garoto de 19 anos consegue marchar doze horas com o pé quebrado por um território comparável às Montanhas Rochosas dos Estados Unidos, e sem reclamar."

Morgan dobrou o papel e foi até onde estava Menoyo. Queria entregá-lo aos que apoiavam a Segunda Frente em Havana. Se alguma coisa lhe acontecesse, pelo menos saberiam por que estava ali.

8

Os rebeldes se reuniram portando suas armas. Alguns eram adolescentes que tinham abandonado os estudos; outros estavam na casa dos 40 anos, saídos do campo. Um por um, eles entraram em linha e se prepararam.

"¡Listos!" foi o primeiro comando. "¡Apuntar!" e, por fim: "¡Fuego!"

A cada ordem, eles iam executando a sequência: Preparar! Apontar! Fogo! Alguns tiros atingiam as árvores, outros mal tocavam os ramos. A maioria não praticara o tiro, e o coice das carabinas os arremessava para trás.

Parado no fundo do acampamento, Morgan via a frustração no rosto de Menoyo. A Segunda Frente não tinha armas suficientes, e a maioria dos novos voluntários era de combatentes inexperientes.

Morgan pôs no chão a arma que estava limpando e foi até a linha de tiro. Devia ter esperado a sua vez, como todos, mas não pôde se conter.

— *Mira* — disse. Veja.

Tomou a M1 de um dos rebeldes, segurou-a diante de si e puxou bem a bandoleira da carabina para que todos vissem como a segurava. Passou-a pelo ombro e alinhou alça e massa de mira. Entrecerrou o olho, fez pontaria e então — forçando o apoio da bandoleira e da empunhadura — apertou o gatilho. A bala atingiu o centro do tronco. Ninguém disse uma palavra. Alguns tinham visto o que ele fizera durante a escaramuça em Finca Diana, aquele americano louco caminhando na direção do tiroteio.

71

MICHAEL SALLAH E MITCH WEISS

A maioria dos rebeldes assentiu em aprovação, mas um deles permaneceu afastado, olhando por cima dos ombros dos outros. Regino Camacho Santos — espanhol das Ilhas Canárias — crescera entre gente que desconfiava dos americanos desde a Guerra Hispano-Americana. Não queria se meter com eles. Já era muito difícil ver Morgan com o uniforme da Segunda Frente, mas o ianque estava se intrometendo onde não era chamado. Camacho, veterano da Guerra Civil Espanhola, devia ser o instrutor de tiro, e estava sendo suplantado por um estrangeiro. Quando Morgan levou os rebeldes para a linha de treinamento, o espanhol fez um comentário sarcástico em voz alta.

Menoyo percebeu tudo, mas não disse nada — por enquanto. Os homens precisavam de tempo para aceitar Morgan, que era perfeitamente capaz de ajudá-los. O Americano podia não ser um oficial instrutor, mas sabia disparar uma arma. Aquela revolução era mais do que protestos estudantis. Era guerra, e eles precisavam desesperadamente aprender a combater.

Um dos jovens rebeldes posicionou-se na linha de tiro. Morgan ajustou a bandoleira da carabina para deixá-la bem estirada. Quanto mais ajustada a bandoleira, mais apoio se conseguia e menos se sentia o efeito do coice. "Não olhe para mim", disse-lhe Morgan, apontando para a árvore.

O jovem fez a pontaria e disparou. A bala tocou em um ramo pequeno.

— *Bueno* — disse Morgan sorrindo.

Camacho fez outro comentário em voz alta para que todos ouvissem e foi embora. A coisa não tinha acabado entre os dois, mas os rebeldes começavam a aceitar o americano.

Mais tarde naquela noite, os homens se reuniram no acampamento. Às vezes contavam histórias, compartilhando cigarros enrolados à mão. Noutras, dividiam uma laranja que alguém tinha colhido. Agora, queriam se engalfinhar em disputas, uma espécie de luta livre para ver quem se sujeitava quem. Enquanto Morgan observava os homens se avaliarem para ver quem queria pelejar, Camacho foi até ele.

— *Vamos a luchar* — disse, apontando para o centro do acampamento. Vamos lutar.

Morgan sorriu. Será que realmente queria se meter numa luta livre? Diante de todos? Camacho não sabia que, em Ohio, Morgan havia passado horas praticando aquele tipo de luta sob as luzes da varanda nas noites de verão. Garoto que frequentara as ruas, ele era durão e conhecia todos os movimentos básicos, da pegada e derrubada ao *full nelson*. Era maior do que Camacho e, em sua opinião, mais forte.

Morgan não retrucou, mas Camacho não o deixou em paz. Alçou a voz para assegurar que todo o acampamento o ouvisse.

— ¡*Vamos a luchar!* — bradou.

Morgan estava se entrosando com a turma e não queria chatear ninguém, mas aquele oficial instrutor maluco, um espanhol de cabeça quente com complexo de inferioridade, o estava provocando abertamente.

Agora todos os observavam. Morgan tinha de defender sua honra. Foi até o centro da clareira, onde estavam os outros, e lentamente desabotoou a camisa. Assim que a atirou no chão, Camacho respirou fundo e o atacou, tentando derrubá-lo. Morgan deu um passo para o lado e o espanhol passou voando em direção ao chão.

Alguns rebeldes riram quando Camacho, o rosto ruborizado, se ergueu e atacou novamente em direção a Morgan, determinado a fazê-lo cair. Morgan voltou a desviar, mas desta vez agarrou Camacho, deu-lhe uma volta e passou os braços ao redor dele, num abraço de urso. O rosto de Morgan ficou vermelho, espremendo Camacho até que o rosto deste também assumiu a cor de um vermelho bem sanguíneo. Todos em volta prenderam a respiração enquanto Camacho começava a arfar, incapaz de falar. Depois de uns segundos, Morgan desequilibrou o espanhol e o atirou no chão, ameaçando dar um golpe de caratê que se deteve a centímetros da cabeça do oponente.

Os rebeldes emudeceram. Camacho, o cara fortão da unidade — especialista em demolições que tinha lutado contra os soldados de Franco —, estava prostrado no solo. Morgan se ergueu, limpou a sujeira do uniforme e deu um passo atrás. Não queria se vangloriar. Para ele, o assunto estava acabado.

"William não quis constrangê-lo", lembrou-se Redondo.

Camacho não sabia, mas acabara de ser substituído.

❧

Morgan e Menoyo ouviram os tiros. Sabiam que deviam voltar correndo para o acampamento.

Os dois tinham saído no início da manhã para conversar sobre o novo papel de Morgan na Segunda Frente, mas precisavam voltar. Agarraram os fuzis e tomaram a trilha, os disparos soando cada vez mais fortes à medida que se aproximavam de Charco Azul.

A distância, viram dezenas de soldados se dirigindo ao bosque com bastantes árvores onde eles estavam acampados. Os rebeldes atiravam por entre as árvores, mas estavam sendo cercados por pelo menos uns cem soldados. Dois caminhões cercavam o perímetro com metralhadoras calibres .30 e .50 instaladas nos tetos das cabines dos veículos. Os rebeldes estavam encurralados.

Em vez de se deterem para avaliar a situação, Menoyo e Morgan correram em direção à clareira e dispararam rapidamente sobre a linha de soldados. Com uma submetralhadora britânica Sten, Morgan atirou na trilha à sua frente enquanto corria para o acampamento. Por um instante um não soube se o outro conseguiria chegar lá, mas segundos depois penetraram no perímetro.

Os rebeldes viram os dois correndo em sua direção, disparando nos soldados por entre as árvores. Quando Menoyo chegou, os homens estavam fixados em suas posições. Esperavam suas ordens. Mas ele não sabia quantos soldados os cercavam. O pior é que os homens de Batista tinham trazido morteiros. Pelo tamanho das unidades que se formavam ao redor do acampamento, os rebeldes entenderam que lutariam contra um batalhão inteiro.

"O exército nos encurralou", recordou Redondo.

Os rebeldes tinham conseguido novas armas e munição desde que chegaram a Guanayara, então podiam resistir por algum tempo, mas os rojões dos morteiros começaram a se abater sobre eles. O cerco inimigo se fechava por todos os lados.

A Segunda Frente nunca tinha corrido tanto perigo. Aquilo era uma vingança por Finca Diana. A grande charada era como o exército soubera da posição exata dos rebeldes. O ataque tinha sido muito bem planejado e mais bem coordenado. A maior parte dos camponeses e habitantes dos povoados apoiava a *revolución*, ou ao menos se mantinha neutra, mas alguns podiam não gostar dos guerrilheiros por um motivo ou outro. Menoyo e os outros líderes haviam orientado os homens a tratarem os locais de modo respeitoso, mas, ao fim e ao cabo, a Segunda Frente estava em terra alheia.

Alguns rebeldes se abrigaram atrás de uma grande parede de pedra e se posicionaram para revidar aos disparos. Os soldados estavam preparados e muito municiados. Podiam sustentar o ataque aos rebeldes até eliminá-los. Menoyo e os homens, cercados no acampamento, simplesmente não conseguiriam abrir caminho à bala.

Mas eles possuíam dois coringas: Artola e Carreras. Menoyo percebeu que nenhum dos dois estava ali. Eles haviam partido pela manhã em uma patrulha de reconhecimento, cada qual por seu lado. Artola levara quinze homens; Carreras, mais de uma dúzia. Eles voltariam, e eram suficientemente inteligentes para logo entenderem o que acontecia e participarem do combate. Se Menoyo e os outros pudessem continuar se movimentando no acampamento, podiam ganhar tempo.

Carreras tinha ouvido os tiros e regressara, mas se deteve ao ver os soldados formando as fileiras. Em vez de atacar do mesmo nível, ele e seus homens escalaram uma saliência acima do acampamento e lá se posicionaram. Quando todos estavam a postos, Carreras pegou o binóculo para avaliar a linha inimiga. Então, deu a ordem.

Ao mesmo tempo, Artola e seus homens voltavam ao acampamento pelo outro lado. Combatente experiente, ele percebeu que o exército atacava com dispositivo tradicional: a infantaria na vanguarda e comandantes na retaguarda. Ele e seus homens rapidamente se posicionaram uns 200 metros detrás da posição dos oficiais. Com todos a postos, Artola ordenou que abrissem fogo.

Com Carreras atirando do alto e Artola e seus homens disparando pela retaguarda, os soldados ficaram totalmente confusos. Supostamente estavam lutando contra uma dúzia de guerrilheiros, e não contra um batalhão inteiro.

Menoyo percebeu a oportunidade de escapar. Chamou os homens à sua volta. Estava decidido. Se fosse para morrer, que o fosse cantando o hino nacional cubano e atacando as linhas oponentes. Alçou a mão e apontou para a frente. Os rebeldes o seguiram disparando suas armas.

Só havia um problema. Morgan não captou o espanhol e não entendeu a ordem. Ele e vários outros ficaram para trás e continuaram atirando. Do mesmo modo, um pequeno destacamento de soldados do governo permaneceu e revidou. Como havia feito anteriormente, Morgan se ergueu empunhando a Sten e disparou de pé.

Um oficial do exército decidiu que também atiraria de pé. Então ambos — Morgan e o tenente Antonio Regueira Luaces — pareciam caubóis do velho oeste em duelo de vida ou morte.

Morgan queria "entrar numa luta corporal contra ele", recordou-se Redondo.

Eles se alternaram, jogando-se no chão para se proteger, e depois se levantavam para devolver os tiros. Nenhum dos dois queria recuar.

O Comandante Ianque

Observando de longe, Menoyo e os outros viram o ianque seguir disparando, recusando-se teimosamente a correr. Depois de vários minutos, Menoyo mandou os rebeldes atirarem no tenente de Batista e acabar com o confronto. A maioria dos soldados já havia recuado para as montanhas fazia muito tempo.

No cômputo final, morreram cinco rebeldes e trinta soldados do governo. Nenhum dos lados podia se declarar vitorioso, mas os rebeldes haviam escapado da aniquilação certa. O exército de Batista despachara cerca de quinhentos homens para se vingar das perdas em Finca Diana, e não tinha o que comemorar.

Naquele dia, 3 de abril de 1958, o *New York Times* publicou uma reportagem sobre o surgimento de uma nova unidade rebelde em Cuba: a Segunda Frente. O repórter Herbert Matthews resenhou a breve história da unidade e seu papel emergente na revolução, mas incluiu algo mais: a carta de Morgan contando por que lutava em Cuba. Os mensageiros do acampamento haviam entregado aquele tipo de bilhete a pessoas que apoiavam os rebeldes, que a repassaram ao repórter. Agora, o mundo sabia da Segunda Frente e de William Morgan.

9

O CAMINHÃO ARRANCOU COM UM SOLAVANCO E ACELEROU RUA abaixo. Olga Rodríguez se agarrou como pôde, o cabelo esvoaçando ao vento. A polícia secreta de Batista tinha investigado os principais revolucionários que ajudavam os rebeldes. Alguém tinha entregado o nome dela.

Ninguém esperava aquilo. A morena bonita que presidia o grêmio estudantil escondia suas atividades antigovernamentais para proteger a família. Ela agira assim durante a maior parte do seu tempo de estudante. Tinha se apresentado como voluntária para contrabandear medicamentos aos rebeldes porque ninguém suspeitava que ela própria fosse uma revolucionária.

Enquanto o caminhão avançava em direção ao refúgio, o motorista mandou-a se abaixar. Os oficiais da SIM já haviam ido à sua escola. Em breve vigiariam a casa dos pais dela na Calle Independencia. Olga pensou nos pais, nas irmãs e no primo Gilberto, que vivia com eles na pequena casa apinhada de blocos de cimento. Ela havia colocado todos em perigo.

Batista tentava destruir a rede de apoio da Segunda Frente em Santa Clara. Com uma nova tática, a polícia acompanhava os passos dos familiares e dos amigos daqueles que davam suporte ao movimento e depois, por meio da intimidação, os fazia falar. A situação nunca esteve tão ruim.

O caminhão encostou diante de uma casa no perímetro da Universidade Central de Las Villas, em Santa Clara. O motorista acompanhou Olga até o interior. Por enquanto ela se esconderia ali, mas não sabia por quanto tempo. Os policiais tinham ordens de caçá-la.

Não era segredo que Olga presidia o grêmio estudantil da faculdade que formava professores, uma escola radical com longa história de protestos sociais. Mas muitos não sabiam o quanto ela estava comprometida com a causa. Seus pais não desconfiavam, nem os irmãos. A cada morte, a cada pessoa desaparecida, mais ela se envolvia: outro protesto, outra coleta de dinheiro para enviar aos rebeldes. Ao se encontrar com os colegas estudantes, ela própria foi o tema da reunião. Precisavam encontrar um meio de protegê-la.

Policiais andavam pelas ruas mostrando uma foto de Olga. Tinham ido à escola e tentado intimidar o diretor. Em breve, ela teria de encontrar outro "aparelho".

Olga não sabia que a SIM tinha invadido a casa da sua família e destruído tudo. Vasculharam quartos, armários e o quintal. A mãe permaneceu parada junto à porta, tremendo. Sabia que não descansariam enquanto não encontrassem sua filha. Então, eles acharam Gilberto.

Quatro anos mais velho do que Olga, Gilberto vivia com a família desde menino. Era primo dela, mas ainda considerado membro da família, e era perfeitamente aceitável a polícia "apertar" parentes do sexo masculino para conseguir informações e mostrar do que eram capazes. Dois tiras da SIM encontraram Gilberto em uma esquina e exigiram saber onde ela estava. Gilberto fitou os homens e sacudiu negativamente a cabeça. Não a entregaria. Eles pressionaram, mas ele ficou firme. Nem uma palavra.

Um deles o agarrou por trás enquanto o outro o esmurrava no rosto, no peito e no estômago. Os golpes vinham e o sangue jorrava do nariz e da boca. Os agentes o empurraram até o carro e o jogaram no banco traseiro.

Era hora de levá-lo ao lar dos Rodríguez. Quando a mãe de Olga correu para o portão, Gilberto estava caído no chão, uma massa sanguinolenta.

— Gilberto! — gritou ela, agachando-se ao lado dele. Rogou aos policiais que parassem.

— Isto ainda não é nada — grunhiu um deles, comparado ao que estava à espera de Olga.

❧

Olga precisava partir. Tinha que se pôr a salvo e, o mais urgente, proteger sua família. Ela já havia pensado sobre isso e então entendeu que necessitava tomar uma atitude drástica: ir para as montanhas. A polícia secreta voltaria à sua casa e certamente machucaria outros membros da família. Era uma questão de tempo até a encontrarem.

— Preciso me juntar aos rebeldes — decidiu.

A princípio, os estudantes que a ajudavam ficaram em dúvida. Levá-la até o Escambray já seria difícil, mas o maior problema era que não havia mulheres entre os rebeldes nas montanhas.

— Não vai dar — argumentou o revolucionário que tomava conta dela.

Ela bateu pé. Afirmou que havia mulheres entre os rebeldes de Sierra Maestra. Se os estudantes não a ajudassem, ela daria um jeito. Não ficaria ali.

Por fim, um dos estudantes concordou em conversar com um membro do movimento clandestino. Se encontrassem um acompanhante para levá-la, eles concordariam. Caso contrário, Olga teria de esperar.

Naquela noite, ela fechou os olhos, mas não conseguiu pegar no sono. As horas se arrastavam enquanto pensava no apuro pelo que passava. Em apenas dois anos, deixara de ser estudante de uma família obscura e passara a revolucionária procurada pela polícia secreta do presidente. Chegar ao acampamento rebelde seria uma das jornadas mais difíceis da sua vida.

Primeiro, precisava chegar ao sopé das montanhas. Os soldados haviam instalado postos de controle e estavam parando veículos suspeitos de se encaminharem às montanhas para ajudar os rebeldes. Havia ônibus para Manicaragua, mas o exército os fazia parar e vasculhava tudo. Os policiais tinham fotos dela, o que tornava a viagem ainda mais arriscada. Antes de mais nada, precisava mudar sua aparência.

Pegou umas tesouras e foi para o banheiro. Com seus olhos escuros e redondos, era uma das moças mais bonitas da escola. Mas aquilo já não importava. À medida que seus cachos caíam sobre seus ombros e no piso, ela se dava conta de que levaria muito tempo até voltar a ser o que era — se é que voltaria. A vida que conhecera em Santa Clara chegara ao fim.

Olga pegou um frasco de tinta de cabelo, que uma amiga tinha deixado na casa, despejou o conteúdo na cabeça e esfregou. Aos poucos começou a ver no espelho uma outra pessoa. Seu rosto e o cabelo estavam diferentes. Agora era só colocar um gorro caído sobre os olhos.

Quando terminou, Olga ouviu baterem à porta. Os estudantes tinham conseguido um homem para escoltá-la.

— Vou ajudá-la — disse ele. — Mas você tem de fazer tudo o que eu disser. Não temos muito tempo.

Ao entrar na casa, ele pusera a mão nas costas e puxara do cinto um revólver calibre .22. Olga precisava portá-lo onde ninguém pudesse encontrá-lo. Sem hesitar, ela deu meia-volta e enfiou a arma na calcinha. Ajeitando a blusa, virou-se de frente para eles.

— Estou pronta — afirmou.

O plano era simples. Subiriam no ônibus, um de cada vez, e se sentariam separados. Se fossem flagrados, o acompanhante de Olga dispararia nos soldados para que ela pudesse fugir.

— É melhor que você não saiba meu nome — disse ele.

Caminharam até a parada, cada um de um lado da calçada, e embarcaram. Andando pelo corredor, procuraram sentar na mesma fileira, mas separados pelo vão central.

Quando o ônibus arrancou, ela pensou na família. Não tivera chance de se despedir deles. Perguntou-se se veria a mãe novamente. Antes do pôr do sol estaria em Manicaragua. Caso tivesse sorte, chegaria às montanhas centrais em um dia. Já fizera aquela rota familiar levando pacotes aos rebeldes, quando passara por uma vasta extensão de terra coberta de capim entre Santa Clara e o sopé do Escambray.

Pensou na avó Inocencia Pozo, que fugira para aquelas mesmas montanhas, meio século antes, durante a guerra de independência. Olga passava horas sentada, escutando sua *mambisa* narrar as experiências da juventude, quando contrabandeou armas debaixo do vestido para os rebeldes. Foi detida, mas terminou se casando com o homem que a capturou, Rafael Rodríguez, um capitão espanhol que permaneceu em Cuba depois da guerra. Ele morreu no dia em que Olga nasceu.

O veículo sacolejou e se deteve. De repente, a porta se abriu e entraram vários homens uniformizados. Olga se assustou. Não sabia o que fazer. Olhou em volta, mas seu acompanhante estava imóvel. Ela precisava se acalmar. Tinha que respirar fundo. Os homens avançaram pelo corredor olhando fixamente cada passageiro.

Um deles foi até Olga. *Olhe para a frente. Não olhe para ele.* O policial a observou enquanto segurava uma foto. Olhou-a novamente e depois lentamente deu meia-volta e desceu.

Olga lançou o olhar para o acompanhante. Tinham conseguido. Mas sabiam que ainda havia muitos quilômetros pela frente.

Na parada seguinte, seu acompanhante se levantou e olhou para ela. Era hora de descer. Não estavam em Manicaragua, mas já não era seguro prosseguir naquele ônibus. Eles desembarcaram e caminhavam pela rua quando seu protetor olhou para trás e apontou para o veículo. Um grupo de policiais armados tinha entrado nele.

Os dois precisavam chegar a uma chácara onde conseguissem ajuda. A maior parte dos *guajiros* da área simpatizava com a revolução, mesmo sem participar ativamente. Suas histórias eram sempre as mesmas: no início tinham apoiado e até adulado Batista, mas quanto mais tempo ele permanecia no poder, maior era o ressentimento entre os mais pobres.

Na primeira chácara que alcançaram, o proprietário não hesitou em recebê-los. Revelou-lhes o que eles já sabiam: ali não estariam seguros. A polícia secreta andava por toda a área, a cavalo e em caminhões.

O camponês concordou que Olga ficasse enquanto o acompanhante saía à procura de ajuda. Ela não tinha ideia de quanto tempo isto levaria, porém ao menos ali estaria em segurança.

Durante o resto do dia, ela ficou dentro de casa e brincou sentada no chão com as meninas da casa. Às 22 horas, alguém bateu à porta. Um mensageiro avisou que Olga precisava partir. Os soldados estavam se aproximando e fazendo batidas em todas as casas. Ela corria perigo iminente.

Pouco depois, ela ouviu ruídos na rua. Justamente quando o camponês a levava para fora, ela percebeu dois homens com barbas longas e desalinhadas, vestidos com uniformes verdes-oliva, cavalgando em direção à residência.

O camponês foi até o estábulo — uma estrutura rudimentar de madeira com telhado precário — e entregou um de seus próprios cavalos a Olga.

"Eu nunca tinha montado", lembrou-se ela. "Mas não disse nada."

Com um homem na dianteira e outro atrás, os três partiram na escuridão. A região, conhecida como Callejón del Coco, estava coalhada de soldados. Os *barbudos* conheciam bem a área, mas a jornada até Guanayara seria longa.

Enquanto avançavam pela trilha, Olga começou a tremer. Quanto mais subiam, mais frio fazia. Ela penetrava em outro mundo. Além de viagens curtas às fazendas nos arredores de Santa Clara e das entregas de mantimentos aos rebeldes que fizera até o sopé do Escambray, nunca tinha ido tão longe de casa. Árvores enormes pareciam crescer das rochas, e em alguns lugares eram tão altas que não se via nada mais. A trilha que eles percorriam se embrenhava tanto pela mata que as árvores formavam autêntico teto sobre o grupo.

Ao fazerem uma curva, Olga avistou uma trêmula luz ao longe. A princípio, os homens pensaram que se tratava de camponeses, mas logo entenderam que eram dois carros da patrulha policial prontos para uma emboscada.

"Nós nos atiramos no solo", recordou-se Olga.

De súbito, a impressão foi de que a viagem dera errado. Era hora de apear dos cavalos e enxotá-los em outra direção. Agora teriam de seguir a pé e por outro caminho, mais longo e mais traiçoeiro. Começou a garoar. Olga estava com muito frio. O corpo lhe doía, e seus sapatos não aguentaram as irregularidades do caminho e abriram-se em buracos. Os pés começaram a sangrar no terreno pedregoso.

— *¿Estás cansada?* — perguntou um dos homens. Olga respondeu que não. Queria prosseguir. Não sabia quão longe conseguiria ir, mas, se aguentasse até a manhã seguinte, as probabilidades seriam boas.

Começou a contar as árvores pelas quais passava para impedir que sua mente se perdesse em devaneios. A cada árvore, ela fingia estar mais perto do destino. Não pare, dizia para si mesma. Se parasse, talvez ela não conseguisse mais se levantar.

Ao raiar do sol entre as árvores, Olga caminhava bem atrás, mas ao menos passou a enxergar melhor com a claridade do dia. Faltavam algumas horas para que chegassem ao lugar onde estavam os rebeldes.

E foi numa região conhecida como Escandel que Olga ouviu um ruído estranho. Os homens pararam. Um deles repetiu o ruído, arrulhando como um pássaro. Segundos depois, por entre os arbustos surgiram vários *barbudos* com uniformes verdes-oliva.

Tinha chegado. Aquele era o primeiro acampamento, um posto avançado, disseram seus acompanhantes. O principal ficava a vários quilômetros dali.

— *Venid* — disse um deles — venha — e gesticulou para que Olga e seus acompanhantes os seguissem até uma clareira onde ardia uma fogueira. O aroma fresco de café forte pairava no ar quando eles se reuniram. Seus acompanhantes descreveram o quase encontro com o inimigo. Parecia que os soldados circulavam em jipes pelas estradas principais.

Olga lembrou-se de ter sido tomada por uma estranha sensação. Estava com os rebeldes, aqueles que lutavam na guerra. Fora da sua família, nunca tinha se sentido tão à vontade, como se toda a sua vida tivesse gravitado em direção àquele momento.

Um deles percebeu que os pés da moça estavam rachados e sangrando. "Por que ela não está calçada?", perguntou. Outro lhe entregou um par de botas velhas de couro. "Não são novas, mas espero que sirvam", disse.

Olga sorriu. Um dia antes, fora caçada pela polícia secreta e os soldados, mas, ao menos por enquanto, tinha sobrevivido para ver nascer um novo dia.

Contudo, o tempo era curto para descansar. Seus acompanhantes precisavam levá-la ao campo principal, Verguitas. Lá, ela conheceria Menoyo e os outros, que se preparavam para a primeira grande ofensiva.

10

MENOYO DIVIDIU OS HOMENS EM GRUPOS MENORES — MAIS OU menos dez por equipe — e os enviou aos acampamentos satélites, a alguns quilômetros de distância. O maior ficava no centro, sob seu comando, com uma intrincada rede de camponeses mensageiros ligando as unidades.

Os rebeldes estavam deixando sua marca nas montanhas, criando sua própria aldeia revolucionária. Era o melhor modo de atacar as unidades de Batista, maiores e bem armadas. Menoyo formava equipes menores para ações de comandos, rápidas e capazes de se deslocarem pelas montanhas com maior agilidade do que os soldados.

Olga chegara a um acampamento satélite com seus acompanhantes e estava se aproximando do campo principal. Menoyo soube que ela vinha pelos mensageiros, e concordara: a moça poderia ficar, mas teria de se alojar em uma fazendola próxima.

O sol se punha sobre Verguitas quando os homens se reuniram, alguns desmontando suas carabinas e fuzis para limpá-los, outros armando as redes. As sentinelas foram para seus postos na periferia do campo.

Olga nunca tinha visto tantos homens armados. A maioria era jovem, de olhos escuros e uniformizada em verde-oliva.

Menoyo estava de pé em um círculo com vários outros quando viu o grupo que chegava. Fora informado dos problemas que Olga tivera com a polícia secreta e da sua fuga. Ao caminhar na direção do grupo, percebeu que ela estava tensa. Ele a tranquilizou: estava entre amigos; aquela seria sua casa.

— Agora, você está conosco — afirmou, com tom de voz calmo e reanimador.

Um a um, os homens se aproximaram e a saudaram. Alguns, como Armando Fleites, vinham de Santa Clara, outros tinham participado da rede de grêmios estudantis. Ao menos ela não se sentiu uma total estranha entre os rebeldes.

Roger Redondo era diferente de muitos dos demais. Embora fosse natural de Sancti Spiritus, verdadeiro berço da rebelião, os pais não aprovaram sua entrega à causa. O movimento rompia a coesão das famílias. Por isso queriam que ele permanecesse em casa. Mas Roger não podia ficar inativo enquanto os amigos fugiam para as montanhas a fim de combater, sabendo que poderiam morrer. "Eu tinha que ir também", disse.

Do outro lado do acampamento, ela avistou uma figura alta conversando num grupo menor, de costas para ela. O grupo ria muito e um dos rebeldes se dirigiu à figura central dizendo:

— Cuidado, agora temos uma moça entre nós.

O homem de ombros largos e braços grossos se virou para vê-la. Tinha o cabelo louro e traços rudes, e ao observar seus olhos Olga só conseguiu ver o azul.

Morgan estendeu-lhe a mão e disse algo em espanhol arrevesado, que ela mal entendeu. Sentiu a cabeça leve ao fitar o estrangeiro nos olhos. Nunca tinha visto alguém como ele.

Morgan sorriu.

— Prazer em conhecê-la.

Soltou a mão dela e deu um passo atrás.

Olga tentou agir normalmente. Assentiu com a cabeça e cruzou o campo com os seus acompanhantes, mas pouco depois olhou para trás procurando o estrangeiro.

Um jovem casal com filhos concordou em oferecer um catre a Olga na casa deles, perto do acampamento de Verguitas. Era uma casa simples de fazenda, com fogão a lenha, janelas pequenas e piso de madeira.

Quando se deitou para dormir, Olga pensou na sua família. Sempre se escoravam uns nos outros diante de um problema.

Na manhã seguinte, a jovem mãe percebeu a tristeza da hóspede. "*¿Qué pasa?*", perguntou. O que houve?

Olga olhou ao redor e notou que a mulher agia como sua própria mãe. As roupas das crianças estavam dependuradas em um varal no canto. A panela no fogo era para o café. Havia flores em um vaso simples.

Olga lhe deu detalhes sobre sua vida em Santa Clara, a perseguição policial, os outros estudantes presos e torturados. Porém, ao conversarem, ela se conscientizou de que o povo das montanhas era ainda mais vulnerável.

Seus problemas empalideciam diante do que os camponeses no Escambray vinham aguentando. A vida na cidade oferecia certa proteção. Em Havana, os revolucionários podiam se refugiar em embaixadas estrangeiras, e os mais sofisticados entre eles podiam procurar a imprensa. Nas montanhas não havia porto seguro. A Guarda Rural podia fazer o que quisesse. Alguns arrastavam os moradores locais para fora de suas casas no meio da noite e os espancavam até desfalecerem. Antes de Menoyo e os outros rebeldes aparecerem, os camponeses não tinham quem os defendesse.

— Graças a Deus que estão aqui — disse a jovem mãe.

Olga observou as crianças brincando com as peças miúdas de madeira do dominó que, ao serem colocadas com estrépito em sua posição na figura que se formava no chão, provocavam ataques de riso. Ninguém podia garantir a esta família que eles sobreviveriam.

Quando o sol começou a se pôr detrás das montanhas, Olga foi para o quintal. Os picos do Escambray se erguiam acima das árvores formando uma caverna de natureza crua e elegante que fazia o tempo parar. Só agora ela percebia quão belo era seu país. Não fazia sentido tantas coisas ruins acontecerem em Cuba quando havia lugares esplendorosos como a Sierra del Escambray.

Enquanto se encantava com o campo aberto, ela viu alguém ao longe montado em um grande cavalo branco. Quando o animal se aproximou ela reconheceu o estrangeiro que conhecera no acampamento, que mais tarde soubera ser conhecido como o "americano". Era a última pessoa que esperava ver.

Ele apeou assobiando a marcha "Coronel Bogey", mais bem reconhecida como a assobiada no filme *A ponte sobre o rio Kwai*.

— *Hola* — disse ele. — Como vai, Olgo?

Olga se conteve para não rir.

— Estou bem, comandante, mas meu nome não é Olgo. É Olga... feminino.

Morgan sorriu e ficou um pouco sem jeito por um instante.

— Desculpe, ainda estou tentando aprender o espanhol.

Morgan tinha terminado o treinamento diário de tiro dos jovens recrutas e estivera pensando na mulher que conhecera na noite anterior. Não sabia como explicar a Menoyo, mas pediu permissão para cavalgar um pouco. Muitos camponeses haviam emprestado cavalos aos rebeldes, então ele foi ao estábulo improvisado e escolheu a única égua branca.

Enquanto Morgan e Olga conversavam no quintal, a dona da casa apareceu. Tinha reconhecido o "americano", pois sua presença já era habitual nos vilarejos estreitamente ligados ao acampamento.

No momento, ela preparava porco assado com feijão e arroz.

— *¿Tienes hambre?* — perguntou.

Morgan lançou um olhar interrogativo a Olga, deixando claro que não tinha entendido.

Ela fez um gesto como quem come.

Ele sorriu.

— *Sí* — respondeu.

Alguns camponeses temiam que os rebeldes fossem com frequência às suas casas por causa da Guarda Rural, mas havia muito tempo que a família acolhedora de Olga acreditava na revolução. Eles sabiam que Morgan era um dos líderes. Conversaram sobre a luta e as privações que os homens das montanhas enfrentavam. Com seu parco inglês, Olga traduziu para Morgan o que eles diziam. Quanto mais as forças rebeldes crescessem, piores seriam as represálias de Batista contra os camponeses. A ira dos soldados aumentaria.

Entre bocados de comida, Olga e Morgan se entreolhavam e se moviam incômodos em suas cadeiras. Ela só havia visto americanos em fotos. Em geral, eram caubóis armados, ou mulheres com vestidos da moda em capas de revistas. Ficou curiosa, pois não sabia nada a respeito de Morgan.

Depois do jantar, tomando uma xícara de café com leite e sentado em um *taburete* — pequena cadeira sem braços usada pelos camponeses cubanos —, Morgan se encostou na parede e acendeu um charuto. A cada instante ele se calava e a fitava.

Olga tinha desejado vê-lo novamente, mas agora não sabia o que dizer. Estavam no meio de uma revolução, e ninguém sabia onde se encontraria no mês seguinte, nem mesmo na próxima semana. Ela o seguiu até o quintal, no ar fresco da noite, sob as grandes estrelas que brilhavam.

Os rebeldes sairiam em missão na manhã seguinte, e ele demoraria a regressar. A revolução estava tomando outro curso. O que começara como um conflito entre gato e rato tinha se tornado uma guerra.

Morgan ergueu o chapéu, deu meia-volta e a encarou.

— É seu — disse, surpreendendo-a ao colocá-lo na cabeça dela. — Um presente para você.

MICHAEL SALLAH E MITCH WEISS

Novamente, Olga não soube o que dizer.

Morgan se inclinou — como se fosse beijá-la — e sorriu.

— Nos vemos depois. Cuide-se.

Ele montou no cavalo e fez um aceno de despedida com a mão. Olga o observou cavalgar por uma colina íngreme e se perguntou se o veria novamente.

11

Menoyo rastejou até o limite do grupo de árvores e olhou o campo abaixo. "*Mira*", disse, apontando as fileiras de cafeeiros e a fazenda logo atrás da plantação. As forças do governo tinham tomado La Mata de Café, uma grande lavoura dos irmãos Lora, membros de uma das famílias mais ricas do Escambray.

Morgan e os outros olharam do alto. Em uma clareira salpicada de casas e estruturas de madeira havia soldados por toda parte. Menoyo e seus homens sabiam que se tentassem sair de sua posição esbarrariam em homens de Batista; só não sabiam quantos eram. De todos os lugares no vasto Escambray — 800 km^2 —, o exército tinha escolhido acampar justo ali. Ou os oficiais conheciam a localização dos rebeldes ou tinham uma intuição formidável. Tinha de ser mais do que mera coincidência.

Menoyo apontou o binóculo e avaliou o problema lá embaixo. No centro da plantação, havia uma rocha grande e um chalé de madeira, onde os oficiais se movimentavam. Nas laterais, edifícios anexos serviam de quartel temporário para os soldados. Ele não tinha certeza, mas muito provavelmente a unidade contava com morteiros e até artilharia pesada.

— Esperemos — disse ele.

Os rebeldes precisavam de tempo para traçar estratégias. Tinham apenas 35 homens e era tarde demais para recrutar outros. Àquela altura, os demais acampamentos estavam longe e empenhados em suas próprias patrulhas. A unidade principal rebelde poderia esperar para se juntar às outras alguns dias mais tarde, mas ninguém sabia quanto tempo o exército ficaria ali.

Menoyo percebeu que aquela podia ser a única chance que teriam para atacar os mais de duzentos soldados, desprevenidos e despreparados, e causar grandes baixas. Se os soldados estivessem planejando atacar sua posição central, a unidade rebelde precisava emboscá-los naquele momento. A outra opção era esperar a proteção da noite e cercá-los por todos os lados.

— Está vendo aquilo? — Menoyo apontou para o chalé que abrigava os comandantes.

Aquele seria o primeiro alvo. Se alguns deles pudessem se aproximar, poderiam atirar granadas lá dentro. Se fossem bem-sucedidos, eliminariam a maior parte da liderança de uma só vez. Isso forçaria o restante da tropa a recuar e se dispersar, como acontecera alguns dias antes.

Os rebeldes formularam um plano. Eles se dividiriam em diversos pequenos grupos que ocupariam posições dispersas naquela área de cerca de 15 mil m². Menoyo e Morgan se aproximariam pela frente e fundos do chalé e, ao sinal do comandante, atirariam explosivos para dentro daquele tipo de posto de comando, o que assinalaria o começo do ataque. Na escuridão, os soldados não saberiam quantos rebeldes cercavam a área.

— Aterrorizá-los durante o sono — disse Menoyo.

Os rebeldes percebiam que ele e Morgan estavam ficando muito próximos, e passavam horas juntos todos os dias, conversando sobre estratégias, táticas e outras questões. Morgan falava seu espanhol atrapalhado e Menoyo aprendia um pouco de inglês.

Cada vez mais, Menoyo dependia de Morgan para receber os jovens e ensinar-lhes noções de combate. Quando tinham medo, Morgan era necessário para levantar-lhes o moral e acabar com o nervosismo.

A escuridão desceu quando os homens se ocultaram no mato. Aquilo não era um exercício de campanha, do tipo atirar-correr-abrigar. Era um ataque direto a um acampamento do exército. Precisavam assaltar com rapidez.

Chegou a hora.

Menoyo deu o sinal para que os outros ocupassem suas posições.

— Vamos — disse.

Ele e Morgan correram em direção ao acampamento. A última coisa que queriam era deparar-se com uma sentinela. Se atirassem, a emboscada fracassaria. Perscrutaram a escuridão e não viram ninguém entre eles e o chalé.

Correram em direção à construção principal, Menoyo com uma submetralhadora M3 e Morgan com a Sten. Por sorte, passaram despercebidos pelas sentinelas e se detiveram no escuro, seus corações aos saltos, ao chegarem à lateral do chalé. Agora precisavam agir ofensivamente. Avançaram sem fazer barulho, pé ante pé. Abriram a porta, atiraram os explosivos lá dentro, deram meia-volta e correram para o perímetro antes de virarem alvos.

Em segundos, as granadas explodiram, lançando cacos de vidro e pedaços de madeira pelo ar. Os rebeldes que cercavam o campo abriram fogo.

Os soldados saíram aos gritos dos alojamentos improvisados. Outros permaneceram no interior, em busca das armas para revidar. A única coisa que podiam fazer era se agachar e tentar resistir ao ataque. Tinham morteiros, mas não sabiam como disparar os rojões. Na escuridão, não podiam avaliar a posição nem o tamanho das forças rebeldes.

Os dois lados trocaram tiros. Quando os soldados acharam que o ataque havia acabado, os rebeldes lançaram outra ofensiva. Se o exército soubesse que estava sendo atacado por tão poucos homens, talvez tivesse resistido. Porém, naquele caos só pensaram em escapar enquanto era tempo. Alguns recuaram e encontraram passagens entre as posições rebeldes. Um por um, eles fugiram.

Menoyo soube que estavam batendo em retirada devido à pouca quantidade de tiros que disparavam. A batalha terminara. O plano tinha funcionado.

Os soldados sobreviventes escaparam para um matagal próximo. A Segunda Frente alcançara mais uma vitória significativa. Tinham vencido uma formação mais de quatro vezes maior que a sua. Mas não havia tempo para saborear o êxito. Precisavam se deslocar de novo e com pressa. O exército voltaria, desta vez com centenas de soldados.

12

OLGA SE INCLINOU SOBRE O JOVEM QUE GEMIA NO SOLO, O UNIforme empapado de suor e sangue. Tinha sido atingido no peito, mas naquele momento não era possível fazer nada por ele. Levaria um tempo até conseguirem levá-lo a uma clínica.

Ela pegou um pano úmido e secou a testa dele suavemente, afastando seu cabelo com calma. Era só um adolescente, de uns 15 ou 16 anos, e tremia, com a respiração profunda e entrecortada.

Ela o fitou nos olhos.

— Está tudo bem — disse. — Você vai ficar bem.

Mas sabia que não podia prometer nada. No pouco tempo em que viajara por alguns acampamentos da área, vira corpos de jovens enrolados em cobertores, pedindo ajuda aos gritos.

Com calma, ela ficou junto a ele, segurando-o enquanto ele tremia sob a coberta.

— Você precisa lutar — disse.

Enquanto tentava estabilizar a respiração do rapaz, ninando-o, sentiu que alguém tocava seu ombro. Era Morgan.

Já haviam decorrido vários dias desde que ela o vira partir a cavalo.

— Como você está? — perguntou ele.

Olga pensara nele todos os dias, perguntando-se se o veria novamente. Ouvira sobre a batalha em Chalé do Lora, mas não sabia o que acontecera com Morgan.

— Obrigada, comandante — respondeu. — Estou bem.

Morgan sorriu e revelou um buquê de flores silvestres que trazia.

— Para você — disse.

Os olhos dela brilharam. Segurou as flores, pegou uma e a enfiou no cabelo com delicadeza.

Para sua surpresa, Morgan se inclinou e a beijou na testa. Ela se sentiu afogueada, e por um instante só havia os dois no acampamento abaixo do Tico Puerto, um dos picos mais altos do Escambray. Isto não deveria acontecer em uma guerra, no entanto, por um breve instante, ela se esqueceu de tudo ao redor.

Morgan rompeu o silêncio.

— Vim para dizer-lhe que você foi transferida para outro acampamento. O meu grupo e eu vamos partir esta noite, e você virá conosco.

Em vez de fazer perguntas, ela simplesmente assentiu com a cabeça. Estava animada com a perspectiva de partir com ele, mas não sabia que iriam para uma das áreas mais perigosas do Escambray, onde soldados e rebeldes vigiavam seus territórios para o confronto final.

<hr />

Olga firmou as mãos nas rédeas quando seu cavalo tomou a trilha em acentuado declive que descia pela vertente pedregosa. Durante a maior parte da noite, ela se manteve ereta na sela, sem se afastar muito de Morgan. Nem quando o sol irrompeu entre os picos o caminho de pedras ficou mais fácil.

Depois começaram um difícil aclive. Aproximadamente a cada centena de metros precisavam sair da trilha para evitar as ravinas escarpadas. Tudo era diferente das outras partes do Escambray: a neblina densa e as trepadeiras tão emaranhadas nas árvores que mal se avistava o sol em alguns trechos. Só podiam avançar em fila indiana em certas trilhas estreitas.

O Comandante Ianque

Quando começaram a cavalgar uma das colinas acima, Olga de repente sentiu que a sela tinha afrouxado. Em segundos, ela escorregou e caiu no chão junto à ribanceira.

— Socorro! — gritou enquanto seu corpo quicava no terreno acidentado de uma garganta. Ao tocar o fundo ela quase desmaiou. Sentiu uma dor aguda nas costas e nos braços.

A maior parte da unidade já chegara ao alto da colina quando um rebelde percebeu que o cavalo de Olga estava ali, mas ela não.

Morgan rapidamente fez a volta, o rosto pálido. Desceu com dificuldade uma trilha de vacas até chegar ao fundo da ravina.

— Olgo, você está bem?! — gritou ele, saltando do cavalo.

— Estou — respondeu ela. Envergonhada, tentou se sentar, mas Morgan disse que ficasse imóvel. Foi até ela e, gentilmente, apertou seu braço direito, e depois o esquerdo para ver se estavam quebrados.

Olga o fitou, sorriu debilmente e depois se ergueu, tentando não deixar transparecer a dor que sentia.

Lentamente, com ajuda de Morgan, ela se sentou e depois olhou em volta para os que a cercavam. Esperou um minuto e então se ergueu antes de caminhar lentamente até o seu cavalo.

Não queria que soubessem que sentia muita dor nas costas. Precisavam sair dali. Os soldados se aproximavam.

❧

Morgan se ergueu na sela, apanhou a Sten e a ergueu no ar. Por fim, tinham chegado.

Um a um, os rebeldes do acampamento vieram saudar Morgan enquanto ele cavalgava ao passo até o centro da área. Coberto de samambaias e pinheiros, o acampamento era na verdade uma grande fazenda localizada no coração do Escambray, em área conhecida como

99

Nuevo Mundo. Como ali a topografia era bastante irregular — com abundância de ravinas, cavernas e bosques cerrados —, a área era ideal para o acampamento rebelde.

Morgan e os outros mal tinham desencilhado os cavalos quando souberam que estavam em perigo. Os camponeses haviam avistado um grupo do exército de Batista nas montanhas mais abaixo. Com quase toda certeza iriam acampar por perto.

Provavelmente os rebeldes teriam tempo para descansar à noite. Pela manhã estariam recuperados da viagem. Então começariam a atacar rapidamente e protegeriam o novo acampamento, que seria o quartel-general provisório.

Um dos homens apontou para a casa da fazenda, cuja proprietária, *doña* Rosa, preparava *cortaditos* para os recém-chegados. Corajosa, dura e falante, Rosa era um dos membros mais conhecidos da resistência, rica proprietária de terras que amava os rebeldes quase tanto quanto odiava Batista. De meia-idade, rechonchuda e com uma risada contagiante, ela possuía um rádio de ondas curtas em casa para ouvir as transmissões dos rebeldes de Santa Clara e se comunicar com outros operadores.

Olga imediatamente gostou daquela figura maternal, que a convidou a se hospedar em um dos quartos. Nascida na Galícia, Espanha, Rosa era parecida com muitas pessoas de Nuevo Mundo, cujas famílias se mostravam resolutamente independentes e contrárias a tudo o que lembrasse ditadura. Gente mais escolarizada do que a maioria de seus congêneres cubanos, era óbvio o orgulho que ela sentia de suas capacitações. A casa de Rosa possuía grandes telhados, paredes e piso de madeira e sólidas fundações em pedra — autêntica casa senhorial com vista panorâmica das magníficas montanhas do Escambray.

Rosa arriscava a própria vida associando-se aos rebeldes, mas não tinha medo. Se morresse, morreria em suas terras. Morgan e Olga sentaram-se à mesa ouvindo-a contar sobre as dificuldades dos fazendeiros com a Guarda Rural de Batista. Ela estava farta. Muitas pessoas tinham sido torturadas e expulsas de suas terras.

Caía uma garoa suave e os rebeldes tentavam se aquecer, alguns reunidos ao redor do fogão a lenha, escutando uma transmissão radiofônica rebelde no rádio de ondas curtas. Olga se inclinou para escutar quando sentiu um tapinha no ombro. Morgan a chamava para ir lá fora.

— Agora? — perguntou.

— Sim, agora.

Ela já havia sido informada das suas tarefas, que incluíam assegurar o envio de mensagens pedindo provisões. Não sabia o que Morgan tinha a dizer, mas foi. Ele a levou a um canto do acampamento e sentou-se. Tirou do bolso uma foto da filha Annie e uma de Billy. Com um sorriso largo, o menino se parecia muito com o pai.

— Esta é minha família nos Estados Unidos — disse ele.

Ela olhou as fotos sem dizer nada. Não sabia que ele tinha filhos, nem que era casado. Ele pôs a mão no ombro dela e disse para que não se preocupasse. Havia bom tempo que não vivia com a esposa. As únicas pessoas com que se preocupava eram os filhos e a mãe.

Ele entregou-lhe um pedaço de papel escrito em inglês.

— É o endereço da minha mãe — disse. Se alguma coisa lhe acontecesse, queria que Olga a informasse. — Sei que posso confiar em você.

Ela meneou afirmativamente a cabeça e guardou o papel no bolso. Por um instante, não disseram nada. Morgan lhe entregara algo quase tão importante quanto a própria vida. Ela queria perguntar muitas coisas a ele. Queria dizer outras tantas. Mas era melhor permanecer calada. Morgan se levantou, abraçou-a, e depois foram em direções opostas, ele para a rede, ela para a casa de Rosa.

Naquela noite, ela não conseguiu dormir. Quando finalmente o sol surgiu acima das montanhas, ela foi procurar Morgan. A rede estava vazia. Ele já havia ido embora.

13

Menoyo sondou bem todo o vale à procura de indícios dos soldados — uma chispa de luz, um sinal de fumaça. O exército estava vindo, ele sabia. Contudo, se os rebeldes pudessem rastrear os movimentos deles, conseguiriam alguma vantagem.

Batista enviara 2 mil soldados para o Escambray, o maior contingente já despachado para as montanhas centrais. Se os fazendeiros ingratos queriam poder de fogo, pois então o teriam. Ele também planejava enviar B-26s para bombardear posições estratégicas.

Menoyo sabia que o pior estava por vir, porém se encontrava muito mais bem aprestado para os confrontos. Sua unidade havia crescido e, felizmente para ele, recebera o tão almejado treinamento básico para o combate. Estava muito satisfeito com Morgan. Ele se tornara popular entre os jovens *barbudos*, muitos dos quais pediram para servir na sua pequena equipe.

Certa noite, Camacho foi até Morgan para conversar. Os outros viram os dois debruçados sobre uma antiga Winchester, juntando as partes para remontá-la. Haviam acertado suas diferenças.

Pela manhã, os dois tinham acabado de criar um fuzil de assalto caseiro. Tendo como base a armação de uma Winchester modelo 1907 e combinando peças de outras armas, eles montaram um fuzil que podia trocar de canos e assim disparar com a munição de calibre que estivesse disponível. Batizaram-na Winchester Cubana.

O progresso de Morgan não passou despercebido aos comandantes da Segunda Frente, como Carreras, Fleites e Artola. Depois de uma reunião ao final de longo dia de julho, eles o convocaram. Todos tinham concordado: era hora de Morgan liderar sua própria coluna. Foi promovido a comandante, a mais alta patente que um rebelde podia alcançar em Cuba.

Morgan estivera à frente de pequenas patrulhas, mas agora Menoyo queria que o treinador de guerrilheiros liderasse. Para Morgan, aquilo era agridoce. Ele ficou feliz com a confiança demonstrada por Menoyo e os outros, mas ninguém em sua família sabia daquilo — nem a mãe, o pai ou os filhos. Amado e outros foram cumprimentá-lo, mas ele minimizou a importância do momento. Todos os integrantes eram capitais para a unidade, retrucou. Se havia um consolo era ter provado que seus detratores no exército dos EUA estavam equivocados. Ele era um bom soldado.

～

Menoyo queria lançar patrulhas pela nova área, mas antes de conseguirem reunir suprimentos um olheiro correu até o acampamento com más notícias: a Guarda Rural acabara de saquear Escandel. Talvez tivessem espancado alguns aldeões.

Menoyo reuniu seus comandantes. Aquilo era sério, disse. As pessoas das aldeias eram muito pobres, mas ainda assim tinham conseguido reunir mantimentos e suprimentos para enviar à Segunda Frente no dia anterior. Talvez a Guarda Rural tivesse tido conhecimento do fato.

— Precisamos ir até lá — declarou Menoyo aos seus homens.

Menoyo e Morgan lideraram suas equipes — passando por cercas de arame farpado e escarpas íngremes — ao longo da trilha longa e tortuosa que levava ao povoado.

O Comandante Ianque

Menoyo observou através de seu binóculo.

— Lá — apontou.

O olheiro avisara que tinha havido uma pilhagem, mas aquilo pareceu aos revolucionários muito pior. Algumas choças ardiam em chamas. Uma fumaça preta e espessa ainda pairava no ar. Eles viram o corpo de um velho que jazia à margem do caminho e um aldeão inclinado sobre ele. Outro camponês correu até Menoyo, tremendo e aos prantos. A Guarda Rural soubera que a aldeia apoiava os rebeldes.

Horas depois, os guardas — alguns bêbados — invadiram as casas e derrubaram mesas e cadeiras. Agarraram um homem de 72 anos deficiente mental e exigiram que revelasse o paradeiro dos guerrilheiros. Confuso, ele não entendia o que lhe era perguntado.

Um sargento alto o golpeou no rosto e ordenou que falasse. Os soldados o sentaram em uma cadeira e o sargento lhe apontou uma faca. O velho continuava sem saber o que dizer. Então o sargento se inclinou, puxou os lábios dele e, de um só golpe, os cortou com a faca. O sangue espirrou nas roupas do velho e no chão enquanto ele gritava. Mas os soldados não tinham terminado.

O sargento puxou o velho para fora da choça, enquanto os vizinhos rogavam para que o deixassem em paz, e amarrou uma corda em torno do seu pescoço. Puxando a extremidade da corda como se fosse uma coleira, conduziu o homem até a traseira de um caminhão e amarrou a corda ao para-choque. Um guarda sentou-se ao volante e arrancou.

Para delírio selvagem dos guardas, o caminhão arrastou o velho pela estrada de terra, seus braços e pés sacolejando na poeira.

Todo o povoado havia saído para a rua, e gritava para que os guardas parassem com aquilo. Uma mulher correu para o esconderijo do neto. Foi ao chão quando os soldados de Batista dispararam uma rajada de balas sobre ela. Então o sargento ordenou que incendiassem as choças. Um por um, os soldados atearam fogo às paredes e telhados dos casebres.

O rosto de Morgan ardeu de raiva e seus punhos se cerraram. Nunca tinha visto coisa semelhante. Havia muito tempo que o povo tinha se rebelado contra Batista. Mas até então não havia visto as entranhas da brutalidade.

Morgan tinha participado de batalhas. Já matara seres humanos. Mas aquilo era diferente. Tratava-se de gente inocente. A Guarda Rural tinha os camponeses por alvo e se vingava brutalmente daquela gente, apanhada entre os dois lados de uma revolução sobre a qual não tinha controle. Morgan mal podia fitar o velho no chão, o rosto contorcido e mutilado. Só um animal faria algo assim com uma pessoa indefesa. Eles pagariam bem caro por aquilo.

Os camponeses sobreviventes contaram aos rebeldes para onde tinham ido os guardas. Os guerrilheiros traçaram um plano: seguiriam os soldados e esperariam o momento certo para atacar. Mas, em vez de avançar pela mesma estrada, tomaram uma via secundária.

Com o binóculo, Menoyo não perdia de vista os homens com uniformes do exército seguindo pela estrada, para se certificar de que estavam na direção certa. Durante a hora seguinte, ele e os outros avançaram por uma trilha de veados à beira de enorme ravina. Quase todos estavam cansados, mas não teriam parado por nada.

Quando o sol começou a se pôr, Menoyo encontrou uma saliência e olhou para baixo. Os soldados tinham parado e pareciam montar acampamento junto a uma fileira de casas. Se pudessem cercar o acampamento pelo alto, fariam um ataque surpresa.

— Vamos atacá-los esta noite — disse.

Menoyo dividiu os trinta homens em grupos para cercar as casas. Morgan levou uma dúzia de rebeldes e esperou na retaguarda para pegar os que escapassem. A emboscada estava pronta.

Enquanto esperavam, Menoyo disse que aparentemente havia mais soldados do que no ataque ao vilarejo. Talvez tivessem armamentos mais pesados: morteiros, lançadores de granadas. Se conseguissem aturdi-los com os primeiros tiros — ainda que só para assustá-los —, os homens de Batista não teriam tempo de montar as armas mais pesadas. Com sorte, o inimigo não conseguiria calcular o efetivo da força rebelde.

Menoyo deu a ordem. Os rebeldes atiraram nas casas onde os soldados estavam alojados. Como esperado, as tropas entraram em pânico e correram para fora. Os rebeldes não cessaram os disparos sobre guardas espantados e viram seus corpos irem ao chão. Em minutos havia dúzias deles na lama, mortos ou muito feridos. Outros se arrastavam ou fugiam correndo estrada afora.

À espera, no mato, Morgan deu a segunda ordem para atirarem. Os sons dos disparos rebeldes ecoaram pela estrada, mas estava escuro demais para se saber se os alvos estavam sendo atingidos. Morgan e seus homens correram em direção aos soldados, assumindo grandes riscos. Podiam estar avançando em direção a uma armadilha.

Os rebeldes pararam. Era hora de voltar e se juntar a Menoyo e aos demais. Com a luz da manhã, poderiam enxergar melhor e teriam mais chances de encontrar os soldados. Quando voltavam para o acampamento souberam que o sargento grandalhão — o pior deles — não estava entre os mortos. Morgan queria encontrá-lo. Mas ainda teria que aguardar.

❧

Pouco depois do amanhecer, Morgan e seus homens viram os soldados de Batista andando pela estrada para Camagüey. Alguns carregavam os camaradas feridos. Ele ordenou aos homens que corressem para o desfiladeiro, antes que os Guardas Rurais pudessem montar uma emboscada em ambos os lados da estrada.

Quando os soldados apareceram, Morgan levantou a mão.

— *Tres, dos, uno* — contou em voz alta.

MICHAEL SALLAH E MITCH WEISS

Os rebeldes abriram fogo sobre os soldados atônitos. Alguns caíram, outros tentaram fugir. Os líderes não sabiam o que fazer. A maioria não tinha para onde ir. Depuseram as armas. Estavam se rendendo.

Morgan abaixou sua arma e deu a ordem de cessar-fogo.

Os rebeldes avançaram devagar, observando os futuros prisioneiros. Lá estava ele: o sargento.

— Nós o pegamos — disse Morgan. Sem hesitar, eles o puxaram. Depois, sem esperar a ordem, crivaram o corpo dele de balas, embora já estivesse caído no chão, uma massa sangrenta de carne e ossos.

14

SOZINHO, SENTADO, MORGAN OBSERVAVA AS MONTANHAS, OS picos elevando-se contra o céu pálido de verão. Eram raros os momentos assim e, depois de voltar da emboscada contra os Guardas Rurais que haviam aterrorizado a aldeia, ele queria estar só.

Já fazia alguns meses que, em uma manhã fria de dezembro, ele deixara a família e se aventurara pelas montanhas para se jogar em uma revolução. Àquela altura, seu filho, Billy, já devia estar andando. Annie, a filha, talvez já estivesse frequentando o jardim de infância. Ele nunca tinha ido tão longe sem antes conversar bastante com a mãe. Na maior parte do tempo, Morgan precisava esvaziar qualquer pensamento da mente para permanecer alerta. Um dia de cada vez.

Naquele estágio dos acontecimentos, já não tinha certeza se sobreviveria à guerra de guerrilha. Muitos soldados se deslocavam para as montanhas, muito bem-armados. Ele tinha consciência de que precisava fazer certa coisa — algo que não fizera desde que chegara. Apanhou uma folha de papel e uma caneta e foi para um canto. Já fazia tempo que aquela carta deveria ter sido escrita, mas ele nunca encontrava tempo nem disposição.

O momento tinha chegado, nada mais importava.

Querida mãe
Esta será a primeira carta que escrevi desde que parti em dezembro. Sei que você não aprova nem entende por que estou aqui — embora seja a única pessoa no mundo, creio eu, que me entende.

Estive em muitos lugares na minha vida, e fiz muitas coisas que você não aprovou — ou entendeu, e que eu mesmo não entendi naquele momento.

Não espero que você aprove, mas acho que vai compreender. E, se acontecer de eu morrer aqui, você saberá que não foi por um capricho tolo ou, como diria o pai, uma fantasia.

Morgan descreveu o que tinha vivido: os aldeões aterrorizados pelos soldados e o assassinato do velho e da mulher que tentava salvar o neto.

Se Loretta entendia algo sobre a revolução, eram os crimes contra gente indefesa. E a boa coisa que havia ensinado a Morgan era defender pessoas assim.

"Estou aqui com homens e rapazes que lutam por uma liberdade em seu país que nós, americanos, nem ligamos por julgarmos que se trata de coisa comum, líquida e certa", escreveu. "Eles não lutam por dinheiro nem pela fama — apenas para voltar para casa em paz."

Ele andava pensando na esposa, Terri, e na vida conjunta de ambos. Raramente falava dela, mas achava que pediria o divórcio. E estava certo: Terri já tinha preenchido a papelada necessária havia quatro meses. "Se eu sobreviver, talvez possa ajudar na criação das crianças."

Pegou outra folha de papel.

Aquelas eram as cartas mais difíceis. Ele sempre levava fotos das crianças. Primeiro para a sua garotinha com olhos de corça, que gritava nos seus braços.

Quando te vi pela última vez, você era uma menininha que sempre se metia em tudo. Costumava sentar na janela e quando via o meu carro chegando gritava "papai, papai", e acho que esta foi a primeira palavra que você disse. Sei que quando não voltei para casa você ficou com saudade e olhou pela janela procurando o seu pai — isto foi há muito tempo, querida, e talvez você não se recorde, mas eu sim, e sempre me lembrarei.

Você crescerá e será uma moça bonita e de bom temperamento. Fique junto da sua mãe. Acho que não há ninguém melhor.

Morgan a alertou para que, quando crescesse, caso conhecesse um homem que "constrói castelos de cartas", devia deixá-lo de lado. Ela não precisava de tal tipo de homem. "Lembre-se, o seu pai era assim. E para as pessoas é muito difícil dedicar amor a um homem desse tipo."

Ele dobrou o papel com cuidado.

A última carta era para Billy. O filho demoraria muito para poder lê-la, mas ele sabia que aquela podia ser a última vez que se comunicava com ele.

"Quando você ler o que escrevi, espero que seja um garotão com vontade de mudar o mundo. Sempre defenda o que é certo e trabalhe para progredir na vida, mas faça-o de modo a não interferir nos direitos dos outros."

Então, Morgan tocou em um assunto que raramente mencionava.

Ame o seu Deus — e o seu país — e defenda os dois. Não tenho muito mais a dizer além disso, Bill — e acho que é o melhor conselho que posso lhe dar.

Seja sempre um homem. Defenda os seus direitos. Respeite o direito alheio. Ouça o que a sua mãe diz. Você pode não gostar do que ela diz, mas saiba que está certa. Estude e trabalhe duro e sei que o seu país e a sua mãe sempre se orgulharão de você.

Eu sempre te amarei,

Seu pai.

Morgan dobrou a última carta com desvelo e enfiou todas as três em um envelope. Um mensageiro do campo o levaria a Havana. Mais tarde, ele chegaria a Miami, pelas mãos dos que apoiavam a guerrilha. Só podia esperar que o envelope alcançasse sua família.

15

HAVIA HORAS QUE OLGA ESTAVA ACORDADA, ATAREFADA EM meio aos rebeldes que haviam contraído um vírus. Um bombardeiro B-26 tinha atacado os *bohíos* próximos, cabanas com telhado de palha. Uma fazenda havia sido atingida. E também parte da trilha fora destruída. Se uma unidade do exército entrasse no acampamento naquele momento, os rebeldes estariam liquidados.

Uma figura corpulenta chegou ao local, seguida de outros rebeldes. O coração de Olga disparou. Fazia dias que não via Morgan. Ele estivera patrulhando outros campos satélite, mas agora voltava a Nuevo Mundo. Ele olhava ao redor quando seus olhos se encontraram.

Olga estremeceu. *Ele está vivo*, pensou, sem saber o que havia ocorrido.

Morgan foi até ela e a abraçou. Por um instante, tudo em volta se apagou. Ela sentiu as pernas bambearem.

Morgan portava algo no ombro: era um pássaro que se apoiava nele, perfeitamente imóvel. Levou a mão à cabeça, esperou o papagaio prender bem as garras no seu dedo indicador e, com cuidado, colocou-o no ombro dela. Então lhe entregou outro presente, um buquê de flores silvestres.

— São os únicos presentes que posso lhe dar aqui na montanha — declarou.

113

Surpresa, ela olhou as flores e com o rabo do olho o papagaio em seu ombro. Uma ave e flores eram a última coisa que esperava depois de passar o dia cuidando de homens doentes.

Eles se afastaram dos demais enquanto Olga segurava o papagaio com delicadeza. Nunca tinha recebido um presente assim.

— Sou muito agradecida a você — disse ela com certa formalidade.

Andaram pelo acampamento principal e prosseguiram em direção ao matagal detrás do perímetro. Por um instante, ela ficou nervosa. Nunca tinha se afastado tanto da segurança dos outros rebeldes. Jamais ficara completamente a sós com Morgan.

Ao chegarem junto às árvores, não havia ninguém ao redor. Morgan tomou-lhe a mão com gentileza e eles ficaram de mãos dadas. Ela não sabia o que dizer. Estavam em uma guerra, e se sentia cada vez mais atraída por seu comandante.

— Não o conheço — disparou por fim. — Não sei nada sobre você. Precisamos conversar com calma porque não sei nada sobre sua vida nem você conhece nada da minha.

— O passado já passou — respondeu ele; puxou-a para perto de si e a beijou, um beijo longo que ela não esperava.

Mais uma vez suas pernas tremeram, e ela se afastou.

— Este não é o lugar, comandante.

Ele a olhou, surpreso.

— Por quê? — perguntou.

Olga o encarou. Eles não sabiam se sobreviveriam à luta. Morgan havia enfrentado mais de uma dúzia de escaramuças e poderia ter morrido em qualquer uma delas. Ela própria poderia ter morrido, disse.

Ele discordou com a cabeça. Respondeu que estava convencido de que a Segunda Frente acabaria com aquela guerra. Fariam o possível para expulsar os soldados das montanhas e assumir o controle. Se Castro e os outros fizessem o mesmo em Sierra Maestra, a vitória seria certa. Quando a guerra terminasse, ele queria que Olga estivesse ao seu lado, disse.

Ela retrocedeu.

— Então, este não é o momento, nem o lugar — respondeu. — Estamos em guerra.

❧

Ninguém queria aquele encontro. Nem os rebeldes nem os mensageiros que levavam recados de um lado ao outro. Não era segredo que Menoyo e Chomón não gostavam um do outro, mas tinham se mantido à distância entre si durante a maior parte da revolução — até agora.

Chomón viera ao acampamento com dez guarda-costas trazendo uma mensagem para a Segunda Frente. Menoyo levou os seus comandantes, inclusive Morgan. Os dois lados se reuniram frente a frente no acampamento Dos Arroyos.

Os dois ex-amigos se cumprimentaram, mas logo suas vozes estavam se alteando, como antes. O pior da luta estava por vir. Chomón disse que tinha ido às montanhas com uma mensagem: Menoyo precisava entregar o comando.

Menoyo vinha sendo um bom guerreiro, é verdade, mas Chomón não acreditava que tivesse experiência para enfrentar grandes unidades do exército com artilharia pesada. Chomón ainda era o líder do Diretório. Tecnicamente, a Segunda Frente era subordinada a ele. Sua preferência recaía sobre Rolando Cubela, veterano que anos atrás adquirira reputação e experiência matando policiais de Batista.

Menoyo rangeu os dentes e encarou Chomón. Ele fora o primeiro rebelde a chegar às montanhas. Criara a estrutura da milícia rebelde. Havia recrutado e treinado seus soldados. Como ele se atrevia a vir até as montanhas insultá-lo no meio da guerra?

— Eu sou o comandante! — gritou, o rosto rubro.

Chomón calou-se um instante e depois endureceu. Menoyo tinha de obedecer às ordens. Ele ainda era membro do Diretório.

— Não! — exclamou Menoyo.

Por um instante, os rebeldes pensaram que os dois iam partir para a briga. Não era bom que os jovens rebeldes testemunhassem aquilo, e certamente não era bom para a revolução. Os soldados se aproximavam. Em breve viriam de Cienfuegos pelo sul e de Santa Clara pelo norte. Em questão de semanas estariam no território rebelde, com o objetivo de dividir as montanhas. Os revolucionários não estavam prontos para um confronto direto. Precisavam permanecer unidos para ter alguma chance de dominar as montanhas. Mas agora parecia que a verdadeira guerra ocorria no Diretório.

Menoyo se levantou. Era o fim da reunião. Se aquilo significasse romper com o Diretório, que assim fosse. Era sua decisão final.

Chomón se ergueu. Do seu ponto de vista, Menoyo estava cometendo traição, declarou. Contudo, Menoyo se mostrava resoluto.

Quando Chomón e os seus homens foram embora, os comandantes da Segunda Frente, inclusive Morgan, cercaram Menoyo.

— Gallego — afirmaram —, estamos com você.

Eles, juntos, haviam lutado e arriscado suas vidas. Às vezes, sobreviveram por um triz. Quem era Chomón para voltar ao Escambray depois de meses com aquela empáfia? Fleites, Carreras, Artola, Morgan — todos juraram lealdade a Menoyo e à Segunda Frente. Se a revolução fracassasse, todos fracassariam.

16

Todas as manhãs, Olga parava na varanda diante da casa de *doña* Rosa para dar uma olhada no seu papagaio filhote. Empoleirado em uma vara pequena, ele se sacudia, ficava arrepiado e arrulhava quando ela se aproximava, oferecendo-lhe uma bem-vinda escapadela de toda aquela situação. Ela fazia graça dizendo que o animal conseguia repetir seu nome, mas não o de Morgan.

Certa manhã, depois de checar o acampamento, ela viu que o bichinho não estava no poleiro. Agitada, percorreu a área, procurando o pássaro verde por toda parte.

— Vocês viram meu papagaio? — perguntou aos rebeldes.

Em pouco tempo todos estavam em busca da ave. Os jovens examinaram as árvores ao redor. Olharam nas redes. Procuraram nas trilhas logo atrás do acampamento. Até que acharam uma bolinha felpuda no chão. Era o papagaio, morto.

Com os olhos marejados, ela saiu caminhando. Não devia deixar o acampamento, mas ninguém podia detê-la. Olhando para a frente, ela passou pelos *bohíos* e as fileiras do cafezal, para além dos limites do acampamento. Desapareceu por uma trilha no matagal denso.

Não devia ter se apegado tanto ao passarinho. Não devia ter permitido que ele se tornasse parte da sua vida. Havia ensinado o bichinho a falar, pousar no seu ombro. Ela segurava a criaturinha e sentia suas penas verdes suaves contra o rosto.

Olga tinha perdido seu lar. O contato com a família. A única coisa que lhe trazia alegria na vida não mais existia. Como tudo mais na guerra, ele tinha morrido. Ela se embrenhou ainda mais no matagal; suas pernas foram ficando pesadas. Era como se não dormisse por dias. Chegou a um arroio e, de repente, não sabia onde estava. A luz se filtrava pelas folhas, mas nada lhe parecia familiar. Jamais se afastara tanto da segurança. Talvez pudesse seguir o leito do arroio, mas a luz por trás das árvores começava a esmaecer. Mesmo que soubesse o caminho, levaria horas para voltar ao acampamento.

Estava tão cansada.

Encontrou um amontoado de mato espesso junto ao arroio, deitou--se de lado e fechou os olhos.

Morgan percorreu o campo chamando por Olga. Ele tinha ido à casa de *doña* Rosa, visto a rede vazia e começou a mobilizar os outros.

— Onde está Olga? — perguntou, aumentando a voz. Ninguém sabia.

Correu à orla do acampamento e olhou a plantação, mas não viu sinal dela. Chamou seus homens aos gritos. Precisavam encontrá-la. Eles colocaram as armas a tiracolo e saíram pela trilha principal que levava ao acampamento. Exceto pela plantação, uma floresta densa cobria a maior parte da área. Ela só podia ter ido pelos caminhos mais percorridos. Mas quanto mais tempo permanecesse longe, mais perigo-sas se tornariam as condições. Os homens de Batista estavam enviando unidades de patrulhas pela área, tentando localizar as posições dos rebeldes. Se encontrassem Olga, eles a matariam.

Morgan apressou os homens, mas sabia que seria difícil encontrá-la.

— Olga! — gritava Morgan.

Mas não havia resposta.

Não devia tê-la deixado se afastar. Ele sabia que ela estava triste por causa do papagaio, mas não imaginou que estivesse tão sentida — não a ponto de arriscar a própria vida. Fitou as árvores e seguiu avançando pela trilha, alheio a tudo o mais que não fosse encontrá-la.

Ao chegarem junto a um bosque, ao longo de um arroio, ele avistou de longe um corpo estirado sobre um amontoado de capim. Era Olga. Ela respirava e estava de olhos fechados.

Ele a sacudiu pelos ombros delicadamente chamando-a pelo nome. Assustada, ela se sentou e o viu debruçado sobre ela. Ele nem se importou com a presença dos outros rebeldes. Ajoelhou-se, tomou-a nos braços e a beijou. Eles se abraçaram.

Morgan viu algo nela que nunca tinha visto. Já se relacionara em sua vida com muitas mulheres, mas nenhuma havia feito sacrifício tão grande: deixara para trás toda uma existência por uma causa maior, e arriscara tudo. Morgan jamais deixaria aquilo acontecer novamente. Dali em diante, tudo seria diferente.

Para Olga, tudo ocorria com muita rapidez. Já perdera entes queridos. Agora, a última pessoa que podia perder seria Morgan.

Ambos sabiam que, naquele momento, suas vidas iriam mudar. Não podiam se dar o luxo de sufocar seus sentimentos, nunca mais.

17

COM OS OLHOS FLAMEJANTES, JESÚS CARRERAS ZAYAS CAMINHA-va de um lado para o outro. Seus homens, nessas circunstâncias, sabiam que era melhor ficar longe dele. Havia meses que os fazendeiros no leste do Escambray vinham captando sinais fracos de rádio de Sierra Maestra, transmitindo fragmentos de informações acerca dos últimos enfrentamentos. Mas aquilo era diferente.

O locutor falava sobre o Escambray, e os rebeldes não esperavam algo assim. A transmissão propunha aos ouvintes cortar os laços com outras unidades rebeldes e se juntar ao Movimento 26 de Julho.

"La verdadera revolución está en la Sierra Maestra", proclamou a voz. A verdadeira revolução está na Sierra Maestra. Depois veio o anúncio que pegou todos de surpresa: o movimento estava indo para o Escambray. Preparem-se.

Carreras e os outros ficaram chocados. Escambray era território deles. Haviam passado o último ano lutando por cada centímetro de terreno, cada trilha, cada estrada. Mas era mais que isso. A Segunda Frente estava se tornando conhecida. Quem era Castro para se apossar de uma unidade que tinha o controle da situação?

O líder da coluna da Segunda Frente queria saber mais. Se o Movimento 26 de Julho enviasse homens ao Escambray, eles teriam de passar pela Zona Norte, sua área de operações, entre Fomento e Sancti Spiritus. Não havia outro caminho.

Para Carreras, aquela também era uma questão pessoal. Ele havia perdido homens nos últimos meses enquanto perseguia e enfrentava os soldados. Acabara de descobrir que um dos novos recrutas, que chegara em julho, era espião de Batista e responsável pela morte de seis rebeldes em Havana. Para fazer justiça, Carreras o levou ao fundo do acampamento e o executou com um tiro na cabeça.

Carreras falava sério e, se os *barbudos* de Sierra Maestra viessem, ele precisava alertar seus homens em campanha para ficarem de olho. Também tinha outro plano. Faria um aviso de alerta peremptório e o afixaria no acampamento: ninguém — nem mesmo os líderes revolucionários de Sierra Maestra — atravessaria o território para se apoderar dele. O sangue dos homens da Segunda Frente tinha encharcado o solo do Escambray. Nem o próprio Castro, o líder mais respeitado das forças rebeldes, iria apequenar suas missões.

Terminou de escrever, levantou-se e pregou a mensagem em uma parede para que todos a vissem. As palavras eram diretas: "Nenhuma tropa pode atravessar este território", em circunstância alguma. Se isto ocorresse, "da primeira vez, os que tentassem seriam advertidos", mas se acontecesse novamente, seriam "expulsos e exterminados".

<hr>

Menoyo precisava se apressar. Os soldados estavam a caminho, alguns em jipes, outros a pé. A Segunda Frente se encontrava com mais dificuldade para se movimentar devido aos ataques aéreos, mas o principal problema era que a munição escasseava. Se tivessem de enfrentar um batalhão seria um desastre, principalmente um ataque frontal. O governo não estava enviando só recrutas. Aqueles homens eram do 11º Batalhão, uma unidade calejada na luta contra Castro.

O COMANDANTE IANQUE

À diferença da maior parte dos capangas militares que serviam sob as ordens de Batista, o 11º era comandado por Ángel Sánchez Mosquera, oficial severo que liderara missões de busca e destruição na Sierra Maestra. Durante uma varredura nas montanhas, ele incendiou *bohíos* de camponeses suspeitos de ajudar os rebeldes e executou os combatentes que capturou.

A Segunda Frente precisava de um plano. Não seria fácil, principalmente por causa da escassez de munição. Menoyo teria que assumir grandes riscos. Faria ataques com pequenos destacamentos móveis. Se cada homem pudesse fazer três disparos e logo depois desaparecer no mato, poderiam empregar com eficácia a munição limitada. Depois, enviando outro grupo e repetindo a estratégia, poderiam fazer o inimigo imaginar que mais ataques se seguiriam. A ideia era provocar o maior número possível de baixas.

Era uma estratégia arriscada, mas Menoyo não tinha escolha. Corria o risco de perder seu baluarte nas montanhas.

———

Ernesto "Che" Guevara estava de pé em campo aberto, e atrás dele o rio Jatibonico fazia uma curva. Com cabelo comprido e uniforme roto, ninguém julgaria que era o comandante da coluna. Ele e seus homens estavam exaustos. Tinham os pés repletos de bolhas e sangue depois de cruzar um terreno difícil. Aquela terra era diferente e nada familiar, mas, por fim, tinham chegado.

Para Guevara — lugar-tenente de confiança de Castro —, o rio era o ponto de partida para adentrar o Escambray. Durante a marcha, ele e seus homens se esquivaram da Guarda Rural não uma, mas quatro vezes. Passaram dias sem comer. Com as encostas que ascendiam diante de si, Guevara sabia que faltava pouco para chegar ao destino.

Se alguém havia duvidado de que conseguiria, ele acabara de provar que estava completamente enganado. Se alguém tinha pensado que não cruzaria os pântanos de Camagüey, ele mostrou que podia. Provou a todos, até mesmo a Castro. Agora, daria a prova final. Segundo o mapa, tratava-se de uma progressão em linha reta para o oeste até o acampamento, perto de Banao. Chegara a hora de unir as outras facções. Chegara a hora de tomar o Escambray.

Médico formado na Argentina, Guevara estava em ascensão no movimento revolucionário e tão ansioso quanto Fidel para deixar sua marca. Conhecera os Castros na Cidade do México, onde Fidel e Raúl haviam se refugiado em 1955 para não serem presos pela polícia secreta de Batista.

Na capital mexicana, Guevara fez amizade com os dois irmãos. Propagadora do intelectualismo revolucionário, a boemia latina do Distrito Federal se tornara o caldeirão de fervoroso antiamericanismo. Os Castros narraram sua longa luta em Cuba e Guevara descreveu uma viagem de motocicleta pela América do Sul que mudou sua vida ao abrir-lhe os olhos para os aspectos pavorosos do continente.

Guevara se dispôs a juntar-se a eles e a outros guerrilheiros, e, para isso, embarcaram no *Granma*, embarcação de passageiros caindo aos pedaços, para a viagem clandestina do México a Cuba com o objetivo de dar início à luta. Quando o barco de madeira embicou no litoral, os rebeldes cruzaram a pé um pântano traiçoeiro antes de serem emboscados pelos soldados. Guevara, os irmãos Castro e outros nove sobreviveram ao ataque, e escaparam para Sierra Maestra. Com o tempo, o pequeno grupo se tornou uma força de porte, lançando um ataque atrás do outro contra os soldados do governo. Durante essas batalhas Guevara impressionou os demais rebeldes por se recusar sistematicamente a recuar.

Quando decidiu expandir sua base até as montanhas Escambray, Castro recorreu a Guevara, mas advertiu o argentino de que enfrentaria oposição dos rebeldes de Menoyo.

O COMANDANTE IANQUE

Ao chegar ao posto avançado da Segunda Frente, Che Guevara se encontrava preparado para um confronto. À primeira vista não havia grande coisa: algumas cabanas e o que pareciam restos de uma fogueira. Avançou aos poucos e deparou-se com sentinelas. Os guardas sabiam que ele subia as montanhas, mas não por onde, motivo pelo qual foram surpreendidos. Guevara não perdeu tempo. Passou direto diante deles e foi até um jipe estacionado na extremidade do acampamento.

Ficou de pé na viatura, de costas para o céu de outono, e encarou os homens que, curiosos, tinham se juntado à sua volta. Com voz clara e firme, Guevara explicou que trazia uma mensagem de Sierra Maestra. Queria deixar bem claro: aquela terra seria deles. Não importava o que ali havia ocorrido. O Movimento 26 de Julho se preparava para ações da guerra de maior vulto. Todos — inclusive os que cercavam o jipe — podiam se juntar ou abandonar a ação. A opção era deles.

Do outro lado do campo, Carreras avistou seus homens reunidos ao redor do jipe. Correu até lá e abriu caminho entre eles.

— ¡Para ahora mismo! — gritou Carreras. Vamos parar com isso agora!

Guevara o fitou. Os homens de ambos os lados empunharam suas armas. Como recordaram mais tarde, o argentino declarou que representava as forças da revolução. Tinha o direito de estar ali e não precisava de autorização de ninguém.

Carreras o fulminou com o olhar.

— Você tem de falar comigo antes de se dirigir ao meu pessoal — disse.

Para passar por aquela região, e em especial para transpor o rio Hagabama, só um homem podia lhe dar permissão para tanto: Menoyo.

Guevara saltou do jipe.

Todos observavam os dois na expectativa do que ia acontecer. Um podia matar o outro ali mesmo, um disparo que daria início a um entrevero interno.

125

MICHAEL SALLAH E MITCH WEISS

Guevara não esperava que sua autoridade fosse posta à prova. Ninguém falava com ele daquele modo. Mas sabia que Castro não aprovaria derramamento de sangue — pelo menos naquela ocasião. Che precisava ceder se quisesse cumprir sua missão.

Ele se acalmou e começou a conversar coloquialmente com os demais presentes. Se os rebeldes do Escambray quisessem se unir a ele, deviam fazê-lo. Podiam se juntar ao 26 de Julho.

Então, deu meia-volta e foi embora. Naquele dia não correu sangue, mas a rixa entre Guevara e Carreras estava longe de acabar.

18

COMEÇOU COMO UM ZUMBIDO ACIMA DAS MONTANHAS, UMA espécie de ronco que mal atravessava as nuvens. No início, não era perceptível. Mas o som aumentou para estrondo de baixa intensidade, como um trovão a distância; ainda assim, ninguém prestou atenção. Morgan e Olga só queriam estar a sós.

Ao percorrer a trilha em direção ao acampamento, Olga olhou para o alto e viu o que parecia um avião distante sobrevoando as montanhas, depois viu outro.

Morgan rapidamente puxou-a para si e correram em direção a uma protuberância rochosa. Em segundos, os dois aviões passavam estrepitosamente acima deles. Quando uma chuva de balas caiu do céu levantando poeira, a poucos metros de distância, Olga cobriu o rosto. Morgan a jogou no chão e deitou-se em cima dela. Eles permaneceram imóveis.

Os aviões circularam disparando uma torrente contínua de balas. Olga podia ouvir os aviões a pouca altura, e sentir a terra estremecendo com os disparos. Amedrontada, ela apertou-se contra Morgan.

— Está tudo bem — disse ele. — Tudo bem. Acabou, *finito*.

Ela já escapara por pouco de algumas situações, mas nunca daquele jeito. Morgan a beijou e abraçou. Ela não queria sair dali. Sempre se orgulhara de ser corajosa, de encarar tudo: a polícia, os soldados. Mas aquilo passara raspando.

— *Dios mío* — disse.

Eles se ergueram lentamente; os joelhos dela estavam bambos. Deviam voltar ao acampamento. Só Deus sabia o que tinha acontecido por lá.

Apressaram-se trilha acima. Morgan correu para a primeira cabana, depois para a segunda. Algumas choças estavam crivadas de balas, mas até ali não havia feridos. Os outros rebeldes vasculhavam o acampamento para se assegurar de que a casa próxima e os equipamentos estavam intactos.

Olga e Morgan se fitaram. Um dos dois podia ter morrido. Um poderia ter ficado sem o outro.

— Eu te amo — disse Morgan.

Olga deu-lhe um abraço apertado. Pela primeira vez entendeu quão rapidamente poderiam ter sido baleados e mortos. Haviam sobrevivido por uma questão de centímetros.

～

Menoyo se movia como um gato.

Os aviões intensificavam o assalto aéreo. Haviam atacado perto de Nuevo Mundo e bombardeado os arredores de Manicaragua. Com seu poderio aéreo, Batista não iria afrouxar. Era o único modo de que dispunha para forçar a rendição. A cada informe sobre os danos ocorridos, Menoyo ficava ainda mais irritado.

Os homens de Batista haviam sido derrotados em Charco Azul e também em Chalet de Lora e Finca Diana. Era óbvio que a estratégia do exército tinha mudado subitamente. Em vez de se embrenhar mais nas montanhas, as tropas receberam ordens de ficar onde estavam. Batista bombardeava os revolucionários para tentar atraí-los para fora das montanhas.

O COMANDANTE IANQUE

Se era isso o que Batista pretendia, Menoyo aceitaria o desafio. No entanto, tudo teria de ser cuidadosamente planejado.

Enquanto os rebeldes permanecessem nas montanhas acima dos homens de Batista, não ocorreriam confrontos. Menoyo assinalou no mapa: Trinidad. A cidade costeira a sudoeste de Sancti Spiritus seria o alvo perfeito. Uma mensagem clara de que os rebeldes levariam a luta às cidades. Se era isso o que Batista queria, pois então o teria.

Trinidad contava com um posto militar antigo de pedra e madeira e sua guarnição estava equipada com metralhadoras, granadas e outras armas. O governo dos EUA cortara o suprimento de Batista, mas, surpreendentemente, ele contornara a dificuldade recorrendo diretamente à Grã-Bretanha.

A Segunda Frente não tinha muita munição, mas seu efetivo aproximado era agora de quatrocentos homens. Menoyo e os outros comandantes os guiariam.

❧

Com os combatentes reunidos, Menoyo explicou o plano de ataque. Duas estradas principais levavam diretamente a Trinidad, e havia algumas — mas não muitas — entradas na retaguarda. A guarnição estava sediada aqui, apontou.

Um movimento errado, uma incursão equivocada e desperdiçariam o elemento surpresa. E se converteriam em alvos. Havia soldados demais, e eles atacariam de toda parte, inclusive e principalmente da guarnição. Os rebeldes tinham de surgir como morcegos saindo do inferno.

Menoyo tinha tudo planejado. Eles se reuniriam em um lugar conhecido pelos locais como Mangos Pelones — uma fazenda à beira de uma estrada a 16 quilômetros da cidade. Poderiam conseguir caminhões com os proprietários das plantações para transportar todos ao centro urbano. Quando chegassem à entrada, se dividiriam em dois grupos e cercariam a guarnição, enquanto os pontas de lança engajavam os guardas.

Menoyo não queria surpresas. Se os soldados de Batista tinham alguma eficácia, era nas cidades, onde podiam controlar os prédios e as pessoas. Meses antes, o exército fizera um ataque brutal contra civis em Cienfuegos para vingar-se de uma revolta em uma base naval próxima. Os soldados tomaram as ruas e mataram gente suspeita de ajudar os insurgentes. Menoyo fitou seus comandantes. Preparem-se, avisou. Estavam a ponto de embarcar em uma missão quase suicida.

※

Olga observava o vento balançar o topo dos pés de café na plantação. Do ponto mais elevado do acampamento, parecia um mar verde. Ainda não havia sinal de Morgan. Ele já deveria ter voltado, subindo pela trilha com seus homens. Saíra em patrulha, mas não devia demorar muito mais.

Ela tentara se manter ocupada, mas não conseguira deixar de pensar nele. Àquela altura, os mensageiros já deviam ter trazido notícias. Lembrou-se do papel com o endereço da mãe que ele lhe havia confiado naquela noite fria e chuvosa. Recordou-se da promessa que fizera. "Se alguma coisa me acontecer, avise a ela", pedira Morgan. Triste, ela deu a volta e caminhou na direção da casa da fazenda cujo dono, Nicholas Cárdenas, tinha franqueado sua propriedade aos rebeldes.

Mais uma hora, disse para si mesma. *Una hora más.*

Ela não sabia tudo o que os comandantes estavam fazendo, mas não era segredo que a luta ia se intensificar. Percebia isso diariamente observando os rebeldes que chegavam ao acampamento. Se Morgan morresse, ela lamentaria nunca ter-lhe dito o que pensava, que queria estar ao lado dele — mesmo se ambos morressem.

A distância, Olga ouviu vozes atrás da casa da fazenda. Levantou-se e andou naquela direção. Espiou por entre as plantas e viu homens subindo a trilha. Por fim ela o avistou. "Ele está vivo", disse a si mesma enquanto corria pelo campo.

Morgan estava exausto, mas sorriu ao vê-la.

No futuro, Olga se aproveitaria sempre de momentos como aquele.

— Você venceu, comandante — disse ela sorrindo e erguendo o rosto para encará-lo.

Confuso, Morgan passeou o olhar ao redor.

— Venci?

— Acho que já pensei o suficiente — respondeu. Olga não se importou de que todos estivessem olhando. — Eu me caso com você.

Morgan jogou a arma no chão, inclinou-se e a beijou. Sabia que não era o melhor momento. Tinha consciência de que talvez não saísse vivo de Cuba. Porém, se morresse sem se casar com Olga, de alguma forma sua vida — e tudo o que ele havia sacrificado até ali — teria sido em vão.

Era chegada a hora.

19

Ventura Hernández olhou para fora e chamou Morgan e Olga para entrarem. Os homens de Batista estavam acampados a poucos quilômetros dali, e a Guarda Rural rondava a área e vinha arrancando os *guajiros* de seus *bohíos* para descobrir quem estava colaborando com Menoyo.

No meio da confusão, Hernández e outros fazendeiros tentavam levar suas vidas. Os rebeldes da Segunda Frente haviam sido seus grandes defensores. Nenhuma unidade fizera mais pelo Escambray, protegendo seus habitantes dos soldados brutais. Há meses Hernández vinha ajudando a Segunda Frente, fornecendo bananas e café e a alertando sobre problemas no vale.

Ele se virou para Olga e Morgan, de pé no centro da sua casa de pedra e madeira da fazendola.

— Serei testemunha do casório — ofereceu-se.

Hernández ia preparar os documentos para que eles se casassem e os carimbaria como oriundos do "Território Livre do Escambray". Antes da cerimônia, ele instruiu as filhas a acompanharem Olga até o arroio que serpenteava pela sua pequena chácara.

— Vão com cuidado — alertou.

As moças tomaram uma toalha e sabão e conduziram Olga colina abaixo. Ao chegarem ao final de trilha, o sol se punha detrás da montanha. As moças levaram Olga a uma curva onde a água corria entre pedras e ramos e uma pequena queda-d'água se precipitava da saliência na rocha. Uma delas disse que Olga podia se banhar ali.

Quando ela tirou a blusa e lentamente acabou de se despir, as moças a rodearam rindo. Olga entrou na água, primeiro até os joelhos, depois até a cintura e, por fim, mergulhou.

— Ai, meu Deus — disse. Há meses ela não tomava um banho decente.

Olga fitou o céu e uma brisa suave percorreu o vale, balançando o topo das árvores como se estivessem se movendo só para ela. Repassou tudo o que havia acontecido: a fuga, a guerra. Se pudesse parar o tempo — agora — e tudo voltasse a ser como era...

— Temos de ir — disse uma das moças. Temiam que a Guarda Rural aparecesse.

As filhas de Hernández a ajudaram a sair do rio. Tiritando por causa da brisa fresca, Olga as seguiu pela trilha. Caminhavam muito próximas umas das outras para evitar que alguém no mato as emboscasse.

Junto à porta, Morgan encontrou Olga, que vinha enrolada na toalha e com o cabelo solto. Olhou-a por um instante. Nunca a vira tão bonita. Ele também parecia diferente. Enquanto Olga se banhava, Morgan tinha aparado a barba com uma tesoura. Ela nunca tinha visto o contorno rosto dele. Até os olhos estavam diferentes.

Hernández decorara a mesa com um vaso de flores do campo e uma tigela com bananas, laranjas e mangas. Olga sabia que ele não tinha muitas posses. Sua mulher o deixara, mas as filhas ficaram com o pai. Quase sempre ele lavrava a terra sozinho e conseguia produzir alimentos para a casa e para vender no mercado.

Porta adentro veio Onofre Pérez, homem grande e corpulento com braços fortes, que seria testemunha. Francisco "Panchito" León, um rebelde grisalho com o dobro da idade dos outros, seria a outra.

Hernández se levantou de imediato.

O COMANDANTE IANQUE

— Vamos começar — disse. Porém, primeiro pediu a uma das filhas que conduzisse Olga ao quarto.

Ao entrar, ela viu que as moças haviam preparado uma blusa, uma saia florida e um par de sapatos.

— Pode usá-los — disse o fazendeiro.

Olga ficou muda de assombro. Nunca fora tratada com tanta gentileza desde que chegara às montanhas. Aquela família fazia tudo por ela e sequer a conhecia. Ela vestiu as roupas com cuidado para não amarrotá-las.

Hernández não perdeu tempo. Entregou um pedaço de papel com os compromissos a Morgan e Olga. Ela chorou quando Morgan leu suas linhas. Não podia acreditar. Tinha perdido a família em Santa Clara ao fugir para as montanhas. Talvez nunca mais visse a mãe e a irmã. Mas aqui — agora — ganhara nova família, William Morgan — alguém que levaria no coração pelo resto da vida.

— Eu te amo — disse ela.

Eles se beijaram, e quando terminaram todos aplaudiram.

Pérez passara várias semanas nas montanhas com Morgan, mas nunca o vira tão em paz. Hernández serviu ponche de rum caseiro e suco de fruta aos presentes. Um a um, todos saudaram o feliz casal.

Morgan pôs o braço no ombro de Olga e a levou para fora da casa. Na escuridão, caminharam à beira do rio sob o luar, formando sombras no chão. Os gravetos estalavam sob os pés deles, até que encontraram um trecho calmo.

Morgan enfiou a mão no bolso e tirou seu presente de casamento: um vaso de creme — luxo nas montanhas durante a guerra. Olga sorriu. Nem quando vivia em Santa Clara recebera nada parecido.

— Não tenho nada para lhe ofertar, meu amor — disse ela.

— Seu amor é mais do que suficiente para mim — respondeu ele.

— Quando o seu país for livre, nós seremos muito felizes e nos amaremos ainda mais.

135

Acima das montanhas, as estrelas tremulavam, iluminando o céu escuro. Eles se abraçaram, se beijaram e aos poucos foram se deitando no chão e rolando na grama. Não lhes importava o frio nem que houvesse gente por perto.

***

No escuro da noite, Menoyo e seus homens se arrastaram diante das fachadas das lojas em tons pastéis desbotados em cujas janelas a luz tremeluzia. Mais uma quadra e alcançariam a guarnição.

Em Trinidad, havia dezenas de bairros. O centro da cidade era um verdadeiro labirinto de casas em blocos de concreto com telhas de barro e ruelas estreitas de paralelepípedos com muitos vãos onde se esconder. Mesmo com duzentos soldados circulando pela cidade, os rebeldes contavam com muitos desvãos para se abrigar. Tinham passado a maior parte da tarde se infiltrando silenciosamente na cidade e se ocultando nas casas de gente que os apoiava e esperava por eles.

Para não chamar a atenção, Menoyo dividiu a Segunda Frente em grupos de combate, a mesma estratégia que usara nas montanhas. Cada um chegaria à guarnição por uma rua diferente. Propôs que os homens se reunissem na quadra logo atrás do alvo. Eles só dispunham de alguns segundos, antes que sua movimentação chamasse atenção da guarda.

Menoyo passara semanas revisando o plano de ataque com seus comandantes, e cada grupo assumiu posição a menos de 50 metros das diversas esquinas do prédio. Não era muito diferente de se posicionar para uma emboscada no mato, ocultando-se no alto por trás de arbustos e saliências.

Eles se agacharam e prepararam as armas. Fazendo pontaria na estrutura de madeira, Menoyo olhou as janelas, a porta, os guardas. Então levantou a mão e gritou:

— ¡Fuego!

O Comandante Ianque

Com todas as armas disparando ao mesmo tempo, as balas atingiram as janelas e o pátio ao redor da estrutura. Os atacantes se revezaram, tentando não gastar toda a munição, para tirar o máximo proveito de cada tiro. Menoyo esperava o revide dos soldados da guarnição. Porém, a surpresa — não prevista no planejamento do ataque — foram os disparos a distância.

Não havia soldados apenas na guarnição. Eles também estavam nas ruas, logo atrás da praça, e dispararam contra os homens de Menoyo. O grupo de combate liderado por Anastasio Cárdenas Ávila tinha começado a atirar a partir dos prédios para depois se juntar à unidade principal, mas foi surpreendido pelos soldados. Homens uniformizados saltaram das moradias atirando nas ruas. Outros pareciam surgir do nada.

Os rebeldes não sabiam que antes de sua chegada os comandantes de Batista haviam enviado reforço de 150 soldados. Acrescente-se a isso os duzentos que já defendiam a guarnição, e o oponente tinha efetivo comparável ao tamanho de toda a Segunda Frente.

Quem estava na pior situação era Cárdenas, acuado com seus homens na rua La Reforma. Tentaram escapar, mas não conseguiram. Um deles, Héctor Rodríguez, portava uma escopeta calibre .12 que o protegia, mas que se partiu em duas ao ser atingida pelo fogo inimigo. Cárdenas não teve tanta sorte. Morreu junto com outros cinco. Alguns guerrilheiros tentaram ajudá-los, mas os soldados dispararam em Cárdenas e seus homens, crivando seus corpos de balas.

Do outro lado da cidade, Menoyo estava fora de si. Agarrou uma bomba de 10 quilos que haviam fabricado com bananas de dinamite. Acendeu o pavio e a lançou na lateral do prédio da guarnição. A carga explodiu, abriu um buraco gigantesco na parede e pedaços de cimento voaram pela rua.

Mas os soldados não esmoreceram. Com toda a munição que o dinheiro podia comprar, seguiam disparando contra os rebeldes de todas as direções. Os combatentes revolucionários não tinham a menor chance: foram obrigados a recuar.

Menoyo puxou o rádio portátil de seu cinto e chamou os outros grupos. É hora de recuar, gritou. *Pronto*. Os grupos sabiam o que fazer. Alguns foram para o norte da cidade, onde estavam estacionados os caminhões emprestados pelos fazendeiros. Uma parte embarcou nos veículos, enquanto outra se escondeu no mato que circundava a cidade. Mas o exército não tinha acabado. Os soldados os perseguiram, atirando nos rebeldes não embarcados.

Morgan avançou. Ele viu que os outros estavam em apuros e mandou seus homens prepararem um contra-ataque.

Agarrou-se à Sten e ficou de pé enquanto os soldados carregavam e disparavam intensamente contra sua unidade. Não ligou para a quantidade de munição que estavam gastando. Precisava neutralizar o ataque dos soldados.

Continuem atirando, gritou. Não parem. Depois de vários minutos, os soldados foram forçados a correr para se abrigar e suspenderam a perseguição. O caminho estava livre para Menoyo e os outros.

A Segunda Frente perdeu seis homens, entre eles Cárdenas, um dos comandantes. Oito rebeldes ficaram feridos, mas ainda respiravam. Ela acabara, logicamente, com menos munição do que antes e batia em retirada. Mas havia feito algo que ninguém — nem mesmo Castro — conseguira. Ousara entrar em uma cidade grande e provocar baixas no exército de Batista. Dezenas de soldados cobertos de sangue jaziam nas ruas. Na retaguarda, Morgan garantiu a sobrevivência da maioria dos revolucionários.

20

Menoyo decidiu: não levaria suas colunas. Não levaria o grupo completo de guarda-costas. Não chamaria Morgan nem os outros comandantes. Iria sozinho encontrar-se com Che Guevara.

Uma palavra, um olhar enviesado, e tudo poderia se acabar. Os dois lados se odiavam, e a situação estava piorando. Se não chegasse a algum tipo de acordo com Guevara, haveria guerra civil entre os dois maiores grupos rebeldes da revolução.

Muita coisa estava em jogo.

Com uma guarda pessoal de dois homens, Menoyo rumou para o leste, descendo a longa colina do acampamento até El Pedrero. Sentia que a sorte da revolução estava em suas mãos. Pensara em se apoderar de armas e munições suficientes em Trinidad para armar todos os rebeldes, mas não foi possível. Julgara poder atrair os soldados até as montanhas mais altas, mas isto tampouco sucedeu.

Apostara em poder deter os bombardeios, mas Batista agora despachava maior quantidade de aviões às montanhas do leste. E também havia Guevara, espreitando ao fundo como uma sombra soturna.

Em Sancti Spiritus, os *guajiros* contaram a Menoyo que Che andava percorrendo os vilarejos falando mal da Segunda Frente e dizendo que ele sim representava a única e verdadeira unidade rebelde. Guevara conseguiu inclusive abrir uma cunha entre a Segunda Frente e o Diretório, ao assinar acordo com este último, em 1º de dezembro, em que declararam que unificariam as duas forças militares.

Ele também criava dificuldades em outras frentes. Semanas antes, atrapalhara as eleições nacionais ao bloquear com sua coluna o acesso às urnas de votação nas principais áreas da província de Las Villas.

Agora, queria a Segunda Frente.

Após marchar penosamente pela montanha coberta de mata espessa perto de Pedrero, Menoyo avistou o acampamento no topo da colina. Lá estava a cabana de madeira coberta de folhas de sapê que servia de quartel-general para Guevara. Fora de lá que ele lançara o jornal *O Miliciano*, uma máquina de propaganda que tinha por objetivo colocar a região sob o controle de Castro.

Menoyo cumprimentou as sentinelas ao passar, retesou bem a bandoleira da sua submetralhadora M3 e se aproximou da cabana.

Os dois lados já se encaravam um ao outro com desconfiança. Guevara foi até a porta e ficou parado ao lado de seus homens. Os dois líderes se cumprimentaram e se mediram, como pistoleiros de faroeste. Em seguida, entraram no *bohío* escuro.

Sentaram-se de imediato em lados opostos da mesa. Obviamente, um não tinha simpatia pelo outro. Tampouco ajudou muito o fato de Guevara criticar Jesús Carreras e a forma com que ele e seus homens foram tratados.

— Ele é um dos meus comandantes — retrucou Menoyo, dando de ombros. — Vocês estavam entrando no nosso território. Ele tinha o direito de barrá-los.

Os olhos de Guevara se apertaram.

— Não — disparou de volta.

Guevara era representante de Castro. Eles tinham começado aquela revolução. Gozavam de todo o direito de entrar no Escambray sem precisar da aprovação de Carreras.

O Comandante Ianque

Havia sido ele, Che, quem tinha agendado aquela reunião, ressaltou. Queria tratar de assuntos importantes e estava à espera daquele momento. Primeiro, ele falou de sua jornada pelas montanhas, perto de Sancti Spiritus, até a divisa com Las Villas. Empregava duas palavras: *reforma agrária*. A terra no Escambray precisava voltar às mãos dos *guajiros*. Eles trabalhavam nas plantações, mas não recebiam nada em troca — na verdade, mal subsistiam. Os donos das plantações eram autênticos vampiros dos camponeses.

Guevara queria que Menoyo arquitetasse um plano para dividir a terra e reparti-la entre os trabalhadores. Só assim haveria a verdadeira revolução. Ninguém mais teria 400 hectares, como ocorria agora em muitas propriedades espalhadas pelas montanhas.

— Não — retrucou Menoyo, sacudindo a cabeça e afastando-se da mesa.

Menoyo sempre pensara no que seria melhor para Cuba e, em sua opinião, os proprietários de terras estavam longe de ser *más* pessoas. Alguns dos grandes latifundiários nas montanhas apoiavam a revolução. Forneciam alimentos e armas. Nas gerações anteriores, haviam lutado contra a subordinação à Espanha. Menoyo suspeitava que Guevara fosse comunista — simples assim —, e ele desprezava todas as formas de comunismo.

— Não posso fazer isso, e não o farei — disse Menoyo.

Nenhum dos dois recuaria.

Menoyo dormira em inúmeros *bohíos* com piso de terra por todo o Escambray. Tinha dividido o pão com aquelas famílias. Conhecia as lutas melhor do que aquele intruso. Lembrou a Guevara que, enquanto a Segunda Frente expulsava os soldados em Charco Azul e Rio Negro — pagando com o próprio sangue —, o Movimento 26 de Julho estava em outra cadeia montanhosa. Menoyo e seus homens haviam travado sozinhos aquela guerra.

Che franziu a testa e lançou os olhos para o alto. Se Menoyo continuasse a se opor, seria a guerra. O inimigo estava em Havana, insistiu, e

141

era crucial que os grupos rebeldes ficassem do mesmo lado. A revolução tinha chegado a um ponto em que precisavam assumir a ofensiva — no Escambray. Era ali onde ganhariam a revolução, afirmou. É hora de atacar, acrescentou.

— Eu sei disso — disparou Menoyo. Por isso a Segunda Frente havia se apossado do coração de Cuba, e não da ponta da ilha. — Este território é nosso.

Antes que Menoyo pudesse terminar sua argumentação, Guevara criticou severamente a Segunda Frente. De pronto, ambos ficaram prestes a puxar suas armas. Ninguém se mexeu. Era exatamente o que Menoyo temia. Nem ele conseguia se controlar. Alertas, os dois ficaram se encarando.

Guevara rompeu o impasse. Mesmo que Menoyo não concordasse com tudo o que ele propunha, era importante que os grupos fizessem um acordo militar. Caso pudessem atacar Batista agora, conseguiriam depô-lo. Mas precisavam fazê-lo já. Camilo Cienfuegos Gorriarán, um dos líderes de coluna de confiança de Castro, tomaria a parte norte da província de Las Villas. Guevara atacaria pelo centro até Santa Clara. A Segunda Frente assaltaria a ponta sul, inclusive a cidade de Cienfuegos.

— Precisamos de todos — disse Guevara.

Menoyo escutou. Sabia que seus homens podiam marchar até Cienfuegos. Tinham condições de conquistar o forte do exército em Topes de Collantes. Pensou por um instante em tudo o que seus homens já haviam suportado. Para eles, o plano era a oportunidade de terminar a luta em seu próprio território.

Ele assentiu.

— Concordamos — afirmou Menoyo.

Guevara apresentou um documento que havia preparado com antecedência. Não firmariam o acordo pela reforma agrária, mas apenas do pacto militar.

O Comandante Ianque

Menoyo leu o documento e o assinou. Guevara também o firmou, devolvendo-o a Menoyo. Sua assinatura no final da página mostrava simplesmente "Che".

Menoyo o inquiriu.

— O que é isso?

Guevara respondeu que era a sua alcunha favorita.

Irritado, Menoyo rabiscou a própria assinatura e escreveu acima dela "Gallego", o seu apelido.

Os dois homens discordaram até para assinar um acordo. Ambos os lados sabiam que cada um deles lideraria sua unidade na batalha — mas era questão de tempo até apontarem as armas um para o outro.

21

MORGAN VESTIU A CAMISA VERDE-OLIVA E A ABOTOOU, DEIXAN-
do o colarinho aberto. Inclinou-se sobre o catre, pegou o cinto com
fivela grande de prata e passou-o pelos ilhoses da calça. Tomou o Smith
& Wesson calibre .38, girou o tambor e encaixou-o novamente antes
de enfiar o revólver no coldre do seu lado direito.

Olga viu o marido se agachar para amarrar os cadarços dos coturnos, deixando-os bem ajustados. Ele enfiou a mão no bolso e puxou um
rosário, desenroscou as contas e o pendurou no pescoço.

— Tenha cuidado — pediu ela.

Ela o vira se aprontar para deixar o acampamento diversas vezes, mas
agora era diferente. Morgan e seus homens ficariam fora por vários dias
— a 64 quilômetros dali — em uma ofensiva que ou seria desastrosa ou
seria o passo mais audacioso da revolução. Não havia lugar para erros.

Mais uma vez, uma ansiedade crescente a assaltou. Tinha prometido
a si mesma que isto não aconteceria mais, que não iria se preocupar ao
vê-lo partir. Mas não pôde se controlar.

Morgan rodeou-a com os braços.

— Por favor, não fique assim — acalmou-a. — Eu voltarei.

Era outra missão suicida: milhares de soldados estavam à espera em
Santa Clara, os B-26s faziam círculos no céu e havia barricadas ao longo
das principais estradas. Cedo ou tarde, a sorte deles teria fim. Morgan
teria o destino ao seu lado se conseguisse chegar à primeira cidade da

província próxima sem um tiroteio. Dali, ainda teria de passar por outras cinco cidades ao longo da estrada norte-sul, entre Santa Clara e Cienfuegos. Ela ouvira os planos. A cada vez seu coração disparava, e ela fingia não escutar.

O plano de Menoyo era de passarem sorrateiramente pelo vale do rio até Topes de Collantes, um amplo sanatório branco para tuberculosos que Batista havia erguido alguns anos antes e que fora convertido em fortaleza militar, agora abrigando 150 soldados. Artola e Carreras poderiam se juntar ao ataque e depois se unirem às forças do Movimento 26 de Julho, ao norte.

No assalto coordenado, Che Guevara avançaria 50 quilômetros com seus homens pelo centro da província, Camilo Cienfuegos posicionaria seus homens mais ao norte, e Jaime Vega e seus combatentes viriam do leste — todas as unidades tentando desesperadamente manter-se ao máximo alinhadas durante a progressão. Castro permaneceria em Sierra Maestra com seus guerrilheiros.

Em todo o acampamento, Menoyo ordenou que os homens organizassem suas mochilas com os artigos pessoais. Estavam ansiosos por começar a marcha, e empacotaram toda a munição que tinham. Porém, antes de se reunirem no centro do acampamento, um mensageiro interrompeu a reunião dos comandantes.

Menoyo foi até ele e tomou o papel que trazia. Ficou imóvel por um instante, perplexo. A mensagem era de Che Guevara: aguardem novas instruções; não se movam daí. Menoyo consultou os comandantes. Por que o Che teria puxado o freio?

Não havia motivo para adiamentos. Na verdade, já havia discórdias e discussões entre os próprios líderes do exército, e corriam boatos de que, na província de Oriente, um general tramava secretamente com Castro a derrubada de Batista. Era hora de atacar. Menoyo enviou um mensageiro ao acampamento mais próximo do Diretório, cujas ações estavam agora coordenadas com as de Che, para descobrir o que tinha acontecido. A Segunda Frente ainda possuía amigos naquela unidade.

Menoyo não gostava de receber ordens de Che, mas tivera que se ajustar à situação devido ao pacto que haviam firmado. Eles consultaram os mapas diversas vezes, estudando as estradas e trilhas por onde os homens avançariam em direção aos alvos. Os rebeldes ficaram impacientes e se puseram a andar pelo acampamento, à espera.

O mensageiro voltou. Pela sua expressão, a resposta não era boa. O que ouviram deixou Menoyo furioso: Che tentava sabotar os planos da Segunda Frente. Enquanto eles esperavam, ele dera ordens a Raúl Nieves, um dos comandantes do Diretório, para atacar Manicaragua, uma cidade-chave.

Aquilo era uma trama. Manicaragua se localizava no centro da área designada para a Segunda Frente.

— *¡Hijo de puta!* — gritou Menoyo. Estava claro que o 26 de Julho desejava todos os lauréis para si mesmo e queria alijar por completo a Segunda Frente. — Pegue sua coluna e siga para Manicaragua — ordenou Menoyo a Artola. — Chegue lá antes daqueles bastardos.

Che não tinha honrado sua palavra. Apesar de todo o seu discurso sobre a lealdade à causa, havia descumprido o trato.

— É hora de lutar — asseverou Menoyo aos seus rebeldes. A Segunda Frente podia não chegar a ver o Ano-Novo, mas ao menos morreria honradamente.

<hr />

Morgan pendurou a Sten no ombro e se embrenhou pela trilha. Nada impediria que ele e seus homens chegassem à primeira cidade, Cumanayagua. Da beira do acampamento, Olga viu o uniforme verde do marido desaparecer em meio às árvores. Em algumas horas, a coluna estaria marchando pelo vale da morte.

Mais de 160 quilômetros ao leste, as tropas do governo tinham emboscado uma coluna do Movimento 26 de Julho, matando dezoito rebeldes e ferindo onze. Mas não se sabia quando o exército atacaria as posições ao sul. Naqueles momentos tensos e inseguros, Morgan olhou para a frente e agarrou-se à sua arma como se fosse um objeto sagrado. Durante a maior parte da marcha ele se manteve calado, consultando seguidamente a carta topográfica para se assegurar de que avançavam no mesmo passo que Menoyo. De vez em quando, um mensageiro a cavalo trazia informações sobre a localização dos demais comandantes.

A distância, os topos dos edifícios de Cumanayagua se erguiam acima da longa estrada. A cidade distava alguns quilômetros de Cienfuegos, o maior porto e o centro mais vital para o governo.

Morgan instruiu seus homens a se dividirem em grupos — como tinham feito nas montanhas — e a entrarem na cidade a partir de pontos diferentes.

O primeiro alvo seria a guarnição do arsenal do exército. Além de depararem-se com grupos do governo, era véspera de Natal, então haveria civis nas ruas. Precisavam permanecer o mais ocultos que pudessem, protegendo-se nas fachadas das lojas, e tomariam as ruas uma a uma.

À testa de seu grupo, Morgan avançou por uma estrada que dava diretamente na cidade. Acima, o ronco de motores começou a aumentar. Quando olharam para o alto, lá estavam dois B-26s rompendo as nuvens.

Alguns ficaram paralisados. Morgan nem pestanejou. Apertou o passo em direção ao centro urbano e se agachou diante de uma fileira de fachadas de lojas cobertas com estuque. Pouco depois, os aviões sobrevoaram a cidade e despejaram uma rajada de balas na estrada poeirenta. Os pedestres correram para se proteger dentro das lojas ou debaixo das árvores. De repente, os outros rebeldes viram Morgan surgir no alto de um telhado.

Com a silhueta contra o céu, ele gritou ao erguer a Sten no ar e disparar na direção dos aviões. Mesmo quando eles fizeram a curva e desapareceram, Morgan continuou disparando, cartucho atrás de cartucho.

O COMANDANTE IANQUE

Assim como vieram, os aviões sumiram.

Os pedestres viram o pistoleiro maluco no alto do telhado e aplaudiram. Logo os rebeldes souberam que, antes de atingir a periferia da cidade, a maioria dos soldados a tinha abandonado em direção a Cienfuegos. Os poucos que ficaram se renderam. William Morgan havia tomado Cumanayagua.

✦

Menoyo e seus homens avançaram com dificuldade pela trilha, avermelhados e exaustos de caminhar sob o sol abrasador. Ao saírem do mato na base da montanha, avistaram a estrutura ameaçadora. Para eles, aquilo parecia um navio de guerra. Poucos guerrilheiros já haviam visto algo como Topes de Collantes.

O pretenso sanatório era tudo o que dele se dizia. Localizado no meio do nada, a ampla construção fora edificada para um grande programa experimental do governo de tratamento para pacientes de tuberculose, 800 metros acima do nível do mar. Anteriormente com mil leitos, a torre de dez andares agora abrigava soldados que patrulhavam a estrada para Trinidad. Erguido em um pico do Escambray, o edifício de concreto era quase inexpugnável. Contudo, se quisessem vencer nas montanhas do sul, os rebeldes tinham de conquistá-lo.

Menoyo dividiu os homens em equipes. Uma tomaria o lado sul, outra, o norte. Todos deviam esperar por suas ordens. Menoyo mandou sua equipe ficar em posição para atirar. Não queria que desperdiçassem munição, mas os soldados não podiam deixar de sentir a pressão. Normalmente ele teria esperado. Porém, aquele caso era diferente. Precisavam abrir fogo primeiro. O único modo de forçar os soldados a combater seria fazendo-os saber que estavam ali fora.

Menoyo avaliou a estrutura enorme e depois levantou a mão.

149

— *¡Fuego!* — gritou ele, abaixando o braço.

Os tiros foram dirigidos às janelas e portas e despertaram os soldados. Pouco depois, as tropas começaram a revidar. Por vários minutos, ambos os lados dispararam rajadas atrás de rajadas. Mas os rebeldes estavam em melhor situação. Os soldados não tinham para onde ir. Se tentassem escapar, os rebeldes estariam à espera deles.

Então, um dos rebeldes procurou Menoyo com uma ideia. Ele trabalhara no sanatório como enfermeiro e conhecia uma portinhola na lateral do prédio que era trancada com cadeado. Se conseguissem entrar, poderiam desarticular toda a posição defensiva do exército. Menoyo concordou. Chamou os outros, inclusive Ramiro Lorenzo e José Casanova, e deu-lhes detalhes do plano.

Enquanto a noite descia, os rebeldes avaliavam as possibilidades de se aproximarem do prédio. Um a um, avançaram terreno adentro e, acobertados pela escuridão, se detiveram a poucas centenas de metros. Menoyo estudou a pequena porta e acenou para os outros.

— Vamos tentar — disse.

Rastejaram até a lateral do edifício. Usando tesouras para cortar metal, romperam a corrente e, em total silêncio, abriram a porta.

Ainda de joelhos, cruzaram o umbral e depararam-se com uma escada estreita em espiral que levava aos escritórios. Subiram a escada, chegaram ao piso principal e avançaram agachados pelo corredor. Passaram por várias portas até chegarem ao escritório, onde filtrava luz sob a porta.

Menoyo saltou para dentro e surpreendeu o oficial do exército, que não teve tempo de pegar sua arma.

— Você está preso — disse, e o homem empalideceu.

Menoyo se apresentou e perguntou quem estava tendo o prazer de prender.

O oficial olhou para o revolucionário, visivelmente abalado, e disse:

— Sou o comandante Pérez Corcho.

O Comandante Ianque

O estratagema funcionara.

Corcho levantou os braços enquanto os homens o revistavam. Menoyo foi até o sistema de som do antigo sanatório, pegou o microfone e anunciou: "Aqui é o Comandante Eloy Gutiérrez Menoyo, da Segunda Frente do Escambray", e sua voz ecoou em todo o edifício. "Já tomamos a praça de guerra e estamos dentro do prédio. Todos devem jogar suas armas nos corredores. Saiam com a mãos para o alto."

Os soldados se desfizeram dos fuzis e metralhadoras e se dirigiram ao piso principal, onde os rebeldes os mantiveram sob as miras de suas armas.

Topes de Collantes era deles.

22

LÁZARO ARTOLA RASTEJOU ATÉ A SALIÊNCIA ROCHOSA DO TERreno. Ele e seus homens tinham se arrastado penosamente por trilhas coalhadas de arbustos espessos, tentando chegar à cidade antes dos outros. Conseguiram evitar um avião que sobrevoou as montanhas. Agora, observando do alto a longa estrada, ele via as ruas de Manicaragua, a uma dezena de quilômetros da capital da província de Santa Clara e ponto de reunião dos soldados.

Grande parte da cidade estava construída em quarteirões com fachadas antigas de lojas e arcadas altas. Pessoas cruzavam as esquinas estreitas. O fedor de cavalos e caminhões se espalhava pelo ar. Artola avisou aos homens para ficarem preparados.

Um a um, eles municiaram e carregaram suas armas. Artola tinha uma das colunas mais disciplinadas da Segunda Frente, mas aquilo seria um trabalho perigoso. Não teriam tempo de detectar minas nas estradas, nem de se proteger se os aviões viessem.

— Adiante! — gritou.

Como um relógio, eles avançaram em direção à praça principal. Alguns se esgueiraram diante das lojas, outros pularam detrás de árvores. Ao atingirem o objetivo, civis espreitavam do interior das lojas toda a movimentação, e alguns se aventuraram pelas calçadas. *"Los soldados han desaparecido"*, disseram alguns, agitando os braços. Os soldados sumiram.

Os locais apontaram a estrada que deixava a cidade. Os soldados tinham juntado toda a sua parafernália e partido para Cienfuegos, disseram, 65 quilômetros a oeste. Artola não encontrou ninguém na guarnição. Esperava um enfrentamento, mas os moradores diziam a verdade. Os rebeldes tomaram Manicaragua sem disparar um só tiro.

Artola convocou seus mensageiros. Que avisassem aos comandantes da Segunda Frente em Cumanayagua que a guarnição de Manicaragua pertencia à Segunda Frente; e que os soldados do governo se deslocavam para Cienfuegos. Provavelmente seguiam pela autoestrada, pois detestavam passar pelas montanhas. Que eles se apressassem.

Ali perto, as pessoas saíram às ruas para comemorar. Os fazendeiros locais odiavam o governo quase tanto quanto as secas que haviam destruído seus cafezais. Enquanto seus homens confraternizavam com os habitantes, Artola percebeu que outro grupo de rebeldes vinha pela praça. Mas não eram da Segunda Frente. Eram os homens de Che. À frente da coluna vinha o capitão do Diretório, Raúl Nieves.

Nieves parou um instante e sacudiu negativamente a cabeça. Che ficaria decepcionado. Ele queria que o 26 de Julho fincasse sua bandeira naquele terreno. A Segunda Frente ganhara a corrida.

<hr />

No quartel-general em Havana, o general Francisco Tabernilla Dolz lia com desagrado os informes que chegavam do Escambray: Fomento, Cumanayagua, Remedios, todas cidades com guarnições importantes. Aquilo não devia estar acontecendo.

Ainda era cedo, mas algo nas montanhas começava a preocupar os generais dos altos escalões, inclusive Tabernilla. Em primeiro lugar, Manicaragua: não só a cidade tinha sido tomada sem uma única escaramuça como os rebeldes haviam bloqueado toda a área. Depois,

O COMANDANTE IANQUE

a principal linha férrea que atravessava a região fora cortada em Zaza del Medio. Agora, Caibarién, 70 quilômetros a nordeste, se rendera aos homens de Che, o que significava que o governo tinha perdido um dos seus principais portos.

O exército descobria que os homens de Che tomavam uma cidade e os de Menoyo conquistavam outra. Era como um jogo de xadrez. Um varria as montanhas centrais, e o outro, o sul. Em qualquer guerra, ocorriam reveses. Mas o exército estava perdendo terreno em diversas frentes. Ao norte de Cienfuegos, o grupo rebelde liderado por Publio Ruiz, jovem capitão treinado por Morgan, havia dominado os soldados e causado muitas baixas. Em Yaguajay, os revolucionários chefiados por Camilo Cienfuegos, do Movimento 26 de Julho, tinham surpreendido o exército ao cercar a cidade e prender os soldados no próprio quartel.

Tabernilla estava irritadíssimo. "Dois anos de prolongada campanha" estavam cobrando seu preço, concluiu. Mas não havia só o cansaço da guerra. Os rebeldes começavam a demonstrar experiência.

Por um ano inteiro, eles mapearam e patrulharam as montanhas, o que agora lhes permitia serpentear por estradas e trilhas secundárias que conheciam muito bem. Artola chegou a Manicaragua em apenas algumas horas. Morgan alcançou Cumanayagua antes dos demais. E os dois estavam conectados por uma vasta rede de mensageiros.

Durante aqueles meses de luta no Escambray, o exército nunca organizara bases permanentes nas montanhas. Cidades como Cumanayagua e Manicaragua permaneciam vulneráveis, pois o exército não tinha presença significativa por lá.

Talvez fosse por arrogância dos militares ou por descaso dos generais, mas o fato era que Batista se enfurecia ao ler os relatórios sobre os confrontos. O resultado foi que o ditador exonerou os comandantes no Escambray e enviou o coronel Joaquín Casillas Lumpuy para restaurar a ordem. Em seguida, mandou para lá um trem blindado carregado de armas.

Ele esperava que não fosse tarde demais.

155

23

Tᴇɴᴛᴀɴᴅᴏ ᴇɴxᴇʀɢᴀʀ ᴀᴛʀᴀᴠÉs ᴅᴀ ɴÉᴠᴏᴀ ᴍᴀᴛᴜᴛɪɴᴀ, Dᴏᴍɪɴɢᴏ Ortega Gómez empunhou o fuzil e fez pontaria sobre os soldados que avançavam para dentro do alcance de tiro. *Só mais uns segundos*, pensou, empertigando-se. *Só mais um pouco...*

O pessoal do grupo de Ortega posicionou-se atentamente com as armas apontadas, observando os soldados assim que eles se mostraram pelo caminho estreito de terra. Não surpreendia que eles aparecessem. Aquela estrada — o trecho entre Manicaragua e Cumanayagua — era a única via para se chegar à costa sul. As trilhas das montanhas eram perigosas demais para os homens uniformizados e seus veículos.

A maioria dos soldados do governo havia deixado seus povoados e agora tentava chegar a Cienfuegos, onde se reuniria às outras unidades. Para Ortega, tratava-se de um teste. O jovem capitão da Segunda Frente patrulhava a área quando soube que os soldados se aproximavam. Os rebeldes sabiam que o controle sobre aquele trecho de estrada impediria a escapada da tropa.

Ortega ordenou que seus homens ficassem de olhos bem abertos. Era difícil saber quantos soldados havia naquele contingente. Se fosse uma companhia, provavelmente uns poucos rebeldes não os deteriam. Porém, se ao menos pudesse provocar baixas, enviaria a mensagem de que a estrada não era mais segura.

Semicerrou os olhos, fez pontaria e apertou o gatilho. Seus companheiros também dispararam nos soldados espantados. Alguns saltaram para a margem da estrada, outros caíram. Os rebeldes seguiram atirando enquanto os soldados tentavam escapar. Tudo terminou tão depressa quanto havia começado, com nove soldados mortos na estrada. O restante escapou. Em breve, as outras unidades do exército saberiam o que havia ocorrido: a Segunda Frente cortara a linha de suprimentos do exército.

❧

Pouco depois do amanhecer, Morgan reuniu seus homens. Raramente fazia reuniões, mas acabara de receber uma mensagem urgente.

A informação era incompleta, mas poucas horas atrás um avião de grande porte decolara de Camp Columbia, em Havana, em meio à escuridão. Não se sabia quem estava a bordo, mas, supostamente, Batista em pessoa havia embarcado e mandado o piloto levantar voo.

Os rebeldes fitaram Morgan e se entreolharam. De onde provinha aquela notícia? Havia rumores demais circulando sobre a situação da guerra, principalmente na última semana. Tinham recebido uma mensagem de que Che Guevara tomara Santa Clara, uma grande vitória. Seria possível que o ditador que governava toda a máquina militar de Cuba estivesse fugindo?

Batista fora a força motriz de Cuba por dezesseis anos. Era a cara do país. Era *el hombre*. Ele lutaria até o fim.

Morgan não discordava de qualquer suposição que seus combatentes faziam, porém não era aquilo que importava. Ainda havia uma longa guerra pela frente enquanto esperavam por novas notícias. Quanto ao que lhe cabia, o importante era dar os passos seguintes da ofensiva.

Por muito tempo a Segunda Frente precisava tomar uma das cidades mais importantes no centro de Cuba: Cienfuegos. Com seu pujante

O Comandante Ianque

porto, a cidade era uma ligação crucial com o mar. O sol banhava as montanhas do leste quando Morgan e sua coluna deixaram o acampamento e pegaram a estrada.

Encharcados de suor e sujeira e empunhando suas armas, eles seguiram pela estrada onde dezenas de soldados haviam morrido dias antes. Morgan e os rebeldes estavam tensos. Não tinham ideia do que os esperava. Cienfuegos era verdadeira confusão de ruas estreitas e tortuosas que desembocavam em uma baía bem ampla, com base naval no centro do perímetro costeiro. Os revolucionários não objetivavam apenas uma guarnição. O alvo era uma instalação militar com centenas de homens e muito poder de fogo. Os oponentes possuíam bazucas e morteiros; caso necessário, poderiam até convocar os caças P-47s.

Morgan não tinha a menor ideia do que ocorria em outras partes das montanhas. Mas sabia que precisava chegar a Cienfuegos antes que a cidade fosse considerada perdida. Ao atingirem o primeiro conjunto de estradas poderiam atacar e entrar na cidade por distintos ângulos, diferentes ruas. Morgan segurou firmemente sua Sten e acelerou o avanço. Pouco depois do passo avistaram a silhueta de Cienfuegos. Ao alcançarem a primeira estrada importante que levava à cidade, ele ordenou que continuassem em frente.

A distância, ouviram o que soava como disparos. Quando se aproximaram, viram homens, mulheres e crianças debruçados nas sacadas das residências e prédios, sacudindo bandeiras aos gritos de "¡libertad!" à medida que os rebeldes passavam.

Um deles se deteve para falar com pedestres que se abraçavam nas ruas. A notícia já estava no rádio: Batista e seus generais haviam fugido do país. Morgan ordenou aos seus homens que prosseguissem. Não havia tempo para comemorações. Tinham uma missão importante: a estrada para a baía. Se Batista tivesse realmente fugido, a Segunda Frente precisava garantir que o porto e a base naval passassem às mãos dos guerrilheiros. Logo após o quarteirão seguinte, Morgan avistou as águas azuis cristalinas da Baía Jagua, orgulho da cidade.

Ao chegarem ao final da estrada, a base naval ficou visível bem no alto. Morgan se deteve um instante e observou a fortaleza. Então instruiu os mensageiros. "Digam-lhes que estão cercados. Não têm para onde ir." A princípio suas exigências pareciam sem sentido. A base naval poderia disparar a qualquer momento. Podia fechar suas "escotilhas" e aguardar a chegada do exército.

Morgan continuou empunhando a Sten enquanto aguardava a resposta. Nenhum movimento no interior da base naval... De súbito, uma mensagem ressoou pelo rádio. Era o comandante da guarnição naval, declarando que os rebeldes podiam baixar as armas. A base ia se render.

Agora, Cienfuegos pertencia a Morgan e à Segunda Frente.

24

A NOTÍCIA SE ESPALHOU PELAS ONDAS DE RÁDIO: O REINADO DE Batista em Cuba havia terminado.

As comemorações começaram com tiros disparados para o alto. Os carros soaram as buzinas no comprido bulevar que levava à praça. Os habitantes de Cienfuegos nunca tinham vivido algo assim. Nos locais elevados em torno da praça, foram desfraldadas bandeiras nas sacadas e eram saudados os que passavam pelas ruas. Uma multidão se juntou no parque José Martí, aos gritos de júbilo para os carros que desfilavam.

Morgan sinalizou para que seus homens se reunissem. Estavam, de fato, no controle da cidade. Iriam ocupar a base naval. Mas não os havia chamado para perto por causa disso. Em instantes, a cidade iria entrar em erupção e não haveria força policial para colocar ordem no caos. Os que tinham lutado nas montanhas no ano anterior estavam a ponto de se converter em polícia local.

Os homens estavam exaustos. Há dias sem dormir. Há dias sem banho. Alguns nem estavam alimentados. No entanto, em instantes passariam a ser a lei da terra.

Os jovens *barbudos* nunca haviam desempenhado aquele tipo de missão, mas não havia outro modo de iniciar a transição. Os saques poderiam começar, e alguns tentariam atirar nos seguidores de Batista, leais ao velho regime. Era necessário policiar todas as partes da cidade se preciso fosse, e requisitar carros, tudo com cuidado para não machucar as pessoas. Precisavam ter em mente que já não estavam nas montanhas, mas cuidando de mulheres e crianças.

Segurando com firmeza as armas, eles se dividiram em grupos e desapareceram detrás da primeira linha de edifícios. Morgan pendurou a Sten no ombro e caminhou em direção à base naval. Em pouco tempo as pessoas nas ruas o cercaram. Alguns o abraçaram. Outros o beijaram.

— *¡Americano! Americano!* — bradavam, enquanto ele se dirigia à ponte principal.

Algumas cidades cubanas ainda apoiavam Batista, mas Cienfuegos não era uma delas: o governo promovera demasiados ataques contra aquele centro urbano. Um ano antes, bombardeios aéreos mataram quatro civis e feriram outros vinte. Os rebeldes eram uma visão muito bem-vinda.

Um ano atrás, Morgan não podia sonhar que aquilo aconteceria. Fugindo do seu passado, chegara a Cuba com pouco mais do que a roupa do corpo. Agora, as pessoas o seguiam pelas ruas, saudando-o como herói de uma revolução que estava prestes a mudar o curso da história.

Menoyo não tinha tempo para celebrações. Acabara de receber uma mensagem: Batista se foi, mas os militares continuavam controlando a capital.

Era impossível prever como aquilo acabaria. As multidões haviam tomado Havana. O Diretório ocupara a delegacia de polícia da rua 9 e alguns policiais de Batista foram mortos nas ruas. O novo alvorecer cubano já se mostrava violento.

A luta pelo poder estava em curso mesmo antes que os corpos fossem enterrados. Menoyo soube que Che Guevara se apressara na direção de Havana. Camilo Cienfuegos também. Até Rolando Cubela e o Diretório aceleravam pela autoestrada central que levava à capital. Aquilo não era necessariamente bom. Haveria mais derramamento de sangue. Os soldados de Batista ainda ocupavam Camp Columbia. Também continuavam em La Cabaña, a fortaleza transformada em prisão militar. Havia milhares de soldados do governo acampados em outras três províncias.

— Está na hora de irmos para Havana — disse Menoyo a Morgan.

Os grupos que se dirigiam à capital organizariam um governo provisório ou se matariam entre si. Castro tinha um plano. Cubela e o Diretório tinham outro. O governo interino deixado por Batista era um tumulto só. Aquilo pelo qual a Segunda Frente lutara e sacrificara vidas, e o futuro de seus integrantes: tudo estava em jogo.

Menoyo precisava resistir.

25

Acima do capô do jipe, Olga percebeu a longa fila de carros engarrafados no bulevar e recostou-se no seu assento. Uma aglomeração humana impedia que ela e os outros rebeldes avançassem com rapidez. Havia gente nas estradas saudando os carros. A música berrava das lojas enquanto foliões dançavam pelas ruas. Alguns se abraçavam e choravam. Mulheres e crianças saíam das casas de pau a pique portando bandeiras cubanas e gritando para os vizinhos. Era por isso que ela havia lutado. Era por isso que arriscara a própria vida.

Para o povo de Cienfuegos, cada trecho da cidade fazia recordar a opressão que haviam suportado: a prefeitura, onde os insurgentes tentaram criar um bunker durante a revolta da armada; o quartel da Guarda Rural, atacado por simpatizantes dos revolucionários; o quartel da polícia, tomado pelos rebeldes.

Quando o jipe de Olga parou diante do edifício principal da estação naval, ela apontou para a entrada.

— Vou entrar — disse.

Abriu as portas e perguntou pelo marido. Um guarda rebelde respondeu que Morgan estava no escritório do comando, reunido com antigos líderes do governo de Cienfuegos. Ela não ligou. Foi até lá e abriu a porta.

Todos se viraram para vê-la. Morgan estava sentado a uma mesa, com papéis espalhados diante dele, cercado de gente desconhecida. Ele parecia sério, mas sorriu.

— Você veio — disse ele.

— Claro — respondeu Olga. — Eles não vão me manter longe de você.

Aquilo rompeu a tensão de um longo dia. Morgan tivera de deixar a base mais cedo para impedir que civis pilhassem e caçassem antigos funcionários do governo de Batista. Também teve de proibir a venda de bebidas alcoólicas e impusera o toque de recolher, a fim de manter a ordem nas ruas.

— Não somos criminosos — explicou aos rebeldes ao estabelecer medidas de emergência.

As pessoas o reconheciam pelas ruas apinhadas. *"Uíliam Mórgan!"*, berravam das sacadas e carros. Ele não era herói só no Escambray. Recebia também ligações telefônicas de repórteres de Cuba e dos Estados Unidos. Centenas de jornais publicaram a reportagem da Associated Press sobre o americano que perseguira soldados de Batista nas montanhas. O *Havana Post* estampou uma crônica sobre o *comandante ianque* e suas façanhas nos confrontos. Não era Menoyo que surgia como figura rebelde importante da Segunda Frente. Era Morgan.

Olga, por sua vez, só queria encontrar um lugar tranquilo para estar com o marido e conversar sobre a vida conjunta dos dois. Ele havia sobrevivido, e isso era tudo que importava para ela. Enquanto se abraçavam, um mensageiro entrou na sala: havia gente tentando invadir a prefeitura.

Morgan precisava ir.

Ela o acompanhou até o estacionamento, onde ele pulou num jipe e acelerou. Ela subiu no jipe seguinte com outra equipe e foi atrás. Viu-o avançar pelas ruas, dobrar esquinas e desaparecer na escuridão.

Menoyo não tinha tempo para dormir. Não tinha tempo para comer. Em vez de se juntar aos rebeldes no palácio presidencial, acabava com confusões nas ruas. Em todos os bairros de Havana havia gente andando

O Comandante Ianque

a esmo, às vezes armada, estilhaçando vitrines das lojas. No Riviera, uma multidão de civis enraivecidos invadiu o cassino e soltou uma vara de porcos no saguão do elegante hotel. Outros foram ao Sevilla-Biltmore para quebrar as máquinas caça-níqueis. Menoyo já estava farto daquilo.

— Peguem as armas e vão para as ruas — ordenou aos seus homens.

Se os demais grupos rebeldes não pudessem conter as vizinhanças, a Segunda Frente o faria. Ele dividiu seu contingente em pequenos grupos. Um deles iria para as cercanias de Miramar, uma espécie de enclave elevado onde ficavam localizadas as residências dos ricos com jardins muito bem cuidados e piscinas. Outro seguiria para Vedado, sofisticado bairro de lojas, hotéis e edifícios luxuosos de apartamentos.

— Não haverá saques — afirmou Menoyo.

Alfredo Peña, que fora soldado do exército cubano antes de se unir à Segunda Frente, patrulharia o comércio, inclusive os bancos e as revende-doras de automóveis. Menoyo e seus homens tomariam conta do centro da cidade para impedir que arruaceiros violassem o que restava de lei.

Enquanto Menoyo e seus homens protegiam o centro de Havana, um grupo de civis e rebeldes liderados por Camilo Cienfuegos chegou à ampla entrada de Camp Columbia, o enorme quartel-general do exército. Ramón Barquín, comandante de Batista, já analisara as opções que tinha diante de si e elas não eram favoráveis. Até seus homens sa-biam que aquilo era o fim. Batista fugira. O regime entrara em pânico e estava desorientado.

Depois de vários minutos tensos, Barquín saiu da base. Não haveria resistência nem confronto. Ele entregaria a base aos rebeldes.

Na antiga prisão militar de La Cabaña, ocorreu a mesma coisa: Che Guevara e seus homens enlameados surgiram diante dos portões e deram um ultimato. O coronel Manuel Varela Castro respondeu com uma oferta de paz. O exército não ofereceria resistência alguma.

Em questão de horas, duas das instituições mais importantes do governo caíram nas mãos dos líderes mais destacados de Castro.

167

26

MORGAN JÁ ESTAVA COM OLHEIRAS, E SEU ROSTO SE ENCONTRAVA avermelhado pelo sol e suor. Estava exausto. Olga tentou fazê-lo descansar, mas a segurança de Cienfuegos se convertera em missão pessoal. Se o trânsito avançava pelo Paseo del Prado, era em parte devido às patrulhas que ele criara para organizá-lo. A maioria dos arruaceiros havia sido detida.

Ao sair da base naval, onde fora obter informações, Morgan recebeu uma chamada urgente. Um mensageiro avisou: fique alerta; você receberá uma visita: Fidel Castro.

Após deixar Santiago de Cuba em direção a Havana, a uns 750 quilômetros de distância, Castro decidiu mudar a rota. Iria a Cienfuegos. Morgan ouvira rumores de que Castro cruzava o país em uma caravana que se dirigia à capital, mas não dera importância. Alguns da Segunda Frente queixaram-se da mudança de rota do líder do Movimento 26 de Julho. Afinal, Cienfuegos era a única cidade importante que ficara sob o controle da Frente.

Morgan deu de ombros. Seus homens precisavam estar preparados. Havia problemas com Che, porém não com Fidel.

— Demonstraremos respeito a ele — afirmou.

A revolução tinha dificuldades muito maiores para resolver. Os grupos rebeldes pelejavam para ver quem assumiria o poder. Em Havana, membros do Diretório se recusavam a deixar o palácio presidencial.

O grupo de Castro exigira que tal prédio fosse evacuado para que ele ali se instalasse. Pelo que o Diretório podia perceber, os homens de Castro já haviam ocupado quase tudo, menos o palácio. Eles tinham tomado todos os principais quartéis e quase todas as delegacias de polícia. Durante a carreata, Castro alardeava pelo rádio que o país precisava de novo presidente provisório. Para tal, nomeou para o posto o juiz provincial Manuel Urrutia Lleó, de 59 anos, além de um Gabinete.

Castro conseguiu imobilizar o Diretório. Ao ouvir isso pelo rádio, Rolando Cubela se aborreceu. Enviou uma mensagem ao Movimento 26 de Julho exigindo que o Diretório ocupasse uma cadeira no novo governo e que "os membros e o sangue derramado por eles fossem plenamente reconhecidos". Caso contrário, ele se afastaria.

Rumores sobre uma confrontação geral agitavam o país.

<hr/>

Trajando uniforme verde-oliva e com arma no coldre à cintura, Castro saltou em meio à multidão que o esperava. *"¡Bienvenido a Cienfuegos!"*, gritavam todos. Com o boné de rebelde e uma barba espessa e escura, ele não perdeu tempo e caminhou em meio ao aglomerado de pessoas, apertando mãos. Desde a fuga de Batista, ele emergira como novo líder de Cuba e atraía câmeras de televisão em quase todas as províncias onde fazia paradas. Muitos dos seus discursos em pequenas cidades eram difundidos pelo rádio para a capital.

À diferença das outras capitais que Castro visitara, Cienfuegos era um bastião da Segunda Frente. Na unidade do Escambray havia mais pessoas habitantes da cidade do que em qualquer outra coluna de rebeldes. Uma grande quantidade de revolucionários com o distintivo da Segunda Frente apareceu para esperá-lo, deixando claro o substancial efetivo da Frente.

Ao desembarcar em meio à multidão que o recebeu em Baía Jagua, Castro não era o único a atrair a atenção das pessoas. Mesmo enquanto Morgan se punha de lado, observando tudo, elas se aproximavam, puxando seu uniforme e o abraçando. Aonde fosse, atraía admiradores.

Por um estranho e breve momento, os dois dos líderes mais populares da revolução cubana estavam no mesmo lugar. A multidão abriu espaço quando eles se reuniram. Olga prestou muita atenção quando o marido ficou frente a frente com Castro. Eles estenderam a mão e se cumprimentaram. Naquele momento, tinham em comum o fato de estarem sem dormir havia dias e de agirem à base da adrenalina. Castro saudou Morgan com a cabeça e voltou a se confundir com a multidão. Tinha poucas horas para se pronunciar antes de viajar a Havana para outra entrada triunfal.

Castro e seu *entourage* se dirigiram ao Restaurante Covadonga para um jantar de confraternização. Quando todos conseguiram se apertar lá dentro, os garçons circularam ao redor das mesas servindo pratos fumegantes de *paella* recém-preparada. Castro mal tocou na comida e caminhou entre as mesas, detendo-se em uma ou outra para conversar.

Dezenas de membros da Segunda Frente também se espalharam pelas mesas, mas, depois de alguns minutos, Olga notou algo peculiar. Os rebeldes da Segunda Frente ficaram de um lado do salão, e os do 26 de Julho do outro. As conversas foram sobre amenidades, mas Castro se manteve claramente distante dos *barbudos* do Escambray. Depois de observar atentamente a linguagem corporal no salão de refeições, ela se aproximou de Morgan.

— Não estou me sentindo bem — disse. — Vou embora.

Morgan a fitou como se duvidasse.

— É verdade — insistiu ela. — Preciso ir.

E saiu porta afora.

27

Soltando palavrões aos altos brados, Morgan dependurou a Sten no ombro e pulou no jipe estacionado diante do seu escritório. Tinha acabado de voltar da base naval quando um mensageiro veio correndo, quase sem fôlego. Dois jovens da Segunda Frente andavam bebendo. Ninguém sabia onde tinham conseguido a bebida, mas eles cambaleavam pelas ruas.

— Você precisa ir lá — disse o mensageiro.

Morgan e seus homens estavam policiando a proibição de bebidas, detendo e até encarcerando se preciso quem desrespeitasse a lei. Aquilo era imperdoável.

Descendo pelo bulevar, ele pretendia caçá-los. "Estava furioso, furioso, furioso", recordou-se Olga.

A pressão sobre Morgan continuava aumentando, e ninguém enxergava isso melhor do que ela. Ele dormia apenas um par de horas por noite e não se alimentava direito. Ouvia o rádio, esperava chamadas de emergência e saía no jipe. Quando ela se dava conta, Morgan já estava porta afora. Ele tinha conseguido reduzir ao mínimo as patrulhaas e outras atividades, muito diferente dos responsáveis por garantir a ordem em Havana.

Mas aquele aviso o deixou claramente irritado. Ele os encontraria, ainda que passasse o resto do dia andando de lá para cá no Paseo del Prado. Pouco depois de sair da base, ele virou a esquina e viu os dois jovens na rua. Já era bastante ruim que fossem rapazolas, mas ainda por cima portavam os distintivos da Segunda Frente.

O rosto de Morgan enrubesceu e seus olhos se estreitaram.

— *¡Venir aqui!* — gritou, em seu espanhol ruim.

Caiu em cima deles. Não só tinham desobedecido suas ordens como manchavam a imagem da unidade que havia lutado pela liberação do país.

— O que é que vocês têm na cabeça?! — bradou.

Os jovens *barbudos* ficaram inertes, confusos, boquiabertos. Nunca o tinham visto tão furioso. Não sabiam o que dizer. Morgan os mandou sair da rua. Não queria vê-los bebendo nunca mais. Não naquela cidade.

Sabia que tinha sido duro com eles, mas não podia deixar o fato passar em branco. Nas montanhas, pela primeira vez na vida, ele se tornara líder. Não só percebeu mudanças em si mesmo ao comandar uma coluna como entendeu o que poderia fazer para manter vivos os demais. Com tudo o que estava ocorrendo em Cuba após a luta, Morgan estava sendo convocado a fazê-lo novamente. Embora os combates tivessem terminado, ainda era um comandante. Cienfuegos teria virado um caos sem ele e seus homens. Precisava permanecer por lá.

A necessidade de manter a ordem em Cienfuegos não era a única coisa que ocupava sua mente. Cedo de manhã, Olga o vira com as fotos de Billy e Annie. Ele as olhou com muita atenção e as deixou do seu lado. Ela sabia quanta saudade ele sentia dos filhos. A guerra o levara a dividir sua vida em compartimentos estanques e impedira que os problemas do passado ressurgissem. Mas tudo estava vindo à tona.

___

Che Guevara estava apenas começando. No momento, tirara o Diretório do seu caminho. Mas ainda restava a Segunda Frente. Eles estavam por toda parte. Castro instalara o novo governo, mas os homens de Menoyo ainda eram força visível. Morgan supervisionava Cienfuegos,

O COMANDANTE IANQUE

e Menoyo e seus *barbudos* continuavam aparecendo nas esquinas mais movimentadas de Havana portando armas e com uniforme. Exatamente como Castro havia previsto.

Semanas antes, sob a luz de uma lanterna na escuridão do acampamento, Castro havia escrito uma carta a Che, dizendo que ele nunca deveria ter assinado aquele pacto com a Segunda Frente. O documento geraria um problema constante. Eles disputariam o poder com o Movimento 26 de Julho. "Querem compartilhar os frutos das nossas vitórias para reforçar seu pequeno aparato revolucionário e amanhã virão com todo tipo de exigências", escreveu.

Para dois homens tão próximos, a carta soou como uma repreensão. Mas Che tinha tempo suficiente para se redimir. O 26 de Julho contava com mais homens em suas fileiras do que nunca. Controlava todas as bases militares, prisões, aeroportos e portos, à exceção de Cienfuegos. Ocupavam quase todos os quartéis em Cuba e tinham indicado seu próprio presidente e Gabinete. Eram os donos de Cuba.

Che escreveu a Menoyo propondo uma reunião. O lugar: La Cabaña, quartel-general de Guevara. A mensagem estava marcada como urgente.

Ao receber o bilhete, Menoyo olhou seus homens e deu de ombros. A última pessoa com quem queria se encontrar era com o Che. Não gostava dele. Não confiava nele. Che não era o líder de Cuba. "Quem diabos ele pensa que é?", queixou-se. Se ele quisesse se encontrar com a liderança da Segunda Frente, então Menoyo iria com todos. Ele, Carreras, Félix Vásquez, um capitão e dezenas de outros apareceriam armados.

A Segunda Frente não tinha exigido nada de Castro. Tudo o que seus membros queriam era democracia — eleições. Depois de não cumprir sua palavra e mandar homens para a segunda zona, estava claro que Che queria alguma coisa, mas o quê? Os dois grupos ainda não haviam aparado suas arestas.

— Todos estavam aborrecidos — recordou Jorge Castellón, à época um rebelde da Segunda Frente com 16 anos de idade.

Quando chegaram a La Cabaña, Che os aguardava. Não se tratava de uma visita social. Nem bem tinham se encontrado no pátio quando Che se inflamou. Criticou Carreras, chamando-o de ladrão e bêbado.

"A coisa ficou feia," recordou Menoyo.

Carreras deu um salto e parou a poucos passos do Che.

— Vamos lá fora agora. Você e eu, com nossas armas — desafiou-o. Por um instante pareceu que iriam se matar. O sangue ruim das montanhas ainda não tinha dado lugar a nada mais brando.

Che cravou-lhe os olhos. O país funcionava com um governo provisório, o que significava que era preciso desativar a Segunda Frente, disse. A revolução tinha terminado. Menoyo puxou a submetralhadora do ombro. Ninguém lhe ordenaria o desmanche da unidade.

— Por que você não cuida da sua tropa? — retrucou.

Castellón lembrou-se que segurou sua arma e colocou o dedo indicador no gatilho, apontando para Che. "Quase houve um tiroteio."

Guevara percebeu que o encontro caminhava para o desastre. Se a Segunda Frente ficasse ali mais tempo, haveria um banho de sangue.

— A reunião terminou — anunciou.

Menoyo baixou sua arma e deu as costas ao argentino. Chamou seus homens e eles cruzaram os portões da antiga fortaleza. Outros grupos rebeldes podiam concordar com Che, mas não a Segunda Frente.

<hr />

Morgan desligou o telefone e virou-se para Olga.

— Isto não está cheirando nada bem — disse.

Havia coisas demais acontecendo. Era hora de fazer as malas e rumar para a capital. Após alguns minutos com Menoyo ao telefone, Morgan constatou que a Segunda Frente enfrentava dificuldades.

O Comandante Ianque

O novo governo revolucionário esmagava a oposição. Enquanto a Segunda Frente existisse, seus homens correriam risco. Se debandassem, sofreriam menos pressões, mas perderiam autoridade ou proteção, ponderou Menoyo.

Guevara tinha enlouquecido. Dia sim, dia não, ordenava julgamentos-shows de prisioneiros. Os que julgavam os casos eram rebeldes sem experiência legal. Então os prisioneiros eram levados ao muro — *El Paredón* — e fuzilados.

Em Santiago de Cuba, a centenas de quilômetros dali, era a mesma coisa. Uma equipe de carrascos liderados por Raúl Castro forçou mais de setenta soldados e policiais de Batista a ficarem de pé diante de uma grande vala na periferia da cidade e levou padres para ouvir suas últimas confissões. Depois, em duplas, os soldados foram mortos a tiros e caíram na sepultura comum.

Olga compreendeu quando Morgan lhe disse que seria melhor se mudarem para Havana. Alguns dos homens principais de Morgan ficariam onde estavam, mas o trabalho em Cienfuegos estava praticamente terminado. O destino da Segunda Frente estava na capital.

28

MORGAN PASSOU LENTAMENTE DE JIPE PELA LATERAL DO GRAN Hotel Havana, em busca de falhas na segurança. Depois da longa viagem de Cienfuegos, ele e Olga se hospedaram no Hotel Capri, sua residência temporária. Semanas antes, os gerentes acharam boa ideia abri-lo aos rebeldes após a fuga de Batista, e convidaram os guerrilheiros para se hospedarem lá, desde que ninguém danificasse o lugar.

Com a Sten pendurada no ombro, Morgan adentrou o saguão e contemplou o piso de cerâmica e o sol que entrava pelas vidraças coloridas. Ninguém punha em dúvida a elegância do edifício de dezenove andares, seus candelabros de cristal pairando acima das mesas, as toalhas de linho e o cassino suntuoso.

Mas Morgan não estava preocupado com luxos. Queria garantir que Olga e seus homens estivessem seguros. O lugar possuía muitas portas e vias de entrada e saída por todas as direções. O fato de o prédio alto ter sacadas com pisos fortes de concreto lhes dava uma vantagem caso precisassem se defender.

Financiado por Santo Trafficante Jr., chefão do crime em Tampa, na Flórida, o hotel contava com uma piscina no terraço e se localizava a poucas quadras do Malecón, a orla da capital cubana. Alguns rebeldes se dispersaram pela área, examinando minuciosamente as vizinhanças do hotel nas principais ruas do bairro de Vedado: a avenida 23 e La Línea. Eles não esperavam ataques iminentes à Segunda

Frente. Afinal, o governo de Fidel Castro ainda estava consolidando sua posição. Porém Che e Raúl assumiam o controle de tudo e identificavam inimigos.

Quando eles se dirigiram aos seus quartos, uma figura familiar surgiu na entrada. Menoyo estivera esperando ansiosamente pela chegada deles. Queria a Segunda Frente reunida. Ficou particularmente contente ao ver Morgan. Decorriam semanas desde que ambos se haviam visto pela última vez.

Depois de saudar a todos, ele chamou Morgan a um canto.

— Precisamos conversar — disse.

Menoyo estava claramente tenso. Ainda não havia digerido a reunião desastrosa com Che; segundo testemunhas, a rixa não tinha terminado. A Segunda Frente estava sendo pressionada a ser desativada, contou. Enquanto usassem os uniformes e portassem suas armas, seriam alvos.

Menoyo se inquietava mais com Che e Raúl.

— Não confio neles — afirmou. Se Guevara conseguisse o que queria, iria enfiar sua "reforma" agrária goela abaixo dos cubanos.

Fidel Castro vinha negando publicamente que fosse comunista, e declarara que seriam promovidas eleições. Porém, ainda assim, Menoyo continuava desconfiado. Castro não descansaria enquanto não desfizesse a única força rebelde que obstruía seu caminho.

❦

Do lado de fora do Capri, bandeiras pretas e vermelhas do Movimento 26 de Julho tremulavam nas sacadas ao longo de La Rampa, a via principal. No exterior das lojas e boates da movimentada rua, havia homens portando armas e braçadeiras do 26 de Julho.

Morgan virou uma esquina e parou. Ele e Olga, sentados no jipe, notaram que pessoas em outros carros apontavam para eles. Pensaram que fosse por causa do uniforme rebelde que Morgan trajava. Mas quando cruzaram a entrada do Capri ocorreu a mesma coisa. Outros rebeldes entravam e saíam do saguão sem atrair a atenção, mas todos olhavam para Morgan.

Por fim, um mensageiro se dirigiu a ele.

— *Iú are Uíliam Mórgan?*

Ele assentiu.

Morgan não era apenas outro *barbudo*. Por dias, os jornais de Havana vinham publicando a história do "americano". A Associated Press acabara de difundir um longo artigo sobre ele e sua liderança na Segunda Frente em mais de uma dúzia de entreveros. Porém Morgan permanecia indiferente à publicidade.

Ao passarem, Olga ouviu gente cochichando o nome dele. Quando se detiveram diante do elevador, um empregado do hotel pediu um autógrafo. Depois de assinar o nome, eles subiram para o quarto, no 14º andar.

Lá, Olga estava pálida.

— Estou preocupada com você — disse.

— Não estou fazendo nada errado — retrucou ele. — Não temos motivo para nervosismo.

Mas não eram as pessoas que ela temia. Na década de 1950, a maioria dos cubanos tinha apreço pelos Estados Unidos, ainda que não o demonstrassem. Muitos cresceram assistindo a filmes em preto e branco estrelados por James Cagney e John Wayne. Liam sobre times de beisebol, como os Yankees de Nova York. De certo modo, Morgan representava o arquétipo americano: o pistoleiro durão e bonito que lutara pelo povo cubano.

Não, Olga se mostrava inquieta com Guevara, os irmãos Castro e o Partido Comunista Cubano ao ler as reportagens. Até alguns membros do Diretório vinham criticando a Segunda Frente.

— Você não entende essas pessoas — explicou ela. — Não conhece o meu povo tanto quanto eu.

Ninguém desprezava mais os americanos do que Che e Raúl. Fidel também não gostava deles, mas ao seu modo. Os Estados Unidos eram o bicho-papão. Todos culpavam os Estados Unidos pelos males econômicos e sociais infligidos ao povo cubano. Aquilo tampouco era uma postura nova. Havia gerações que o antiamericanismo estava latente na política cubana. "O Colosso do Norte" era a denominação familiar do país. Agora, Morgan estava no meio deles. Quanto mais ouvissem falar sobre o americano, menos os líderes do Movimento 26 de Julho gostariam dele.

❦

Raúl Castro conduziu os homens à sala de reuniões. Estivera esperando por Menoyo e Fleites. O novo governo via a Segunda Frente por toda parte. Haviam acampado na escola secundária em Vedado. Frequentavam a casa da família de Menoyo. Para todos os efeitos, estavam aquartelados no Hotel Capri com William Morgan.

— O que vocês andam fazendo? — perguntou Castro. Menoyo ainda não entendera que havia um só exército revolucionário e que este estava sob o comando do novo governo, afirmou. A Segunda Frente não era mais necessária.

Antes que Menoyo respondesse, Che entrou na discussão. Em primeiro lugar, disse, a Segunda Frente precisava se fundir com o Exército Revolucionário, embora ele não soubesse quais rebeldes poderiam ser aproveitados pelo mérito combatente. Existiam tantos comandantes zanzando pela cidade que ficava difícil saber se havia revolucionários subordinados na Segunda Frente.

— Isto não é da sua conta — retrucou Menoyo, tentando manter a calma. — Por que não se mete com sua gente e deixa a minha em paz?

O COMANDANTE IANQUE

Che levantou a voz e prosseguia: a Segunda Frente abusara dos *guajiros*, afirmou. Forçara os fazendeiros a comprar bilhetes de rifas e tomara dinheiro do povo sob a forma de impostos.

— Vocês corromperam o povo — disse Che.

Menoyo vira sua unidade ficar à margem de todos os postos no novo governo, mas não iria permitir que Che inventasse histórias abjetas sobre a Segunda Frente. Empurrou a mesa e apontou a submetralhadora para Che.

— Você é um mentiroso — exclamou.

Para surpresa de todos na sala, Che abriu a camisa e exibiu o tronco nu.

— Vá em frente! — gritou. — Atire!

Àquela altura, "todos empunhavam as armas", recordou-se Fleites.

Castro precisava pensar rapidamente ou presidiria um banho de sangue. Pulou na mesa e se interpôs entre todos, lembrou-se Armando Fleites.

— A reunião terminou! — gritou. — Todos para fora!

Menoyo e Fleites baixaram as armas, deram meia-volta e saíram porta afora em silêncio.

29

MORGAN E OLGA HAVIAM CHEGADO A HAVANA COM UMA DÚZIA de homens, mas a cada dia outros apareciam no saguão do Hotel Capri. Com os uniformes velhos e sujos, esperavam obter empregos no novo governo, mas ninguém conseguia nada. Quando chegavam desolados ao hotel, Morgan e Olga não podiam dizer não. Ele solicitou ao gerente do hotel que os rebeldes ficassem hospedados com sua garantia; ele o ressarciria depois.

Para Olga, aquele estava sendo um período difícil. No entanto, fora à Clínica Sagrado Coração de Jesus com Morgan e Isabelle Rodríguez, uma das primeiras a apoiar a Segunda Frente, que vivia em Havana. Rodríguez, que era médica, percebeu que Olga estava fraca e não comia. Convenceu-a a procurar um médico e fazer exames. Resultado: estava grávida.

Olga ficou exultante. Atravessou a sala de exames e abraçou Morgan diante do médico e das enfermeiras. Morgan ergueu-a nos braços e sorriu como não fazia por semanas.

— Vou ter um filho! — exclamou.

— Não, nós vamos ter um bebê — corrigiu ela.

Foi uma surpresa para ambos. Nas montanhas, eles haviam conversado muitas vezes sobre ter filhos e formar família, mas isto ficaria para depois.

Na viagem de volta ao Capri, Morgan estava eufórico, mas Olga permaneceu em silêncio. Havia dias que se sentia mal, mas não quis acreditar que estivesse grávida. Não agora, com tudo o que ocorria. Encontravam-se todos sob forte pressão.

Morgan percebeu que ela estava perturbada.

— Não quero que pense nisso — disse. — Ninguém vai nos fazer mal.

Ela fez que não com a cabeça. Se conseguissem sair de Cuba e se mudassem para os Estados Unidos, ninguém poderia lhes fazer nada. Criariam o filho sem temer por sua segurança, disse.

No retorno ao hotel, contaram a novidade aos rebeldes e todos se abraçaram. No curto período passado nas montanhas, tinham se tornado uma verdadeira família. Muitos conheceram Morgan antes de ele encontrar Olga. Haviam visto o amor do casal florescer durante um dos períodos mais difíceis de suas vidas. Agora, tinham motivo ainda maior para se protegerem mutuamente.

❦

Quando amanheceu, Loretta Morgan, já trajada com casaco grosso e botas, dirigiu-se em silêncio até a porta, para ir à igreja. Não conseguia ficar tranquila, porque muita coisa estava acontecendo. Tinha recolhido o jornal e lera sobre a transformação do governo em esquadrões de fuzilamento, e foi o suficiente para deixá-la em pânico.

Sofria verdadeiras dores por causa do filho, e ninguém conseguia acalmá-la. Não ouvia o que diziam. Quanto mais lhe pediam para parar de pensar no pior, mais nervosa ficava.

Billy.

Tudo o que via remetia a ele: a varanda onde construiu o primeiro carro de brinquedo. O telhado de onde quase saltou de paraquedas. O quintal onde empunhou espadas imaginárias. Todos os dias era a

O pequeno Billy Morgan em 1934, aos 6 anos, brincando de caubói e de índio.
CORTESIA DA COLEÇÃO DA FAMÍLIA MORGAN

Ramiro Lorenzo Vega, um dos rebeldes da Segunda Frente, afirmou que Morgan salvou a sua vida. CORTESIA DE RAMIRO LORENZO

Jesús Carreras Zayas, um dos comandantes da Segunda Frente. CORTESIA DA COLEÇÃO DA FAMÍLIA MORGAN

Olga Rodríguez aos 20 anos, na Escola Normal em Santa Clara. CORTESIA DA COLEÇÃO DA FAMÍLIA MORGAN

Roger Redondo, chefe de Inteligência da Segunda Frente. CORTESIA DE RAMIRO LORENZO

Portando rifles de assalto, Morgan e Olga sorriem um para o outro nas montanhas do Escambray. CORTESIA DA COLEÇÃO DA FAMÍLIA MORGAN

Castro, Menoyo e Morgan. CORTESIA DA COLEÇÃO DA FAMÍLIA MORGAN

Morgan autografando. CORTESIA DA COLEÇÃO DA FAMÍLIA MORGAN

O batismo de Loretta Morgan Rodriguez na Catedral de Havana, com Blanca Ruiz Flores, amiga de longa data de Olga, e Eloy Gutiérrez Menoyo. CORTESIA DA COLEÇÃO DA FAMÍLIA MORGAN

Olga e Loretta Morgan no apartamento em Havana. CORTESIA DA COLEÇÃO DA FAMÍLIA MORGAN

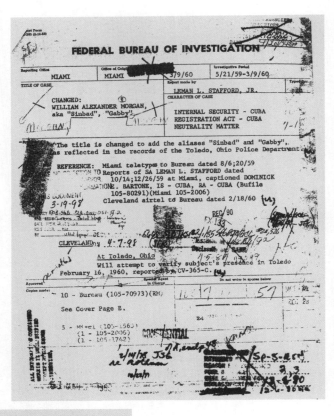
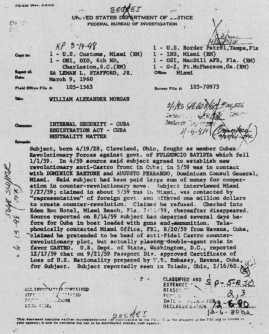

Páginas da ficha de Morgan no FBI. Administração de Arquivos e Documentos Nacionais

Instigada por uma série de reportagens no *Toledo Blade*, a deputada Marcy Kaptur, de Ohio, se encontrou com Fidel Castro em 2002 para pedir que o governo cubano devolvesse os restos mortais de Morgan.
CORTESIA DA COLEÇÃO DA FAMÍLIA MORGAN

Morgan, Olga, Loretta e Olguita.
CORTESIA DA COLEÇÃO DA FAMÍLIA MORGAN

Olga Goodwin em 2012.
Cortesia da Coleção da Família Morgan

mesma coisa: visitas à igreja pela manhã para entregar as toalhas que se oferecia para lavar e, quando o sol se filtrava pela sala, desenrolava o terço e sussurrava preces ao anoitecer.

Certa noite, o telefone tocou. Loretta temia as ligações noturnas. Nunca traziam boas novas.

— Mãe — soou a voz do outro lado da linha.

Finalmente ele ligara! Ao ouvir sua voz, o coração dela disparou e, por um instante, ficou eufórica. Sabia que estava vivo porque lera as notícias nos jornais, mas ouvir a voz dele. *A voz dele.*

— Meu Deus! — exclamou. — Bill, estava ansiosa por notícias.

Morgan a escutou. Loretta tinha tanto a dizer. Não se importava de ser uma ligação internacional e ter de pagar caro. Billy Jr. e Annie estavam bem; viviam com a mãe em outra parte da cidade. Carroll Ann, a irmã dele, também estava bem.

Mas queria mesmo era ter notícias; estava preocupada com o filho. Lera nos jornais sobre as execuções em Havana. Até os membros do Congresso comentavam. Com o fim da revolução, ele tinha de voltar para casa, para Ohio, e juntar-se à família.

Morgan a ouviu. Não queria alarmá-la.

— Ninguém vai nos fazer mal — respondeu.

Assegurou que o governo empossado progredia com os novos planos, e Cuba se tornaria outra nação. Então mudou de assunto. Também tinha boas notícias.

— Mãe — começou —, é importante.

Contou que, enquanto estava nas montanhas, conhecera uma mulher que estava ajudando o seu povo, e que acreditara nele. Fazia alguns meses que tinham se casado.

— O nome dela é Olga — completou.

Loretta soubera do casamento por um artigo no jornal, mas não acreditara. Vinha aguentando as trapalhadas do filho por longo tempo, porém aquilo era demais. Não sabia nada sobre a tal de Olga, sobre sua família, seu histórico.

Mas Morgan ainda não tinha acabado. Faltava contar o resto.

— Ela está esperando um bebê, mãe.

Ele achou que a ligação tinha caído.

Para Loretta, tudo estava acontecendo muito rápido, rápido demais. Ele tinha filho e filha em Toledo. Mas depois conversariam sobre o assunto. Ficara muito feliz por saber que estava vivo. Perguntou quando o veria novamente.

Morgan respondeu que em breve eles se encontrarem.

— Quero que você a conheça — disse.

Ainda precisava ficar em Cuba por um tempo. Queria pedir-lhe um favor. Só um. Será que ela poderia enviar um pouco de dinheiro? Só o suficiente para ajudá-los numa emergência. Ele não podia falar sobre isto, mas não era só para si. Precisava ajudar seus homens. Tanta gente dependia dele.

30

MORGAN NÃO ERA MAIS UMA PESSOA ANÔNIMA. CUBANOS IAM AO Capri para vê-lo. Turistas americanos perguntavam por ele. Quando ia pela Rampa, as pessoas o detinham para conversar. Ele tentava não ligar para toda aquela atenção. Afinal, o bem-estar dos seus homens era agora mais importante.

A revolução tinha se tornado tão popular que uma empresa imprimia figurinhas dos heróis rebeldes, inclusive de Morgan. A maior parte das pessoas permanecia alheia à tensão entre os dois grupos rebeldes. A única coisa que percebia eram homens uniformizados portando armas.

No início de fevereiro, a situação definitivamente havia piorado. Um número cada vez maior de *barbudos* procurava Morgan para pedir apoio, aconselhamento e até dinheiro.

— Eles precisam de mim — disse ele a Olga.

Sentado na sala do hotel, Morgan tinha muito tempo para pensar. Na opinião do governo emergente, ele era *persona non grata*, um comandante ianque que havia se intrometido na luta deles. Não poderia fazer acordos com Che nem com os irmãos Castro. Não havia saída que não fosse o enfrentamento. De qualquer modo, ele não abriria mão de sua posição ou de sua arma. Ele e Menoyo já haviam tomado essa decisão, junto com outros comandantes.

Morgan ergueu a vista e viu alguém que lhe era vagamente familiar. Com mais de 1,80 metro de altura, cabelo espesso e escuro e olhar ameaçador, aquele homem era a pessoa mais alta na sala. Ao olhar bem, em meio à fumaça e à confusão, ele reparou que os trabalhadores do cassino também conheciam sua identidade enquanto se encaminhava à sua mesa. Tratava-se de Dominick Bartone, antigo lobista de Cleveland que gostava de jogo e armas. Fazia anos, mas Bartone não tinha mudado.

Membro notório de família do crime organizado em Cleveland, Bartone circulava no mesmo meio em que operavam os homens dos clubes de jogos de Toledo. No mundo coeso dos trapaceiros, o topo da hierarquia não tinha muitas gradações.

Eles se cumprimentaram com um aperto de mãos.

Bartone tinha ouvido sobre as aventuras de Morgan como guerrilheiro e estava informado sobre a cisão entre os grupos rebeldes. Homem influente da máfia de Cleveland, ele tinha visão aguda sobre os conflitos que infestavam o novo governo. O futuro da riqueza do jogo em Cuba dependia de Castro.

Durante anos, gângsteres como "Lucky" Luciano e Meyer Lanski tinham molhado as mãos de Batista com milhões obtidos no jogo. As estimativas apontavam a comissão do caudilho cubano entre 10 e 30% de toda a receita. Castro e Che haviam condenado publicamente os cassinos durante a revolução, declarando que as máfias americanas exerciam mais influência sobre Batista do que seus próprios generais. Os cubanos já eram desgraçadamente dependentes dos Estados Unidos no comércio, e as casas de jogos tinham se tornado parte crucial da economia cubana.

Mas Bartone não estava em Cuba para jogar. A máfia possuía interesses velados nos cassinos. Se pudessem desviar a direção do novo governo, salvariam seus investimentos. Bartone não encontrou Morgan por coincidência. Os chefões do crime buscavam desesperadamente entrar em contato com alguém ligado ao novo governo. Morgan conservava uma reputação de lealdade impecável às famílias criminosas de Ohio.

O COMANDANTE IANQUE

Bartone tinha uma proposta. Caso Morgan, Menoyo e outros quisessem promover a Segunda Frente como a verdadeira proponente da revolução, ele poderia ajudá-los, junto com os outros interessados nos cassinos. Os objetivos da Segunda Frente — democracia e eleições — haviam sido descartados pelo Movimento 26 de Julho. Nos Estados Unidos, o principal debate era se o governo iria se tornar comunista. Morgan e Menoyo poderiam ir aos Estados Unidos e fazer uma série de palestras, falar sobre sua unidade e sua luta a fim de obter apoio público para a democracia. Isso pressionaria Fidel a reconhecer a Segunda Frente e, mais importante, eliminaria a influência de Che.

Mas a oferta de Bartone não provinha apenas da boa vontade. A máfia queria algo em troca: manter abertos os cassinos. Se os comunistas tomassem o poder, seria o fim da festa. Eles retirariam as mesas de dados e de carteado, e confiscariam as propriedades.

Morgan o escutou. De um lado, um contraventor oferecia conselhos diplomáticos à Segunda Frente. Mas de outro, fazia sentido promover a unidade. Isto poderia dar-lhe visibilidade e ajudar a proteger os homens.

Morgan precisava de tempo para examinar cuidadosamente o plano com outros líderes. Ele não ligava para os cassinos, como comentou mais tarde com Olga. Só estava preocupado com seus homens. Para sobreviver, eles teriam de fazer algo drástico.

***

— Fidel gostaria de vê-lo — disse Celia Sánchez Manduley, secretária e amante de Castro.

Era estranho que, de todos os comandantes da Segunda Frente, Castro quisesse encontrar-se com ele, e não com Menoyo. Armando Fleites avançou pelo longo corredor. Do lado de fora da porta, guardas armados portavam braçadeiras do 26 de Julho.

O novo líder de Cuba ouvira falar muito do médico de 28 anos que largara tudo para se unir a Menoyo no Escambray. Seguindo os passos do pai, Fleites se formara em medicina na Universidade de Havana. Todavia, como tantos da sua geração, era idealista e estava furioso. Abandonou sua nascente clínica e se juntou a Menoyo nas montanhas. Para Fleites, tratava-se de tomar o país de volta.

Ele chegou ao quarto 2324 no Hotel Hilton de Havana. Parado diante da porta, Castro o convidou a entrar. Com um charuto na boca, o líder vinha andando de um lado ao outro da suíte, cuja diária, convertida em seu quartel-general, custava US$100. Castro indicou-lhe uma cadeira. Sem mais delongas, elogiou a luta no Escambray e os esforços da Segunda Frente para expulsar o exército das montanhas. Deixou Fleites à vontade ao afirmar que ficara impressionado com Menoyo. Castro inclusive conhecia a história da família de Menoyo, do tempo em que seu pai e seus irmãos haviam lutado contra Franco na Espanha.

"Ele falou durante longo tempo", recordou-se Fleites.

Enquanto isso, como um gato, Castro espreitava o jovem. Depois, começou a arengar com certo amargor.

— Estou incomodado com duas coisas. Uma é William Morgan, que é americano. Não o conhecemos muito bem. Não sabemos se é da CIA. Isto me preocupa.

Então, Fidel discorreu sobre o outro problema: Jesús Carreras. Não gostava de Carreras. Ele bebia demais e tinha executado camponeses no Escambray. No que dependesse de Fidel, Carreras não teria lugar no novo governo.

Fleites ficou perplexo. O governo de Castro estava executando mais prisioneiros do que Batista durante o seu longo reinado de terror. Mas ficou calado. Castro tentava plantar cizânia na Segunda Frente, e queria usá-lo para tanto. Apesar da sua avaliação favorável da Segunda Frente, ele não gostava da unidade e não gostava de Menoyo. Fleites ficou quieto e esperou que o outro o deixasse falar.

O Comandante Ianque

Quando chegou sua oportunidade, ele foi incisivo. Em primeiro lugar, defendeu Morgan, chamando-o de "irmão" e "bom comandante". "Sua atuação foi impecável." Disse o mesmo de Carreras. Sim, ele podia pegar pesado, mas todas as suas execuções foram justificadas. Era preciso eliminar os espiões nas montanhas, e Carreras "nunca combateu sob a influência do álcool".

— Sabe, Fidel, eles são dos nossos — disse Fleites. — Têm o nosso respaldo. Nossa irmandade continuará sólida.

Se eles pensavam que Fleites fosse o elo frágil, então estavam enganados, lembrou-se. Castro se levantou. A reunião tinha acabado. Quando estava de saída, Fleites percebeu que não só Che e Raúl consideravam a Segunda Frente uma ameaça. Era o que também pensava a pessoa mais poderosa de Cuba.

——•——

O Capri já não era seguro. Todos sabiam que tinha se tornado quartel-general da Segunda Frente. Havia repórteres circulando pelo saguão. Morgan e Olga precisavam se mudar.

Morgan encontrou um apartamento em Vedado, a umas dez quadras dali. Na esquina das ruas G e 13, o último andar era muito mais seguro do que o hotel. O apartamento tinha um só quarto e um banheiro para uma dúzia de rebeldes, mas ao menos Olga estaria segura quando Morgan se ausentasse.

Ele e outros líderes da Segunda Frente haviam decidido tirar vantagem da oferta de Bartone. Alguns tinham certas reservas quanto à viagem, mas as coisas em Cuba estavam acontecendo tão rapidamente que até Menoyo percebeu que era o melhor a fazer.

A cada dia Castro se esforçava mais para adquirir o controle sobre o país. Depois de prometer um governo democrático, suspendeu as

193

eleições pelos dois anos seguintes e, em 15 de fevereiro, se autonomeou primeiro-ministro. A Segunda Frente só conteria o ímpeto de Castro caso apresentasse sua própria mensagem sobre eleições e portas abertas ao novo governo.

Morgan, Menoyo e duas dúzias de homens viajariam por diversas cidades, começando por Miami, com assessores avançados cuidando da publicidade. O prefeito Robert King High, de Miami, já os havia convidado para uma audiência.

Durante a viagem, os líderes da Segunda Frente não diriam nada de negativo sobre o atual governo. Falariam apenas sobre sua unidade e os valores democráticos pelos quais haviam lutado. Certamente Castro teria gente sua por lá observando e escutando.

Contudo, Olga se inquietou. Apesar das garantias de Morgan, para Castro e os outros aquela atitude seria uma traição. Os irmãos Castro e Che suspeitariam de quaisquer esforços para obter favores junto ao governo dos EUA, que culpavam cegamente por tudo o que houvera de errado em Cuba. E se Fidel decidisse prendê-los?

Morgan novamente assegurou a Olga que ninguém passaria dos limites. Mas ela não sossegou.

— Conheço minha gente — disse ela —, e você não.

No saguão do Capri, o homem afirmou que era urgente. Chamem Morgan. Ele só precisava de alguns minutos com o americano. Era algo que valia a pena. Morgan não queria ir a lugar nenhum, mas o chamado, de fato, parecia importante. Acompanhado dos seus homens, pulou no jipe e foi até o Capri. Ao entrar no saguão, uma figura encurvada o esperava em uma mesa.

O Comandante Ianque

Enquanto ambos se encaminhavam para um cômodo reservado adjacente ao saguão, Morgan reparou que aquele americano não aparentava ser turista, e sim agente da lei. Frank Nelson estava em Havana havia bom tempo. Era um leva e traz, além de ex-presidiário, que se apresentava como espião moderno. Um dia dizia que trabalhava para a CIA, no outro, que era emissário estrangeiro. Havana era um terreno fértil para gente que se reinventava, gente que era malvista em seus lugares de origem. Nelson não era diferente. Fosse qual fosse sua situação, ele tinha feito o dever de casa sobre Morgan e a Segunda Frente.

No salão do hotel, Nelson disse a Morgan que sua unidade estava encrencada. Che e Raúl andavam procurando qualquer prova para começar a atacar seus integrantes. Outras pessoas leais ao governo faziam o mesmo. O fato de a Segunda Frente ter sido vetada para funções no governo era bastante óbvio, disse. Para alguém que não mantinha contato com a Segunda Frente, Nelson sabia muito.

Mas Morgan continuava sem entender por que ele o tinha procurado.

Nelson acabara de voltar da República Dominicana e correra para Havana trazendo uma mensagem. Queria oferecer um acordo a Morgan, que só seria sugerido uma vez. O proponente era um dos homens mais poderosos do hemisfério.

— Ele tem o dinheiro — afirmou Nelson.

Castro, dizia, não vinha fazendo justiça à nova Cuba. Era arrogante e perigoso. Segundo Nelson, o homem por trás da proposta só tinha um pedido: queria Castro morto. Ele não dizia como matá-lo, só queria que fosse eliminado. Oferecia US$1 milhão pela cabeça do líder revolucionário. Mais tarde, Morgan contou aos membros da Segunda Frente que ficou pasmo. Raramente se surpreendia com algo, mas a oferta o deixara sem fala. Quis saber quem era o homem por trás do dinheiro.

MICHAEL SALLAH E MITCH WEISS

Rafael Trujillo, o legendário ditador que governava a República Dominicana havia mais de trinta anos, era um dos mandantes com mais tempo de poder no Caribe. Ninguém desprezava mais Castro do que este homem conhecido como *El Jefe*, tirano brutal que superava Batista na capacidade de torturar e matar seus opositores para continuar no poder. Castro havia acusado Trujillo de ser um selvagem que desfrutava do respaldo dos Estados Unidos para saquear o tesouro do país. Era preciso derrubá-lo, afirmara Castro.

Trujillo tinha conhecimento das críticas agudas de Castro e fornecera armas e munição a Batista para garantir que o *barbudo* nunca chegasse ao poder. Mas ele subestimou os rebeldes. Quando Batista finalmente fugiu de Havana, foi Trujillo quem, relutantemente, permitiu que o avião do presidente cubano aterrissasse na República Dominicana depois de ter o pouso rechaçado pelos Estados Unidos.

Ao longo dos anos, Rafael Trujillo Molina havia deixado um longo e sangrento rastro em seu país. Nascido em 1891, no vilarejo de San Cristóbal, durante a juventude participou de gangues, roubou e extorquiu dinheiro e bens e, por um tempo, gerenciou rinhas de galo. Depois de fazer carreira militar, chegou à presidência com uma campanha sangrenta na qual grande parte dos seus opositores foi assassinada. Mais tarde, ordenou o fuzilamento de camponeses que exigiam aumento de salários, tachando-os de comunistas. Em 1937, durante uma disputa fronteiriça, enviou seus homens para massacrarem milhares de haitianos que viviam na República Dominicana. Só Trujillo poderia fazer alguém como Batista parecer benigno.

Contudo, para os conservadores nos Estados Unidos, Trujillo não estava errado. Anticomunista virulento, ele era o antídoto americano para o comunismo nas ilhas caribenhas.

Ainda surpreso, Morgan prometeu pensar no assunto. Eles voltariam a se encontrar, e Morgan lhe daria uma resposta. Nas montanhas,

O Comandante Ianque

Morgan conhecia a identidade do inimigo. Agora, pela primeira vez, entendeu que penetrava num mundo de contornos difusos e perigos crescentes.

❦

O planejamento estava concluído. A turnê estava agendada. Nove cidades americanas, inclusive Toledo, cidade natal de Morgan, estavam prontas para receber a Segunda Frente.

Foi quando receberam o recado. O governo de Castro tinha proibido o tour.

Furioso com as iniciativas da Segunda Frente para promover a unidade nos Estados Unidos, Raúl Castro se apressou em impedir que partissem. Eles não permitiriam que a Segunda Frente tivesse voz própria. No que dependesse de Che e de Raúl, só uma voz poderia falar pela revolução cubana: o 26 de Julho.

Menoyo temera a proibição. Desde a altercação com Raúl ele sabia que a Segunda Frente seria um alvo. Mas o governo não tinha o direito de se intrometer nos negócios deles. A Segunda Frente não planejava criticar Castro e seus subalternos durante a viagem. Menoyo precisava agora falar com seus homens e assegurar que os promotores, inclusive Bartone, se inteirassem do jogo de poder que se desenrolava.

A mãe de Morgan havia lido sobre o evento que aconteceria na Arena Esportiva. Desde então, Loretta Morgan esperava ansiosamente para ver seu filho, e chegou a contar aos vizinhos sobre sua volta. Havia um ano que não o via. Tinha tantas coisas para lhe dizer.

No entanto, na tarde de 4 de março, ela recebeu um exemplar do *Toledo Blade* com a manchete: "Cuba cancela turnê de Morgan pelos EUA."

O artigo não explicava a atitude do governo cubano. Loretta ficou arrasada e largou o jornal. Seu filho não voltaria mais para casa.

31

Enquanto a escuridão caía sobre Havana, os líderes da Segunda Frente chegaram à casa de Menoyo, no bairro de Vedado. A reunião seria diferente das demais.

Os líderes da Frente tinham chegado ao seu limite. Com o cancelamento da turnê, encontravam-se agastados com Raúl Castro e outros. Precisavam fazer alguma coisa. Um dos planos era regressar às montanhas. Eles contavam com o apoio dos fazendeiros. Tinham respaldo do povo de Trinidad e de Cienfuegos. Muitos deviam sua liberdade aos rebeldes e se colocariam ao lado deles, assegurou Menoyo.

Um dos homens na sala deixou todos surpresos: Pedro Díaz Lanz. Seu avô havia lutado contra os espanhóis na guerra de independência, na década de 1890, e o pai fora oficial de alta patente no exército cubano até 1930. Díaz, homem robusto, de compleição forte e olhos penetrantes, trabalhava para o novo governo, mas estava desiludido.

Como chefe da incipiente força aérea, Lanz acreditara piamente na causa, e arriscara a própria vida ao transportar armas para Castro na Sierra Maestra no auge da luta. Mas estava claramente em desacordo com os novos líderes. Não gostava de ver Che tornar-se muito chegado aos comunistas, e se ressentia com Castro por não permitir a realização de eleições.

— *Ñángaras* — soltou Lanz, usando a gíria cubana para comunistas.

Morgan tinha outras questões. Enquanto os homens conversavam com Lanz, ele puxou Menoyo a um canto.

— Preciso falar com você — disse.

Morgan raramente ficava com o semblante tão sério. Narrou a reunião com Nelson e a oferta de Trujillo.

— Ele disse que pagaria 1 milhão de dólares para que eu matasse Castro.

Enquanto Morgan descrevia a reunião, os ouvidos de Lanz se aguçaram. Ouviu tudo o que Morgan contou. Foi até eles de imediato:

— Isto é sério — disse. — Se vem de Trujillo, então é sério.

Morgan passeou os olhos entre Lanz e Menoyo. Àquela altura, já se perguntava se fizera bem em abrir a boca. Mas Lanz o deixou à vontade. Ele apoiaria a Segunda Frente em qualquer ação que fosse realizada, mas provavelmente era melhor serem transparentes.

— Em minha opinião, você deve contar isso a Fidel. Se descobrirem por outra fonte, vão acabar com você.

Morgan estivera pensando sobre o que fazer. Tinha sérias reservas quanto a Che e Raúl, mas tentava manter a mente aberta com relação a Fidel. Se houvesse alguma chance de a revolução ter êxito, ela estava nas mãos de Fidel.

Por fim, a decisão ficou por conta de Morgan. Ele não assassinaria Castro. Isso nunca fora uma opção. Mas tampouco queria contar-lhe. Agora, pensava melhor sobre o assunto. Talvez revelar o plano pudesse ser de ajuda para a Segunda Frente.

Ir até Castro era um risco. Não sabiam como ele reagiria. Porém, se o encontro com Fidel resultasse em proteção da Segunda Frente, Morgan não teria alternativa.

<hr />

A luz descia em cascata através das palmeiras que vicejavam no átrio do extenso saguão. Homens de Castro estavam por toda parte: nos elevadores, na recepção, nas portas de entrada. Quando Morgan chegou com Menoyo e Artola ao centro do saguão do Hilton, todos os olhos pousaram sobre eles. Trajando seus uniformes de combate, os três líderes da Segunda Frente foram à recepção e perguntaram por Castro. Ninguém entrava no hotel perguntando sem mais nem menos por Fidel. Mas eles não eram qualquer um — eram a Segunda Frente.

Havia dias em que a Segunda Frente não saía da mira do governo. Eles tinham se recusado a entregar as armas e os uniformes. Desafiaram abertamente o governo ao planejar um passeio aos Estados Unidos. Desde que Castro chegara a Havana, em janeiro, a Segunda Frente era o único grupo que o governo não conseguia manipular. Castro continuava sem saber o que pensar de Morgan. Ele já podia ter voltado para os Estados Unidos e capitalizado em cima da fama recém-adquirida. Mas estava ali... Ainda.

Morgan e Menoyo sabiam que não seria fácil, e Morgan deu o primeiro passo. Em seu espanhol atravessado, afirmou que estavam ali por vontade própria e de comum acordo, pois Fidel estava em perigo. E explicou: um intermediário da máfia o procurara, mas não para tratar de cassinos. O homem tinha uma proposta: pagaria US$1 milhão para que matasse Castro, e a ordem vinha de Trujillo.

De sua cadeira, Castro lançou um olhar inquisidor, porém algo irônico. Morgan forneceu os detalhes, mas a mente de Castro já estava a mil por hora. Queria saber mais. Que outras pessoas estavam implicadas na trama?

Morgan meneou a cabeça. Não sabia.

Agitado, Castro se ergueu sacudindo o charuto no ar. Se a oferta fosse *bona fide*, Trujillo não estaria só. Haveria outros envolvidos. Sua mente brilhante trabalhou velozmente. Ninguém podia competir com ele. Por isso estava no 23º andar do Hilton em Havana, acima de todos no país.

— Quero que você continue jogando — disse ele a Morgan. — Quero que aja como se fosse aceitar a oferta.

Grande estrategista, ele queria não só Trujillo, mas todos os outros. Não se detenha no primeiro conspirador. Atraia a todos eles. Para tal,

Morgan faria o papel de agente duplo, e Castro e seus homens trabalhariam com ele em cada estágio do complô. Era a oportunidade perfeita para erradicar inimigos e cimentar seu poder. Isso permitiu a Morgan exercer um tipo de influência sobre Fidel de que nem Che nem Raúl desfrutavam naquela oportunidade.

Morgan acabava de se interpor entre Fidel Castro e Rafael Trujillo, dois dos homens mais perigosos do Caribe.

❧

Olga correu para o quarto e se atirou na cama. Os homens conversaram por tempo suficiente para que ela entendesse tudo. Não podia acreditar no que ouvira.

— Por que você está fazendo isto?! — gritou.

Uma coisa fora o marido combater na revolução contra um ditador. Mas aquilo era suicídio. Aquilo era Rafael Trujillo, *el Monstruo del Caribe*. Ninguém tinha sido tão cruel e impiedoso com seu próprio povo. Depois de sobreviver a tantas batalhas nas montanhas, Morgan iria se meter em um plano que poderia acabar o devorando.

Olga só queria se instalar na casa nova e ter o bebê. Vivia rodeada de homens que dormiam no chão e na cozinha, todos usando o mesmo banheiro. Agora, tinha de se preocupar porque Morgan ia voltar à luta.

Morgan entrou no quarto e fechou a porta. Assegurou-lhe que daria tudo certo. Ninguém o machucaria.

— Tenho de fazer isto, Olga — disse.

Faria aquilo para ajudar a todos. Não era algo que lhe agradasse. Não buscara aquilo. Mas era uma oportunidade de tornar as coisas mais seguras para a família deles e para a Segunda Frente. Che e Raúl os odiavam. Se dependesse deles, estariam todos no paredão.

O COMANDANTE IANQUE

Olga entendeu o que Morgan dizia, mas não gostava daquilo. E se Trujillo descobrisse?

— Não quero mais sofrer — queixou-se. — Quero me afastar da política. Quero ficar longe dessa gente.

Morgan garantiu-lhe que eles deixariam o país, mas não agora. Havia muita coisa em jogo. Gente demais dependia dele. Os jovens que lutaram sob seu comando nas montanhas também estavam vulneráveis.

— São os meus rapazes — afirmou. — Não posso simplesmente abandoná-los.

<center>~~~</center>

Castro não iria ignorar a proposta de Morgan. Reuniu-se com a polícia secreta e sua equipe e os instruiu a manter diálogo constante com Morgan. Mas Castro não queria que a operação fosse dirigida pela Segunda Frente. Como em todas as grandes empreitadas do novo governo, Fidel insistiu em manter o controle absoluto.

O *entourage* rebelde de Morgan morava com ele; certamente não haveria problema em acrescentar alguns mais. Castro enfiou um par dos seus homens na casa de Morgan.

Pedro Ossorio Franco era agente há apenas alguns meses, mas sério e confiável. Por mais de um ano ele combateu nas montanhas com o Diretório e participou dos enfrentamentos mais ferozes dos rebeldes na província de Pinar del Río. Terminados os combates, assumira funções militares importantes para garantir que o exército permanecesse leal a Castro. O mexicano alto e desengonçado de 21 anos foi chamado ao Departamento de Investigações Técnicas, que executava o trabalho sigiloso da polícia. Ele se instalaria na casa de Morgan e manteria a boca fechada. Era só observar. Dia sim, dia não, ligaria para seus comandantes.

Ossorio tinha também outra função — delicada, perigosa e que nunca poderia ser divulgada, nem entre os membros da sua unidade militar. Ele deveria espionar Morgan e, se percebesse quaisquer sinais de traição, informaria imediatamente à polícia secreta. Em circunstâncias extremas, poderia utilizar sua arma.

O mexicano não sabia o que esperar ao chegar ao apartamento de Morgan. Tinha ouvido muitas coisas sobre o americano e suas aventuras nas montanhas centrais. Não podia prever como ele reagiria à sua presença.

— Você é bem-vindo — disse-lhe Morgan. — Tudo o que há aqui é seu. Tudo o que tenho é seu.

Ossorio não disse nada. Mas ficou surpreso com a recepção de Morgan. Não esperava que o americano o tratasse como amigo. Morgan logo o deixou à vontade. Ossorio percebeu que os demais rebeldes da Segunda Frente rodeavam Morgan para protegê-lo. Armados com metralhadoras e outras armas portáteis, a mensagem deles era clara: meta-se com nosso comandante e estará encarando uma dúzia de canos de pistolas.

De sua parte, Morgan não se preocupava com Ossorio. Tinha desafios muito maiores diante de si. O pessoal de Trujillo andava telefonando, querendo que os encontrasse em Miami o mais breve possível. Os planos já estavam alterados. O que começara como simples assassinato estava se transformando em algo maior e mais nefasto. Ele havia enfrentado uma dúzia de boas batalhas, mas agora forças de ambos os lados das Antilhas Maiores fechavam o cerco.

32

MORGAN SAIU DO ELEVADOR NO DÉCIMO PRIMEIRO PISO DO HO-
tel DuPont Plaza e percorreu o longo corredor. Sempre pensara que sua
primeira viagem de volta aos Estados Unidos depois de mais de um ano
seria com Olga, para ver seus filhos. Mas não desta vez. Aquela viagem a
Miami era rápida e secreta. Ele se encontraria com o cônsul de Trujillo,
o homem de voz grave que lhe telefonara para marcar a reunião. Porém,
quando a porta se abriu, ele foi saudado por outra pessoa.

Não havia como confundir aqueles ombros largos e o cabelo escuro
penteado para trás com brilhantina. Fazia semanas que havia falado
com Dominick Bartone. Morgan pensara que havia sido convocado
a Miami para conhecer os agentes que Trujillo enviaria da República
Dominicana e para debater a execução do plano.

Mas, ao apertar a mão de Bartone, Morgan entendeu o que estava
acontecendo. Devia ter desconfiado de que a máfia também teria lugar
à mesa. Os donos de cassinos tinham tanto a perder quanto qualquer
um em Havana. Lanski, Trafficante e outros haviam investido dezenas
de milhões em hotéis luxuosos com cassinos, inclusive no histórico
Nacional. Não desistiriam facilmente de seus impérios.

O envolvimento da máfia representava outra reviravolta arriscada.
Agora, além de tramar secretamente contra Trujillo, Morgan teria de
lidar com Bartone e as famílias do crime organizado. O melhor a fazer
era agir como soldado comum e deixar Bartone à vontade.

O mafioso não poupara despesas. As janelas iam do teto ao piso, oferecendo uma visão espetacular da Baía de Biscayne. O quarto, de número 1133R, era tão elegante quanto as demais suítes do hotel.

Os homens estavam reunidos e à espera. Augusto Ferrando se apresentou. Cônsul dominicano em Miami, era o tesoureiro de Trujillo. Quando *El Jefe* necessitava de um favor de alguém em Miami, Ferrando era o portador da bolsa recheada de cédulas.

Junto a Ferrando estava Manuel Benítez, que fora um dos policiais mais corruptos de Cuba. Benítez ficara conhecido durante a Segunda Guerra Mundial, quando se juntou a uma investigação do FBI sobre um espião nazista escondido em Havana. Ele e J. Edgar Hoover capitalizaram o crédito pela detenção de Heinz Lüning, peixe pequeno e agente um tanto excêntrico. Mas os verdadeiros cérebros da investigação foram os inspetores postais britânicos que planejaram as ações que levaram à prisão do espião.

No regime de Batista, Benítez comandara a força policial nacional e uma rede de inteligência que se infiltrou em todos os níveis da sociedade cubana. Durante seu mandato, ele foi cruel e pôs os policiais mais selvagens na pista dos revolucionários que planejavam a derrubada de Batista. Benítez foi o grande responsável pelos inúmeros cadáveres que surgiam em estradas vicinais de terra batida. Enquanto surrava os estudantes rebeldes, amealhou pequena fortuna com os proprietários de cassinos.

Havia dias que Benítez ansiava por levar adiante um plano para dar cabo de Fidel de uma vez por todas. Ele conhecia melhor do que ninguém todos os métodos escusos para obter o que fosse em Havana. Seria conselheiro de Morgan e, após a morte de Fidel, ajudaria a liderar uma insurreição.

Poucos minutos depois de iniciada a reunião, Morgan percebeu que não se tratava apenas de Castro. Benítez e Batista queriam todo o país de volta. Se fosse preciso, enviariam até 3 mil mercenários à ilha. Contavam inclusive com um general de Batista para liderar o levante: José Pedraza Cabrera.

O Comandante Ianque

Morgan aproveitou a ocasião. Em primeiro lugar, seu trabalho era fazer com que todos eles mostrassem a cara. Até ali estava indo bem. Se quisessem promover uma invasão, ele se mostraria disposto. Na verdade, ele e Menoyo poderiam reunir até mil homens. Para que a invasão fosse bem-sucedida, seria necessária uma revolta interna simultânea.

Castro controlava todas as unidades do exército, à exceção da marinha e boa parte da força aérea. Morgan também poderia recrutar alguns destes homens.

— Podemos ganhar o país amanhã — bravateou.

Era tudo o que aqueles homens queriam ouvir. Bartone se apressou em afirmar que forneceria armas, munições e o transporte em aviões C-47. Já havia um Globemaster em um hangar de Miami.

O plano estava em marcha. Eles se encontrariam novamente. A partir dali, a comunicação seria apenas por rádio de ondas curtas — nada de telefones. Conseguiriam um transceptor para Morgan e adotariam nomes falsos para se comunicar. Eles também insistiram para que alguns dos seus homens ficassem instalados na casa de Morgan, só uns dois deles. Assim, acompanhariam de perto os eventos. Benítez já dispunha gente em Havana, e os enviaria.

Bartone concordou em começar a enviar parte do financiamento a Morgan. Era preciso que ele tivesse dinheiro para dar início à operação. Na verdade, já viera preparado. Entregou dois envelopes a Morgan. Neles havia dois cheques, com data de 27 de abril, ambos no valor de US$5 mil do Banco PanAmerican de Miami. Morgan devia abrir duas contas com nomes falsos e depositar os cheques. Bartone entraria em contato. Fosse o que fosse, Morgan só precisava pedir.

Os homens deixaram a suíte.

Na ocasião em que pegou o avião para Cuba, Morgan estava consciente de que os planos tinham mudado drasticamente. Sua vida se encontrava prestes a virar de ponta-cabeça. Não estava comprometido apenas com Castro e Trujillo. Estava, isso sim, a ponto de cruzar uma linha sagrada, o que nunca havia feito. Orgulhava-se da sua lealdade às ruas, à máfia. Quando esteve na pior, eles o ajudaram. Embora sua vida tivesse tomado outra direção, não queria traí-los.

Mas agora não tinha opção.

Castro andava de lá para cá. Não havia nada a fazer antes da chegada de Morgan. A polícia secreta estava à espera; os guarda-costas de Castro, de prontidão.

Quando Morgan e Olga cruzaram a porta, Celia Sánchez os recebeu e os levou ao piso superior. Fumando um charuto, Castro continuava zanzando pelo quarto. Havia revistas e jornais espalhados pelo chão e pelas mesas. Parecia que Fidel — que usava o uniforme verde-oliva característico, mas com os coturnos desamarrados — não dormia por dias.

— Conte-me as novidades — pediu, recostando-se na cabeceira da cama.

Morgan mencionou um por um: Benítez, Ferrando, Bartone. Não se tratava de simples assassinato: o objetivo era derrubar o governo. Eles planejavam uma invasão e uma insurreição simultâneas.

Castro não disse uma palavra. Ele vinha conversando com seus principais auxiliares desde que Morgan o advertira sobre a trama, e sempre se mostrara disposto a ouvir todos os pormenores e todas as opiniões.

Segundo Morgan, levariam umas semanas para organizar o plano, mas estavam determinados a fazê-lo funcionar. Tinham os homens, tinham o dinheiro e tinham gente infiltrada por toda Cuba, pronta para ajudar. Era como Fidel havia suspeitado. E era tudo o que precisava para esmagar seus inimigos.

O COMANDANTE IANQUE

Morgan explicou que todas as futuras comunicações com os conspiradores de Trujillo se dariam por rádio de ondas curtas. Ele também alojaria em seu apartamento alguns insurgentes, inclusive antigos soldados do regime, leais a Batista.

Castro precisava pensar. Aquilo era muito maior e com várias peças em movimento.

A primeira coisa que Morgan precisava fazer era se mudar para um lugar maior, determinou. Com mais gente entrando no complô, ele precisaria de mais espaço. Fidel também acrescentaria alguns homens ao *entourage* de Morgan. Ninguém precisava saber que eram leais ao governo.

A polícia secreta monitoraria todas as entradas e saídas a fim de organizar um dossiê para futuras detenções. Menoyo ajudaria a manter a simulação. A Segunda Frente permaneceria lá e se apresentaria disposta a ajudar os conspiradores. Com o apoio de Castro, eles pegariam o maior número possível de conspiradores e desbaratariam o golpe. Mas era fácil para Castro falar assim. A vida dele não estava na linha de frente.

A de Morgan, sim.

33

Mesmo em 1959, a vasta propriedade no coração do bairro de Miramar, em Havana, valia US$1 milhão. Uma das paredes da sala de jantar era toda recoberta por espelhos, e a longa mesa era de vidro. Pinturas adornavam as paredes da casa e havia móveis caros em todos os cômodos. Nos fundos, havia um pátio, com piscina e uma cabana-bar.

O último proprietário, Alberto Vadia Valdes, dono de empreiteira que amealhou fortuna com obras públicas para Batista, transferiu a maior parte do seu dinheiro para o exterior antes de fugir. Ainda havia bebidas no bar que ele deixara para trás, e a maior parte dos seus ternos, sapatos e objetos pessoais continuava arrumada nos armários.

Para Olga, nada ali parecia real. Ela queria fazer as malas e tomar um avião para os Estados Unidos. Mas Morgan a fez recordar que precisavam ficar. Era o único modo de salvar seus homens. Quando tudo terminasse, eles retomariam a vida juntos. Sem complôs de assassinato, sem revoluções.

— Ouça o que lhe digo. Vamos ficar bem. Nada vai nos acontecer.

O pessoal de Batista logo apareceu com o transceptor. Precisaram passar fios em todos os cômodos, do piso ao teto. Puseram microfones nos abajures do escritório e na sala de estar. O telefone foi grampeado. Todas as conversas nas salas e quartos seriam monitoradas. Qualquer palavra pronunciada no escuro seria ouvida. Isto significava que não havia espaço para erros. Todos ali tinham de fazer sua parte e manter a boca fechada. A vigilância sobre o inimigo e seu acompanhamento seriam cerrados.

Morgan instalou o rádio na casa principal, em um cômodo contíguo à garagem, onde ficaria o centro de controle. Junto ao rádio havia gravadores com carretéis de fitas prontos para serem acionados.

Ele ligou o transmissor. No início, ele emitiu um ruído baixo, e logo o mostrador do rádio Viking Valiant se iluminou.

A casa começou a atrair mais homens de Morgan. Horas depois de ele e Olga se instalarem, um punhado de *barbudos* sujos, com roupas encardidas e calçados velhos, bateu à porta e pediu para ficar. A maioria estava havia semanas de um lado para o outro, em pensões baratas, com poucos recursos. Morgan não podia dizer não. Com mais de 460 m² à disposição, ele distribuiu os recém-chegados entre diversos quartos, sofás e assoalhos.

Então apareceu Tony Chao, que localizou Morgan por intermédio de outros homens em Havana. Morgan não via o "americanito" havia mais de um ano. Fora a súplica sentida de Chao que convencera Morgan a partir para as montanhas. O rapaz magricela havia crescido e engordara mais de 10 quilos. Parecia que também estava fazia dias sem dormir. Chao tinha ido para as montanhas para combater na revolução e quando tudo acabou começou a procurar por Morgan.

— Você vai ficar aqui conosco. — Morgan o abraçou e apresentou-o a Olga.

<hr />

Olga conhecia a maioria dos rebeldes acomodados na casa deles, mas, quando abriu a porta daquela vez, teve medo.

Parado diante da entrada estava um homem enviado pela polícia secreta cubana para ajudar a monitorar o transmissor. Manuel Cisneros Castro — que não era parente do líder cubano — evitou o contato visual ao passar pelo vestíbulo segurando bobinas de fios.

Mulato baixo e atarracado de Bayamo, na província de Oriente, Cisneros se juntara aos rebeldes de Castro em Sierra Maestra e alcançara o posto de tenente. De todos os agentes do governo que se hospedariam na casa, Cisneros era provavelmente o mais importante: ele faria o acompanhamento das mensagens de Trujillo. Pôs-se imediatamente a trabalhar, e ajudou a terminar as ligações e conectar os gravadores ao rádio de ondas curtas.

Depois que ele chegou, a campainha soou novamente. Diante da porta estavam os enviados pelo pessoal de Trujillo. Homens que haviam sido soldados inimigos estavam ali, a poucos centímetros dela. Morgan os guiou pela casa e assinalou um quarto para guardarem equipamentos e pertences. Eles buscariam um canto da casa para dormir, mas passariam fora a maior parte do tempo, recrutando novos guerrilheiros para o levante.

Olga olhou as visitas e reclamou com Morgan.

— O que você está fazendo, rapaz? — alertou. Uma coisa era receber o pessoal de Castro. Mas agora deixavam entrar homens que haviam torturado e matado sua gente.

Morgan tentou acalmá-la.

— Ouça, temos de deixá-los entrar, mas manteremos os olhos neles. — Garantiu-lhe que os seguidores de Batista só ficariam ali por algumas semanas e os guarda-costas de Morgan os estariam vigiando.

Morgan estacionara um Oldsmobile azul na entrada da garagem, equipado com rádio para ficar em contato com Olga e os outros. No carro havia um pequeno arsenal de submetralhadoras e granadas. Ele trabalhava com Castro, mas não alimentava ilusões. A qualquer momento tudo podia voar pelos ares.

❧

Os gravadores de fita estavam funcionando quando Morgan entrou na sala do rádio e fechou a porta. Sentou-se, colocou os fones de ouvido e ligou o aparelho. Em geral, só pegavam estática. Contudo, daquela vez algo no sistema de varredura que o rádio executava o surpreendeu. Ele reenrolou a fita e aumentou o volume. Repetiu o processo. Não havia dúvida.

Um microfone oculto em outro cômodo tinha captado uma conversa entre dois homens de Batista, que se jactavam dos seus planos para depois da invasão. Eles iriam assassinar Castro com um tiro na cabeça — e depois matariam alguém mais: Morgan. Ninguém os envergonhara mais nem lhes causara tantos sofrimentos no Escambray do que Morgan. Ninguém, além de Castro, merecia tanto morrer.

Morgan desligou o gravador. Virou-se para seus homens e instruiu--os calmamente a não abrirem a boca. Não queria que afugentassem os homens de Batista. Resolveu participar do jogo e disse:

— Eles não podem saber que ouvimos isto.

A única pessoa fora do quarto que precisava tomar conhecimento era Menoyo. Afinal, ele ainda era o líder. Mas Morgan insistiu para que se encontrassem pessoalmente com ele. Nada seria dito por telefone.

Morgan e um de seus guarda-costas, Edmundo Amado, entraram no Oldsmobile e foram ao restaurante Peking, na rua 23, perto do cemitério Colón. Propriedade de sino-cubanos, o restaurante era terreno neutro onde ninguém suspeitaria de nada. Intrigado, Menoyo os encontrou numa mesa do canto.

Morgan se inclinou sobre a mesa:

— Eles vão me matar — disse.

Explicou o que escutara. Eles pretendiam colocar Pedraza no poder e eliminar todos os que eram próximos a Castro. Quem falou da morte de Morgan foi Reinaldo Blanco Navarro, líder da Sociedade Rosa Branca, organização de antigos oficiais de Batista que operava em células por toda a ilha.

Menoyo ficou indignado. Sabia que eram *chivatos* — informantes, ratos — mas nunca esperou que se voltassem contra a Segunda Frente. A partir de então, precisariam manter contato diariamente, mesmo que fosse por telefone, disse Menoyo. Àquela altura, só podiam confiar um no outro.

⋯

No escritório do FBI em Miami, agentes federais já estavam alvoroçados. Leman Stafford Jr., investigador veterano com um sotaque texano suave e arrastado, puxou a cadeira, inclinou-se sobre a mesa e ligou o gravador para redigir um relatório que seria enviado a todas as repartições do serviço no país.

Os agentes de Miami acabavam de descobrir informações que podiam afetar as relações já bastante tensas entre os Estados Unidos e Cuba. Não se tratava de outro operador cubano se gabando de ter conexões em Havana. Aquilo tinha origem em alguém que fora um dos líderes mais influentes de Cuba.

Depois da reunião no Hotel DuPont, Manuel Benítez foi ao FBI e contou tudo. Havia um plano secreto para invadir Cuba. A máfia estava envolvida. E também Trujillo, o arqui-inimigo de Castro. Havia outro elemento: o plano era liderado por um americano chamado William Alexander Morgan.

Stafford não conseguia ditar suficientemente rápido. O informe secreto já estava em preparação para ser transmitido aos escritórios do FBI na embaixada em Havana. "O indivíduo [Morgan] parece motivado por simpatias anticomunistas e pelo desejo de vingança contra Fidel Castro, que havia excluído [Morgan,] Eloy Gutiérrez Menoyo e outros líderes da SNFE [Segunda Frente] de funções no seu governo", disse Stafford. "[Benítez] afirmou que [Morgan] criaria esta nova frente revolucionária nas montanhas do Escambray em questão de duas semanas, começando com forças entre quinhentos e mil homens."

Desde que fugira de Cuba, Benítez queria ganhar pontos com o FBI. Poderia melhorar o seu status nos Estados Unidos e, ao mesmo tempo, enviar a Hoover o recado de que continuava sendo o alcaguete confiável do seu tempo em Havana.

Alguns agentes em Cleveland vinham investigando o *comandante ianque* desde que seu nome fora estampado no *New York Times* e em outros jornais nos últimos dias da guerra civil. Aquilo daria visibilidade ao seu perfil. Agora, eles observavam um homem jogado em conspiração internacional que poderia mudar por completo o curso da Guerra Fria. Aquilo era jogo perigoso. Não é que Morgan estivesse se metendo com a máfia — fizera isso durante a maior parte da sua vida adulta. Ele se intrometia nos assuntos de um país estrangeiro, infringia a lei e punha em risco as relações dos Estados Unidos com outras nações.

Stafford tinha uma ordem: ficar de olho nele. Vigiá-lo atentamente. Obter o que houvesse sobre Morgan nos arquivos de Cleveland e seguir coletando dados e engordando seu prontuário.

Veterano da Segunda Guerra formado em contabilidade pela Universidade A&M do Texas, Stafford era um homem dos números que sempre dava a impressão de estar a caminho do culto dominical: camisa branca, casaco esportivo, gravata. Era bom com números — desfalques, lavagem de dinheiro, fraudes bancárias —, mas aquele caso era diferente. Ele se viu ingressando no mundo sombrio de figuras da máfia e exilados cubanos raivosos, todos decididos a matar Castro.

❧

Ele andava incomodado com um segredo importante. Por diversas vezes quis chamar Morgan a um canto, mas não conseguia. Algumas vezes acompanhava Olga quando ela saía da casa; em outras, ia com Morgan a reuniões.

O Comandante Ianque

— William, preciso falar com você. A sós — disse Ossorio por fim.

No tempo de convivência com Morgan e Olga, Pedro Ossorio tinha feito amizade com os dois. Sua família vivia no México e o casal o tratava como filho. Ele tinha visto Morgan enfrentar a pressão de uma tarefa impossível — primeiro, Trujillo; depois, a máfia. Morgan podia ter tirado partido da fama e ido para Miami e até para Ohio. Em vez disto, ficou. Recusava-se a deixar a família e seus homens.

— Fui enviado aqui numa missão — contou Ossorio.

Deveria informar tudo à polícia secreta por telefone. Durante um tempo, cumpriu as ordens. Mas depois não conseguiu mais fazê-lo.

Olga foi até ele e o abraçou.

— Eu o respeito por nos contar — disse.

Ela gostava do jovem rebelde que todos chamavam de El Mexicano. Era preciso ser corajoso para procurá-los e contar aquilo que o incomodava.

Morgan assegurou ao seu segurança pessoal que não precisava se preocupar. Guardariam o segredo entre eles. Mas, a partir daquele momento, Morgan soube que precisava ficar alerta com Fidel. O líder cubano estava promovendo a cooperação entre as forças rebeldes para salvar Cuba, mas, evidentemente, continuava suspeitando da Segunda Frente.

34

TRUJILLO ESTIVERA CHAMANDO PELO RÁDIO A NOITE TODA.
Havia carros entrando a toda hora pela estreito caminho que levava
ao estacionamento. Muita gente porta adentro. Olga não ligava se
Morgan estaria ocupado. Queria saber o que estava acontecendo.

Morgan havia passado tantas horas no rádio que perdeu a noção
do tempo. Sabia que ela não ia gostar do que tinha a dizer. Mas tinha
de ser assim: eles estavam prontos para o prosseguimento à operação.
Dia após dia, Trujillo se agonizava com a rapidez do complô. Quanto
mais tempo Castro permanecesse no poder, mas difícil seria derrubá-lo.
Estava na hora de puxar o gatilho.

Morgan iria a Miami acertar os detalhes e buscar mais armas.
Regressaria de barco, a tempo de liderar o levante. Mas não iria só. Já
tinha partido tantas vezes sem ela. Não desta vez.

— Vou com você — disse Olga.

— Você está grávida — retrucou ele.

Ela não recuou.

— Então, terei o bebê nos Estados Unidos. Seria até mais seguro
para nós.

Ele já havia visto aquela expressão no rosto dela. Não podia dizer
não. Mas insistiu para que ela viajasse com a irmã de 15 anos, Irma, e
Alejandrina, a empregada doméstica. Ele as mandaria de volta de avião
após alguns dias. Foi o combinado.

— Estou pronta para fazer as malas — respondeu ela.

Morgan avisou ao pessoal de Trujillo que estava a caminho, mas eles não eram os únicos a esperá-lo quando chegasse. No escritório do FBI em Miami, Stafford vinha trabalhando até tarde da noite para obter detalhes do plano iminente quando recebeu uma pista de uma fonte não revelada. Morgan estava a caminho do Aeroporto Internacional de Miami.

Bingo.

Por fim, Stafford poria as mãos no homem que investigava freneticamente. Lera tudo o que havia sobre o americano: das informações sobre o seu passado pesquisadas por outros agentes a artigos de jornais e revistas dos Estados Unidos e Cuba com seu perfil. O que intrigava o agente era que desde a adolescência Morgan estivera em muitos lugares. Fugiu de casa. Perambulou com um circo. Trabalhou em ranchos no Arizona. Estava sempre em movimento. Quando Morgan desembarcasse, Stafford tinha um objetivo: ficar em seu encalço.

❦

Morgan teve outra reunião com o pessoal de Trujillo. Durante meses, ele se manteve firme e guardou o segredo. Encontrar-se-ia com Ferrando para acertar os últimos detalhes, da chegada das armas à invasão no sul de Cuba. Depois, reunir-se-ia com o pessoal de Batista para assegurar que o barco em Miami estaria pronto, com as armas a bordo.

Quando o avião alçou voo, Olga apertou o braço de Morgan. Ela queria que aquilo acabasse logo. Se Morgan escapasse daquela situação, talvez eles por fim pudessem encontrar a paz que almejavam por tanto tempo. Tinham sido quase seis meses de reuniões de dia inteiro, telefonemas e conversas ao rádio que se estendiam até a madrugada. Frequentemente ele se apresentava com olheiras por falta de sono. Porém,

O Comandante Ianque

em meio a tudo aquilo, mantinha a pose, assegurando-lhe a cada passo que tudo acabaria logo, que eles conseguiriam garantir um lugar para a Segunda Frente na nova Cuba. Então, suas vidas seguiriam seu curso.

Olga devia estar animada com a primeira visita aos Estados Unidos quando o avião sobrevoou Miami. Em vez disso, sua ansiedade era grande. Sabia que o marido iria se encontrar com gente que pretendia matá-lo.

Enquanto o avião tocava a pista de pouso, Morgan pensava nos próximos passos. Ao caminharem pelo terminal, dois homens de terno e óculos escuros se apressaram na direção deles.

Stafford apresentou o distintivo do FBI. Estava acompanhado do agente Thomas Errion.

— Você é William Morgan? — perguntou.

— Sim — respondeu Morgan.

Morgan instruiu Olga e os outros a se dirigirem ao Motel Moulin Rouge, na rua 41, esquina com Pine Tree Drive, em Miami Beach. Ele os encontraria depois.

— Não se preocupe — ele tranquilizou Olga.

Stafford e Errion o levaram ao escritório da imigração do aeroporto. Morgan se manteve calmo. Havia muito tempo aprendera a lidar com os tiras. As mesmas regras se aplicavam aos agentes federais. Em outra época, teria se esquivado das perguntas sobre batidas em casas de jogo e atos ilegais em valhacoutos imundos. Aquilo era diferente. Ninguém poderia acusá-lo de estar fazendo alguma coisa errada. Ninguém poderia dizer que infringia a lei.

— O que você quer? — perguntou Morgan.

Stafford tinha uma relação de perguntas. Para começar, o que fazia em Miami? Se a sua vida estava em Havana, por que tinha vindo?

Morgan não iria revelar sua missão a Stafford, e não lhe importava o que este quisesse lhe impingir. Seus motivos eram estritamente pessoais, respondeu.

Então Stafford, que durante todo o tempo fazia anotações, quis conversar sobre a revolução cubana. Muito havia sido escrito sobre o papel de Morgan na rebelião. O que ele fizera durante a luta? O que fazia agora?

Os agentes não deram trégua. Queriam saber com quem ele iria se encontrar em Miami. Aonde iria. Morgan respondeu às perguntas, uma a uma, mas evitou dar pistas do que estava a ponto de suceder. No meio da entrevista, suspeitou que os agentes soubessem da trama. Mas não iria abrir a boca. Teriam de descobrir por eles mesmos. Porém, faria para eles pequena revelação: um representante de governo estrangeiro tinha entrado em contato com ele para derrubar o governo de Castro em troca de US$1 milhão, mas ele rejeitara a oferta.

Stafford o pressionou: Quem? Qual governo?

Morgan fitou atentamente cada agente. Havia dito o suficiente. Sua esposa esperava por ele.

Stafford e Errion sabiam que teriam de deixá-lo ir. Não lhes cabia o direito de detê-lo. Mas seguiriam todos os seus passos.

<hr/>

Precisava agir rapidamente. Morgan tinha pouco tempo para fazer a sintonia fina dos planos, e agora era seguido por agentes federais. Não conseguiria terminar se o FBI decidisse prendê-lo com alguma acusação inventada. Em vez de ficar no Moulin Rouge, reservaria quartos no Hotel Montmartre, bem perto da ponte na avenida Collins.

Embarcaram em um Cadillac que esperava no estacionamento e o motorista os levou pela rua 41 até a Collins. Mesmo com o verão acabando, Miami Beach estava repleta de turistas entrando e saindo dos hotéis *art déco* ao longo da avenida movimentada.

O mafioso de Cleveland ganhara muito dinheiro com a venda de armas para o projeto. Trujillo e Batista desembolsaram mais de US$1 milhão, principalmente para comprar metralhadoras e fuzis automáticos calibres .30 e .50. Bartone estava hospedado no Eden Roc, na mesma rua. Disse a Morgan que tivesse paciência. Pela manhã ele enviaria dois carros, um para Morgan e outro para Olga e sua irmã passearem. O próprio Bartone seria o guia.

Quem os estivesse seguindo agora ficaria perdido no tráfego noturno. Morgan precisava de tempo — tempo para finalizar tudo. Tão logo se registraram e todos se instalaram na suíte, ele pegou o telefone e ligou para Bartone.

O mafioso de Cleveland ganhara muito dinheiro com a venda de armas para o projeto. Trujillo e Batista desembolsaram mais de US$1 milhão, principalmente para comprar metralhadoras e fuzis automáticos calibres .30 e .50. Bartone estava hospedado no Eden Roc, na mesma rua. Disse a Morgan que tivesse paciência. Pela manhã ele enviaria dois carros, um para Morgan e outro para Olga e sua irmã passearem. O próprio Bartone seria o guia.

Morgan e Olga observaram o oceano e as estrelas que pareciam diamantes no céu noturno. Olga tinha sonhado em visitar o país do marido — mas em circunstâncias muito diferentes.

Em poucos dias, o bebê nasceria. Mais do que nunca, Olga queria se mudar para os Estados Unidos, onde teriam a oportunidade de construir uma vida juntos. Não se importava que fosse em Miami ou até em Ohio. Estava disposta a dar este passo para que ambos sobrevivessem.

— Queria tanto ter paz — recordou-se.

Com a pressão aumentando, Augusto Ferrando esperava por Morgan em uma mesa de canto no Restaurante Toledo, no Bulevar Biscayne. Nada ia bem para o cônsul dominicano. Trujillo o estava atormentando. O pessoal de Batista reclamava constantemente. Ele acabara de saber que o FBI podia estar seguindo Morgan. Não tinham muito tempo para conversar. Dali em diante, cada passo era crucial.

Sem que pudessem ser ouvidos pelos que estavam no restaurante, Ferrando e Morgan concordaram que a invasão começaria por Trinidad.

Era o ponto perfeito: no centro do país, apesar de bem ao sul. Com a conquista da antiga cidade histórica, manteriam a luta longe do centro de poder de Castro, em Havana, e depois poderiam rachar o país ao meio. Nada muito diferente do que os rebeldes haviam feito ao tomar de assalto a província de Las Villas durante a revolução.

Ao mesmo tempo, a Segunda Frente lançaria uma rebelião no vizinho Escambray, com o objetivo de atrair as forças de Castro às montanhas e travar a confrontação. Por avião ou por barco, o pessoal de Trujillo entregaria armas aos revoltosos em locais secretos. Como a cereja do bolo, Trujillo enviaria sua legião estrangeira, com pelo menos 2 mil homens, para apoiar Morgan e Menoyo em terra.

Entusiasmado com a perspectiva de vitória, Trujillo começou a escolher os sucessores de Castro. Para a presidência, o generalíssimo designou Arturo Hernández Tellaheche, que fora um dos mais poderosos senadores de Cuba. Arturo Caíñas Milanés, pecuarista milionário que perdera terras para o novo governo, seria o vice-presidente. Ramón Mestre Gutiérrez, fundador de uma importante construtora, seria o primeiro-ministro. Os três haviam prometido empenho máximo — e, claro, dinheiro — à causa.

Em um ou dois dias, Ferrando teria uma embarcação repleta de armas. Não seriam todas as necessárias para a invasão, mas o suficiente para começar. Grande parte do dinheiro para o armamento seria entregue a Morgan em uma bolsa de papel.

Mas a principal parte do plano estava em Cuba. Havia outro lote de armas vindo da República Dominicana para ser desembarcado em outros pontos. O pessoal de Batista prometera combatentes dispersos em esconderijos em Havana, prontos para pegar em armas.

Morgan assentiu. Trujillo estava cumprindo sua palavra, e em grande estilo. Morgan fazia o melhor que podia para mostrar que também estava comprometido, e que prosseguiria enquanto o dinheiro fosse entregue generosamente.

Mas estava se desgastando. A cada conversa ficava mais difícil fingir. A verdade é que se encontrava profundamente incomodado com tudo naquela operação, dos agentes de Trujillo que tentavam granjear favores com um ditador corrupto e assassino, ao pessoal de Batista, que competia pelo poder. Ninguém dava a mínima se o povo cubano comeria amanhã ou até se viveria mais um dia. A maioria só queria encher os bolsos enquanto tomava o poder.

Morgan faria o melhor que pudesse para cumprir sua parte e garantir que todos estivessem armados e prontos no Escambray, assegurou. Mas quando aquilo tudo terminasse, chegaria a hora da verdade para todos.

— ✦ —

Começou a partida de xadrez.

Morgan recebeu uma mensagem assim que voltou para o hotel: telefone para o FBI. Apesar de todos os cuidados nos deslocamentos e também da troca de hotéis, Stafford não o perdera de vista. Havia agentes vigiando o hotel e a entrada e saída de pessoas. Se Morgan quisesse prosseguir com o complô, precisaria manter os federais longe dos seus calcanhares.

A menos que se encontrasse com Stafford, seria seguido diariamente. O melhor a fazer era ir diretamente ao escritório do FBI. Se pudesse convencê-los de que estava realmente de férias e responder às perguntas, talvez desistissem. Precisava ganhar mais tempo.

Quando Morgan entrou no escritório do FBI, no centro de Miami, Stafford e Errion o aguardavam. Desde a primeira entrevista no aeroporto, eles haviam reunido novas informações sobre a suposta tentativa de golpe em Cuba. Exigiram que Morgan confessasse. Caso contrário, eles o algemariam. Americanos não podiam servir nas forças armadas de um exército estrangeiro, e Morgan havia feito isto.

Morgan olhou fixamente para Stafford, sentado à sua frente. Em primeiro lugar, não tinha servido no exército de um país estrangeiro. Combatera, isso sim, em força rebelde de uma revolução que nada tinha a ver com o exército cubano. Ajudara o povo nas montanhas e ainda tentava ajudá-lo — muito mais do que qualquer um no governo dos EUA. E mais, a Segunda Frente havia sido desativada — ainda que no papel — ao término da luta, então ele tampouco servia no exército revolucionário de Cuba.

— Não fiz nada errado — afirmou.

Stafford sacudiu a cabeça. Se ele não servia ao exército, como mantinha a esposa e vivia em uma casa luxuosa em Havana?

Stafford não ia ceder, mas Morgan não pretendia colaborar. Sua resposta incluiu Menoyo. O dinheiro que recebia provinha do seu comandante. Naquele momento, no bolso, levava US$ 350. Em Cuba tinha uns US$ 159 no banco. "E é só", disse.

Stafford deu uma olhada nas suas anotações que estavam sobre a mesa. Se conseguisse provar que Morgan estava no exército, ele o pegaria. Havia rumores demais sobre a trama em curso. Não ia engolir aquela baboseira.

— E quanto a Trujillo? — perguntou.

Morgan se entrincheirou. Não precisava de Trujillo. Não precisava de Batista. Se achasse que Castro estava vendendo o povo cubano, ele o perseguiria pessoalmente até o inferno. Teve muitos problemas com pessoas como Che Guevara — comunista consumado —, mas não com Fidel. Morgan ouvira os rumores sobre o comunismo de Fidel, mas não tinha visto provas disto. Se tivesse, também teria combatido pessoalmente contra ele.

Morgan já dissera o suficiente. Em sua opinião, não infringira nenhuma lei americana, e ninguém ia metê-lo na cadeia.

Eles se avaliaram com o olhar. Stafford percebeu que Morgan não iria ceder. A sessão havia terminado. O agente não tinha alternativa a não ser deixá-lo ir. Mas a relação entre os dois ainda não acabara.

35

OLGA TEMERA AQUELE MOMENTO. O MOTORISTA ESTAVA A PONTO de levá-la ao aeroporto junto com a irmã. Em algumas horas estariam de volta a Havana.

Sabia que devia deixar os Estados Unidos, mas não queria ir embora. Tinha encontrado paz na breve passagem pela Flórida. Não teve de se preocupar com Castro. Não teve de se inquietar por causa de Che. Não precisou despertar todas as manhãs com gente estranha dormindo nos assoalhos de sua casa, com os telefonemas, com os carros que estacionavam diante da porta à noite.

— Vejo você em Havana — disse Morgan, abraçando-a.

Ele estava a ponto de embarcar numa batalha tão perigosa quanto as que havia enfrentado na revolução, até mesmo quanto as emboscadas que armara nos últimos dias. Olga sentiu-se oprimida pelas forças que os pressionavam. O pior é que reconhecia o campo minado tão bem quanto ele. Mais uma vez teria de esperar pela volta dele, vivo ou morto. Estava se cansando daquele desassossego.

— Depois desta, nunca mais — afirmou.

Passaria uma semana ou mais antes de vê-lo novamente, e ela sabia que provavelmente não teria notícias durante esse período de tempo. A espera era ainda pior, porque nas montanhas ao menos havia mensageiros. Aqui não havia nada.

Morgan iria trocar o Montmartre pelo Eden Roc por alguns dias. A mudança para o hotel luxuoso na mesma rua permitiria esconder-se um pouco melhor quando Olga chegasse de volta a Havana, onde seus homens cuidariam dela. Àquela altura, a única coisa que ela podia fazer era esperar.

◆━◆

Quando Stafford chegou ao escritório encontrou uma mensagem em sua mesa. Morgan ligara para avisar que em 24 horas tomaria o voo da Pan Am para Havana, no dia 5 de agosto. Que o agente não se preocupasse. Ele ligaria para o FBI antes de partir.

Stafford não pretendia conversar pelo telefone. Ele por certo estaria no aeroporto bem antes do voo das cinco da tarde.

Stafford acabara de falar ao telefone com um informante secreto que vinha divulgando detalhes do que Morgan andava fazendo em Miami — e aquela agitação toda de Morgan podia ser tudo, menos férias. A viagem sigilosa dele a Miami se relacionava totalmente ao complô para derrubar Castro com a ajuda de Trujillo e sua gente. Ele se encontrara com Bartone, e também com Ferrando. Pelo que Stafford deduziu, havia milhares de homens no Escambray à espera do seu sinal para se insurgirem contra Castro.

Stafford já ouvira o suficiente. Fora tapeado. Para todos os efeitos, Morgan violara leis em diversos sentidos. Entre aquele dia e o seguinte, o agente do FBI iria se assegurar de que todas as histórias contadas pelos envolvidos fossem checadas. Depois, confrontaria Morgan no portão de embarque. Desta vez teria dados suficientes para pressioná-lo.

◆━◆

Um agente se postou no portão de embarque da Pan Am. Outro fez as vezes de sentinela no lado de fora do aeroporto. Um terceiro vigiava as pessoas dentro do terminal.

O Comandante Ianque

Stafford havia repassado todas as histórias que ouvira. Cuba estava à beira do abismo; e Morgan, a ponto de empurrá-la. Ele não deixaria o americano sair de Miami de jeito nenhum.

O terminal fervia de gente, mas enquanto os passageiros se preparavam para embarcar, Morgan não dava sinal de vida. Stafford se postou junto ao balcão de check-in para esperá-lo chegar. Quando por fim pediu ao funcionário para ver a lista de passageiros, o nome de Morgan não constava. Os passageiros fizeram fila para embarcar no voo das 17 horas, mas ele não apareceu no terminal.

Stafford esperou até fecharem a porta do avião. Perdera Morgan mais uma vez.

Imediatamente reuniu os agentes e ordenou que fossem ao Eden Roc. Estava furioso. Enquanto acelerava em meio ao trânsito, concluiu que Morgan era muito mais esperto do que o pessoal do FBI tinha imaginado. Isto ele não percebera na coleta de informações nem na investigação sobre o passado dele. Todos os agentes o haviam subestimado. Se não o encontrassem, teriam de dar muitas explicações.

O carro parou diante do hotel e Stafford correu para a recepção. Como imaginara, Morgan já havia deixado o local. O agente disparou um alerta geral e avisou ao escritório central que ele havia escapado.

❧

Chegavam teletipos de Washington. A embaixada em Havana se preparava para o pior. O embaixador dos EUA, Philip Bonsal, inclinou-se sobre a mesa e leu as mensagens. Não se tratava apenas de um complô para assassinar Castro e derrubar o governo. Um americano o liderava. Se tivesse êxito, ainda que parcial, todos os cidadãos americanos em Cuba — milhares — estariam em perigo.

O diplomata de carreira com 56 anos de idade — formado em Yale e cujo pai fizera a cobertura da Guerra Hispano-Americana para o *New York Herald* — passara semanas negociando o reatamento das relações com Cuba.

Bonsal pegou o telefone. Precisava que Raúl Roa, secretário de Relações Exteriores cubano, passasse um recado urgente a Castro. O FBI obtivera informações cruciais sobre um complô em curso para derrubar o governo e matá-lo. Ninguém sabia quando seria, mas supostamente ocorreria em poucos dias. O homem que liderava o complô: William Morgan.

Bonsal garantiu a Roa que o governo americano não tinha nada a ver com aquilo. Na perspectiva do embaixador, para os Estados Unidos convinha expor o comportamento subversivo de um de seus cidadãos. O temor maior era de que o golpe fosse imputado aos EUA. Isto poria em risco as vidas dos cidadãos americanos em Havana.

O embaixador também teve de formular um plano de emergência, que incluía a possibilidade de trazer navios para evacuar americanos. A comunidade de inteligência estava em alerta máximo. O único modo de deter a trama era encontrando Morgan.

Mas ninguém sabia de seu paradeiro.

───◆───

Uma brisa fresca soprava sobre as águas escuras e o barco de pesca. Adiante estava o porto de Miami, logo depois das últimas fileiras de ilhas. Se conseguissem passar por Virginia Key sem que a Guarda Costeira avistasse a embarcação, entrariam na rota para Cuba.

Morgan tinha dormido poucas horas na noite anterior, fumando sem parar e tomando muito café. Mas precisava prosseguir. Precisava se afastar o suficiente no mar para evitar a guarda costeira.

A alguns metros dele estava Francisco Betancourt, ex-capitão do exército de Batista, que tinha vindo ajudá-lo na viagem. O plano era encontrar a outra embarcação: um iate de 54 pés ancorado a uma dezena de quilômetros e carregado com verdadeiro arsenal para um pequeno exército.

Apesar das voltas para evitar o FBI, tudo estava saindo como planejado. O pessoal de Trujillo estaria à espera do sinal quando Morgan chegasse a Cuba. Castro e Menoyo também. O plano era levar o barco carregado de armas à costa sul da ilha, perto de Trinidad, e entregá-las a Menoyo e aos outros.

O oceano estava encapelado quando o barco se afastou e as luzes de Miami foram ficando cada vez mais tênues na distância. Ao olhar adiante, Morgan divisou no horizonte os movimentos tremulantes de outra embarcação. Não havia sinal da patrulha costeira, só o mar aberto e escuro por diante. Tinham conseguido.

Levariam horas para atravessar o estreito da Flórida e dar a volta na barriga de Cuba. Mas precisavam cumprir o prazo. Trujillo ouvia o rádio constantemente, à espera da atualização seguinte do seu pessoal em Miami. Castro andava de lá para cá na casa em Miramar, seguro de que seus homens estavam em contato com Morgan.

Agora, tudo dependia do americano.

Quando o pequeno barco emparelhou com o iate, ele pulou a bordo e chamou Betancourt para que viesse com ele. O homem estava de pé no deque, encurvado. A cada quilômetro, Betancourt vinha ficando mais enjoado, até não aguentar mais. Não tinha como prosseguir viagem, uns 150 quilômetros até Cuba.

— Estou passando mal — disse ele.

Morgan não tinha tempo a perder. Era melhor que Betancourt voltasse para o barco pesqueiro. Dois homens de Trujillo esperavam no iate, prontos para partir. Morgan pediu que jogassem a corda de volta para o barco de pesca e Betancourt desceu. Quando os motores do iate arrancaram, Morgan se preparou para o último trecho da viagem. Cercado pelo zumbido mortiço dos motores, ele precisava permanecer alerta. Não conhecia a tripulação. Não conhecia o oceano. Qualquer coisa poderia acontecer entre aquele ponto e a atracação.

Enquanto observava a noite, alguém da tripulação foi até ele. Seu olhar sinalizava problemas.

— Não vamos conseguir — disse o homem.

O comandante vinha observando o marcador de combustível. Tinham muito menos gasolina do que pensavam necessitar. O barco não teria combustível suficiente para contornar a ponta de Pinar del Río e a Ilha de Pinos antes de atracar perto de Trinidad.

Morgan não podia acreditar no que ouvia. Como aquilo pudera acontecer? Havia uma legião de homens à sua espera em Cuba, e um ditador dominicano enlouquecido que não descansaria enquanto uma bala não entrasse na cabeça de Castro.

Ele não estava longe de ficar preso em um barco repleto de armas com o tanque de combustível tossindo fumaça. Talvez não tivessem estimado o peso extra das armas ou tivessem planejado equivocadamente a navegação nas águas encapeladas do Grande Banco das Bahamas. De qualquer modo, não importava mais. Precisavam encontrar o porto mais próximo. O mapa deu a resposta: Havana.

Chegariam à capital, mas o porto estaria repleto de agentes alfandegários que abordariam o iate, revistariam a cabine e certamente se deparariam com o arsenal lá embaixo. Sem saber do papel de Morgan no complô, o fiasco arruinaria tudo o que estavam tentando fazer.

Ele planejara revelar seu verdadeiro papel quando chegassem a Trinidad. Mas, como tudo dali por diante, teve de modificar também suas ações. Quando os dois membros da tripulação apareceram no convés, ele empunhou a pistola e esperou que se aproximassem do parapeito. Então, ergueu a arma na direção deles. Os homens o fitaram surpresos. Ele os estava detendo.

36

POUCO ANTES DO AMANHECER, OS HOMENS SE REUNIRAM NA sala de estar.

Tinham sido arrancados do sono e chamados à casa em Miramar. Era chegada a hora depois de meses de planejamento. Para os agentes anticastristas, o novo governo estava a um dia de distância. Ninguém os expulsaria do seu lugar de direito.

Arturo Hernández Tellaheche, o ex-todo-poderoso da política cubana, entrou pela porta e sentou-se na sala. Chegou também Arturo Caíñas Milanés, o pecuarista milionário que apoiou Castro até os fazendeiros começarem a perder suas terras para o governo. Ramón Mestre Gutiérrez, o rico empreiteiro de 31 anos que seria o próximo primeiro-ministro, se reuniu com os mais velhos à mesa. O futuro governo se preparava para agarrar as alavancas do poder. Pelos cantos da casa, Roger Redondo e outros rebeldes da Segunda Frente montavam guarda, vigiando a todos.

Enquanto esperavam o próximo sinal, Morgan entrou na casa. Sujo e com a barba por fazer, as olheiras profundas, foi uma visão bem-vinda. Ele acabara de entregar os prisioneiros e as armas no porto em Havana e correra para casa.

Ao seu lado estava Menoyo. Agora poderiam dar os últimos passos do plano. Primeiro, enviariam sinal de rádio para alertar os lutadores anticastristas escondidos em casas pela cidade. O sinal iria diretamente para Trujillo, que estaria esperando para enviar a legião estrangeira.

Enquanto os homens se levantavam para falar dos seus planos, Morgan e Menoyo retrocederam, agacharam-se e sacaram as armas. Quem se movesse seria morto.

Hernández se voltou, atônito. Caíñas fez o mesmo. Ambos ficaram como que petrificados. O que estava acontecendo? Redondo e os outros rebeldes sacaram as armas e as apontaram para o resto dos conspiradores na casa. Morgan, Menoyo e os demais determinaram que os homens entrassem numa sala. Ninguém deveria nem pensar em escapar.

Naquele momento, houve uma batida à porta: Fidel e Camilo Cienfuegos estavam de pé no umbral. Castro mal podia se conter. Era o momento de se regozijar e encarar seus adversários. Hernández e os outros entenderam que estavam liquidados. Morgan havia virado a mesa e eles nunca suspeitaram.

Como um gato, Castro rodeou os homens na sala.

— Alguma ordem, senhor presidente? — perguntou ele, sarcasticamente, a Hernández.

Estupefato, Hernández ficou olhando diretamente à frente. Circulando à volta do grupo, Castro se dirigiu a Mestre.

— Então, você ia ser ministro do quê?

Em uma bolsa de lona que Morgan trouxera no barco havia um monte de dinheiro — os US$78 mil de Ferrando. Enquanto Castro passeava pela sala, Morgan enfiou a mão na sacola e começou a colocar o dinheiro em uma mesa. Castro foi até ele e meneou a cabeça. O *comandante ianque* tinha terminado.

Agora era a hora de falar sobre os próximos estágios. Para Castro, a prioridade era deter os apoiadores de Batista que estavam distribuídos pelos esconderijos. Eles nem saberiam de onde os golpes partiriam. Depois vinha a parte difícil do plano: correr para Trinidad

O COMANDANTE IANQUE

antes que a notícia das detenções se espalhasse. Trujillo continuava disponível e à espreita. Precisavam atraí-lo antes que recuasse. Caso contrário, os planos que haviam arquitetado por meses fracassariam.

❦

O jipe sacolejava e os líderes da Segunda Frente se agarravam nas laterais. Menoyo olhou para Morgan e sorriu. O americano havia feito malabarismo com meia dúzia de interesses conflitantes — a máfia, Castro, Trujillo, o FBI, Batista e os seus próprios homens — em uma operação de inteligência incrível que alteraria a história. Morgan não era agente secreto. Era um combatente. E isso tornava o seu trabalho ainda mais notável.

O jipe avançou pela estrada de terra até um trecho de praia, a poucos quilômetros de Trinidad. Por fim haviam chegado. Parecia que não tinham deixado de se movimentar desde que saíram da casa de Morgan; tomaram um avião do governo em Havana e voaram para Trinidad, para depois pular no jipe e chegar ao destino.

Agora precisavam pôr o complô em ação. Os homens de Castro esperavam com o rádio de ondas curtas em uma casa próxima. Assim que sintonizassem a frequência poderiam se conectar diretamente com Trujillo. Certamente o ditador enérgico se queixaria da falta de notícias dos líderes da Segunda Frente.

Menoyo tomou o microfone e mandou o operador ligar o transmissor. A parte do receptor produziu ruídos enquanto o operador movimentava a agulha do mostrador.

— 3JK chamando KJB — disse Menoyo.

As ondas magnéticas oscilaram para lá e para cá por alguns segundos. Ninguém dizia uma palavra. Menoyo ergueu os olhos para o alto e falou novamente no microfone:

— KJB, responda, por favor.

Para a Segunda Frente levar adiante o plano com algum êxito, era necessário fazer exatamente aquilo e naquela hora.

— KJB aqui — soou a voz grave no receptor do rádio. — Ouço bem e claro.

O *Jefe* em pessoa estava na outra extremidade.

Menoyo agarrou o microfone com um pouco mais de firmeza.

— Instruções cumpridas. Agora estou nas montanhas combatendo contra os comunistas. O americano aportou no ponto indicado. Agora tudo está em suas mãos.

Trujillo ficou jubiloso. Havia meses que esperava por este momento. A rebelião estava a pleno vapor. Ele insistiu em saber dos detalhes. Tinha posto a legião estrangeira — milhares dos combatentes mais cruéis das ilhas — em alerta. O generalíssimo só precisava saber se os insurgentes locais estavam prontos. Só então ordenaria o desembarque da legião.

O Caribe estava a um triz de entrar em guerra.

<hr/>

Trujillo passou a maior parte do dia e da noite agitadíssimo. A cada hora recorria ao rádio de ondas curtas para perguntar à sua equipe se haviam chamado de Cuba. Então se queixava e voltava ao seu escritório. Se pudesse, teria ido a Cuba para fazer o plano deslanchar mais rapidamente, mas, àquela altura, tratava-se de um jogo de espera, com Morgan no comando.

Por fim, o rádio deu sinal de vida e Morgan falou na outra ponta. Ele assegurou ao ditador que os homens locais estavam dominando as forças de Castro. A certa altura ordenou aos seus homens que disparassem as metralhadoras no ar para simular sons de batalha. Trujillo ficou exultante. Desta vez ele iria realmente imprimir sua marca. Castro nunca mais se meteria com ele.

Na chamada seguinte pelo rádio, Morgan falou com o chefe da segurança de Trujillo, Johnny Abbes, um investigador sádico que se deleitava vendo gente morrer. Morgan tinha boas notícias: a Segunda Frente progredia para Trinidad e para uma grande vitória. Se tomassem a cidade portuária do sul, estariam perto de conquistar todo o país.

Já então, Trujillo se mostrava totalmente envolvido. Estava prestes a enviar a legião — e iria também pessoalmente. Mas alguns dos seus homens estavam em dúvida. Apesar do que Morgan dizia, eles recebiam informes contrários — mensagens que não esperavam. Alguns correspondentes de notícias informavam que os homens de Castro estavam detendo pessoas em Havana e em outras partes. Não havia confirmação, mas ninguém conseguia encontrar Hernández e Caíñas, os dois futuros governantes.

Naquela noite, Trujillo estava a postos quando o rádio de ondas curtas entrou em funcionamento.

— KJB aqui, câmbio.

— É o americano falando.

— O que está acontecendo?! — gritou o ditador. — Dizem que todo mundo foi preso e que você também está a ponto de ser detido. O que você me diz? Câmbio.

Novamente, Morgan teve de pensar depressa. Sabia que mais cedo ou mais tarde os repórteres divulgariam a história. Não acredite nisto, respondeu. O governo cubano estava inventando notícias.

— O senhor sabe que esse pessoal é especialista em propaganda. É um plano para criar confusão e evitar os reforços que imaginam a caminho.

Morgan desligou, mas sabia que Trujillo não engoliria aquilo por muito tempo. Tinham de fazer algo, e já. Depois de conversar com seus homens, Castro teve uma ideia que, mais uma vez, demonstrou todo o seu maquiavelismo. Se cortassem a eletricidade em Trinidad — só por uma noite —, mostrariam aos pilotos dominicanos que sobrevoavam a cidade que ela realmente havia sido vencida e ocupada. Era uma aposta, mas tinham de fazer algo drástico para conseguir virar o jogo.

Quando a noite caiu no sul de Cuba, a cidade mergulhou na escuridão. As luzes das ruas foram desligadas e as casas ficaram às escuras.

Sem se identificar, Castro foi até o rádio e anunciou que os insurgentes tinham capturado a cidade.

— Agora você pode enviar os suprimentos ao aeroporto — disse.

Trujillo e os outros se entreolharam. A notícia era encorajadora, mas alguns dos seus continuavam indecisos. Trujillo propôs enviar outro avião, mas desta vez levando um dos seus conselheiros mais confiáveis: o padre Ricardo Velazco Ordóñez. O idoso clérigo espanhol participara do complô desde o início.

Ninguém sondava melhor uma situação do que o padre roliço de batina e cabeção. Ele granjeara a confiança de Trujillo havia muito tempo ao delatar outros clérigos que tinham se aliado ao povo contra o governo, na República Dominicana. Se ele desse o sinal verde, Trujillo enviaria a legião.

Por volta das 19 horas do dia 10 de agosto, um cargueiro C-47 sobrevoou o aeroporto de Trinidad e logo depois aterrissou. Menoyo e seus homens estavam à espera. Quando a porta do avião se abriu, o padre desceu e saudou os homens na pista. A tripulação começou a descarregar mais armas para a Segunda Frente, inclusive nove bazucas, quinze caixas de munições e 39 cunhetes com cartuchos de .50. Os homens em uniformes de combate responderam à saudação.

Para manter o engodo de que a cidade continuava sitiada, os homens de Morgan dispararam granadas de artilharia e tiros de metralhadoras ao fundo, fingindo que havia uma batalha ali por perto.

— *¡Viva Trujillo!* — gritaram eles ao padre.

Velazco sorriu e abanou a mão. Ficou convencido. Morgan estava a ponto de se apoderar da cidade. Trujillo só precisava de uma cutucada. Outra chamada ao seu quartel-general e ele despejaria seus homens sobre Santa Clara.

Se Morgan e outros conseguissem convencer o líder dominicano de que a Segunda Frente estava na iminência de tomar a cidade histórica no coração da província de Las Villas — como Che Guevara havia feito —,

O COMANDANTE IANQUE

eles o enganariam. Se havia alguém que podia convencer o ditador de que os rebeldes atacavam da mesma maneira com que tinham derrubado Batista, este alguém era o *comandante ianque*.

Morgan deu o sinal.

— 3JK chamando KJB.

O chiado da estática pairou no ar. Momentos depois ouviu-se a voz de Trujillo.

— KJB aqui.

Desta vez o tom da voz era urgente: tinham conquistado a cidade de Manicaragua e estavam prontos para lançar uma ofensiva para invadir Santa Clara. Seria fácil: o Exército Revolucionário Cubano revidava e tinha capturado o Moinho de Açúcar Soledad. Se a Segunda Frente pudesse contar com mais homens, poria fim ao ataque nas montanhas. Morgan foi direto ao ponto:

— Precisamos aproveitar o estado de desmoralização para desembarcar a nossa legião estrangeira, que fará o assalto final.

Trujillo tinha Castro nas mãos. Agora fincaria seu carimbo na contrarrevolução e se declararia o conquistador. Já não era sem tempo. Mas seus homens o interromperam antes que ele desse a ordem de enviar a legião. Não estavam convencidos de que as coisas fossem como Morgan as descrevia. Um dos pilotos que voara perto de Trinidad indicou que não tinha visto um só morto. Recebiam também informes de que Castro havia esmagado o golpe e os homens de Batista haviam sido aprisionados.

Trujillo ficou irritado e os acusou de terem perdido a coragem. Não iria deixar passar uma oportunidade daquelas. Concordou em reconhecer de novo os locais de entreveros de avião, mas enviaria o reforço.

Trujillo ordenou que seus agentes avisassem Morgan de que despacharia outro avião com armas. Era tudo o que ele precisava ouvir. Morgan e seus homens cercaram a pista de pouso. Para Castro, a armadilha estava tardando demais. Se Trujillo não mandasse a legião,

239

era hora de atacar. Não importava quantos homens estivessem no avião nem quantas armas traziam. Castro iria remeter um recado a Trujillo.

A distância, Morgan e os outros ouviram os motores do avião rugindo acima das suas cabeças. Um C-47 — avião-cargueiro de porte — desceu vasculhando a escuridão no solo. Os homens no chão esticaram o pescoço para observar o avião perder altura e se preparar para a aterrissagem. Todos os pontos da pista estavam cobertos. Ninguém escaparia. Quando o avião pousou na pista, eles empunharam as metralhadoras e fizeram pontaria.

Por um instante, ninguém se moveu.

O avião fez a volta na pista e estacionou. Pouco depois, as portas se abriram. Quando a tripulação desceu, foi recebida por Menoyo.

Luis del Pozo, filho do ex-prefeito de Havana, reconheceu o velho amigo de outros tempos e abraçou Menoyo no meio da pista. Trazia uma mensagem do *Jefe*. O velho estava satisfeito. Se a Segunda Frente precisasse de mais homens, ela os teria. Se precisassem de mais armas, eles as transportariam de avião. Havia até bombardeiros de prontidão.

Enquanto os dois amigos conversavam, os membros da Segunda Frente começaram a se mover silenciosamente. De repente, cercaram a tripulação e, antes que alguém pudesse dizer alguma coisa, apontaram as metralhadoras para os visitantes.

Perplexos, os membros da tripulação levantaram os braços. No entanto, o copiloto, oculto, começou a atirar nos rebeldes. O aeroporto virou um campo de batalha. Os dois lados se revezaram correndo ao redor do avião, disparando um no outro. Em segundos, toda a força rebelde atacava os que vieram no C-47.

Os homens de Trujillo recuaram e se renderam. Dois rebeldes morreram. Também houve mortos entre a tripulação — um deles era Francisco Betancourt, o capitão de Batista que enjoara no barco ao deixar Miami com Morgan.

Tudo acabado.

37

OLGA LIGOU A TELEVISÃO EM PRETO E BRANCO A TEMPO DE VER
Morgan atravessar o estúdio da emissora com o seu uniforme verde-
-oliva de comandante.

Os repórteres estavam na estação de televisão para ver o americano que liderara a conspiração internacional que deixou Cuba muito
espantada. Acabavam de noticiar a tentativa de golpe, e as histórias
pipocaram no *New York Times* e em outros jornais americanos. Era o
maior evento ocorrido em Cuba desde o fim da revolução.

Sob o calor das luzes da emissora, Castro iniciou a conferência de
imprensa chamando Trujillo de "gângster", responsável por um plano
contrarrevolucionário desesperado para matar Castro.

— Isto não é obra apenas de Trujillo. Ele é só uma fase na gigantesca
conspiração contra a revolução.

Então Castro contou todos os detalhes fascinantes do complô, da
visita que a máfia fez a Morgan às viagens do americano à Flórida para
comprar armas e barcos.

— Trujillo nomeou William Morgan líder da [trama] contrarre-
volucionária — afirmou Fidel, apontando para o *comandante ianque*.

Castro explicou que a casa de Morgan se tornara centro de comando
do esquema, com ordens de São Domingos transmitidas por rádio. O
trabalho secreto de Morgan fez o ditador e outros acreditarem que
haveria uma insurreição.

— Ele convenceu Trujillo de que tudo caminhava bem — afirmou Fidel. — Todos os líderes do movimento se encontravam na casa de Morgan, onde recebiam instruções. O major Menoyo e um grupo de camaradas passou praticamente a viver lá.

A cada passo Morgan se assegurava de que o governo estivesse a par das mudanças nos planos da invasão e de onde os insurgentes se posicionavam. Fidel virou-se para Morgan e os repórteres:

— Ele é um cubano — disse. — Casou-se com uma cubana. Não é um norte-americano.

Para os repórteres, a história tinha todos os elementos de um enredo de suspense da Guerra Fria, com Morgan no papel principal. Ele alcançara um momento relevante em sua vida. Assistindo à conferência de imprensa de casa, em Miramar, Olga sabia disso melhor do que ninguém.

Castro se inclinou e pegou maços de dinheiro de uma mesa, os mesmos que Morgan trouxera de Miami no barco.

— Confiscamos 78 mil dólares — afirmou.

Então, ele fez algo que surpreendeu a todos. Virou-se para Morgan diante das câmeras e entregou-lhe os maços de cédulas. Era uma recompensa, explicou, por ter mostrado a verdadeira face do pessoal de Trujillo.

Como se visse a cena em câmera lenta, Olga ficou em transe e gritou para a tela da TV:

— Não pegue isto! Não pegue!

Morgan ficou parado um instante, sem reação. Fidel acabara de lhe dar US$78 mil, fazendo dele um mercenário na frente das câmeras de televisão. Não sabia o que dizer. Antes, ele solicitara que o dinheiro fosse empregado em programas especiais para ajudar a gente do Escambray. Castro acabava de desferir-lhe um chute no estômago.

Morgan pôs o dinheiro de volta na mesa. Em vez de deixar transparecer suas emoções, manteve-se em silêncio. Depois de um tempo, não conseguia mais ouvir o que Castro dizia.

A porta bateu e soaram passos na casa. Quando Morgan entrou no quarto, ela sorriu e o abraçou.

O estômago dele estava revirado. Ele só dominava sua palavra e a força das suas convicções. Tinha levado um longo tempo para encontrá-las.

— Não sou um mercenário — disse.

Não havia o que responder. Olga já explicara várias vezes que ele não entendia a política no seu país, e não iria repetir aquilo agora. Mal tivera tempo de conversar com o marido antes da conferência de imprensa, por causa dos muitos repórteres que batiam à porta. Quando ele apareceu na televisão, ela percebeu que sua estatura fazia sombra à de Che e Raúl. Nenhum deles chegava a tal nível de reputação. Aquilo significava problemas. Quase todos os jornais em Havana idolatraram Morgan no dia anterior. Castro não estava acostumado a ser eclipsado.

— É por isso que temo por você — explicou. — Temo por nós dois.

Olga sabia que não era o melhor momento para tocar no assunto da mudança, mas queria falar sobre aquilo, não podia mais esperar.

— Precisamos ir morar no seu país — disse. Embora estivesse prestes a dar à luz o filho deles, ela queria começar os preparativos da mudança. Já era hora de buscarem uma vida mais segura. — Não quero mais me preocupar por sua causa.

Novamente Morgan a calou. Sabia aonde tudo iria chegar, e aquela não era a hora. Ainda precisavam assegurar que a Segunda Frente estivesse protegida. Ainda precisavam garantir que o governo convocasse eleições. Além disso, depois de tudo o que ocorrera com o FBI, ele precisava ter certeza de que seria seguro voltar para seu país. Esperariam o bebê nascer e depois pensariam na mudança. Ele precisava de mais tempo.

Todos ao redor de Trujillo haviam fracassado. Castro não só permanecera no poder como agora seria mais difícil derrubá-lo. *El Jefe* nunca fora tão desmoralizado durante os trinta anos em que governara a República Dominicana com mão de ferro. Estava furioso. O generalíssimo acusou todos à sua volta de fazê-lo parecer um idiota. Precisava limpar a casa. Johnny Abbes foi demitido. Não seria mais o chefe da segurança.

Trujillo exigiu relatório completo sobre o acontecido. Porém, acima de tudo, queria vingança. Queria sangue. Anunciou que pagaria 100 mil dólares pela cabeça do *comandante ianque*. Não importava onde isto ocorresse. Ele queria Morgan morto.

Três anos antes, o ditador fora apontado como suspeito de ordenar o sequestro de um professor da Universidade Columbia que escrevia uma tese de doutorado sobre *El Jefe*. Jesús Galíndez Suárez foi dominado à força na rua, no bairro de Morningside Heights, em Manhattan, e supostamente transportado à República Dominicana em avião particular. Lá, tiraram sua roupa, foi algemado, atado com uma corda nos pés e enfiado em um poço cheio de água fervente. Seu corpo jamais foi recuperado. Se pudesse, Trujillo faria o mesmo com Morgan.

<hr>

Havia guardas nas esquinas do hospital. Até o governo enviou homens para vigiar os corredores diante do quarto de Olga. Ela dera entrada às 6 horas da manhã, contorcendo-se de dor. Morgan se postou junto ao seu leito e a beijou.

Ela passara por tanta coisa nos últimos três meses que ele nunca poderia recompensá-la. Suas vidas tinham virado de ponta-cabeça. Os jornais publicavam histórias sobre planos de vingança contra ele em virtude do seu papel na conspiração. Olga passou a ter guarda-costas próprios. Homens armados vigiavam as esquinas da casa dela.

O Comandante Ianque

Morgan se levantou da cama quando as enfermeiras vieram buscá-la. Inclinou-se e a beijou.

— Lembre-se, querida — disse, com a mão em seu ventre. — Tem de ser um menino.

Ela sacudiu negativamente a cabeça sorrindo de leve. Não importa se for menino ou menina, respondeu. Era a criança *deles* — juntos.

Quando as enfermeiras empurraram a maca para a sala de parto, Morgan foi até uma cadeira no lado de fora do quarto e se jogou nela. Tinha tantas coisas para pensar. Sabia que Trujillo não se deteria ante nada até vê-lo morto. O pessoal de Batista pensava o mesmo. O que o perturbava era não estar presente para proteger Olga e o bebê, que de algum modo o afastassem e mãe e filho se tornassem alvos.

Enquanto permanecia sentado e em silêncio, uma enfermeira se aproximou.

— Comandante Morgan? — perguntou. — Já pode entrar.

Ao entrar no quarto, uma enfermeira o cumprimentou com o bebê nos braços.

— O senhor ganhou uma menina — anunciou.

Olga estava despertando; ele foi até ela e levantou a neném nos braços com cuidado.

Por um instante fitou seus olhos azuis e sorriu para Olga. Pela primeira vez em muito tempo sentia-se em paz.

Stafford tinha pressa. Só dispunha de poucas horas para terminar o relatório aos escalões mais altos do governo dos EUA. A ordem de redigi-lo não viera dos seus supervisores em Miami. Tinha origem diretamente em Edgar J. Hoover, diretor do FBI. O caso de Morgan passara de investigação prioritária a algo muito mais urgente.

Para Stafford, aquilo não era surpresa. Simplesmente, ele e os outros agentes tinham deixado Morgan escapar. Agora pagavam o preço. Não só Morgan tinha sido mais esperto do que eles, como levara adiante uma operação secreta que salvara o governo de Castro. Pior, aquilo virara notícia internacional. A revista *Time* publicara uma história sobre a conspiração apontando Morgan como "o astuto agente duplo nascido nos EUA". O *New York Times*, o *Miami Herald*, o *Washington Post* e uma série de outros jornais reproduziram a reportagem.

Ninguém estava mais furioso do que Francis Walter, poderoso congressista da Pensilvânia que dirigia o Subcomitê sobre Imigração da Câmara dos Representantes. Anticomunista ferrenho, Walter, assim como Hoover, construíra sua carreira política com a ajuda de dura retórica referente à Guerra Fria. Ele permitiu que o governo dos EUA deportasse ou banisse qualquer um apontado como subversivo, independentemente das evidências. Os críticos o consideravam reacionário e racista, mas ele era popularíssimo no seio de seu eleitorado.

O caso de Morgan fez o sangue de Walter ferver. Trujillo podia ser um criminoso, mas desprezava os comunistas. Se alguém precisava de apoio para erradicar os vermelhos no Caribe, este alguém era Trujillo. Poucas pessoas exerciam tanto impacto nas questões migratórias quanto Walter, capaz de enxotar gente do país pelo telefone.

Agora, Morgan estava em seu radar.

<hr>

Olga se aninhou com Morgan no sofá da sala observando os peixes tropicais nadarem no grande aquário de vidro. Após o nascimento da bebê, eles por fim tinham conseguido se livrar de todos os equipamentos de rádio e se acomodar na casa. Ligaram para a mãe de Morgan para contar-lhe que a filhinha fora batizada com o nome dela.

Quando Morgan se ergueu para ajustar o filtro do aquário, eles ouviram o que parecia pneus cantando e portas de carro batendo. Segundos depois, uma rajada de metralhadora estilhaçou as janelas e perfurou os muros da fachada.

Morgan se lançou sobre Olga e os dois se jogaram no chão.

— A bebê! — gritou Olga. — A bebê!

Morgan subiu a escada aos saltos, correu pelo corredor e abriu a porta do quarto. A neném dormia.

Momentos depois, Alejandrina, a empregada doméstica, se juntou a ele.

— Vá lá pra baixo, Alejandrina, vá pra baixo! — gritou.

Ela se atirou no chão enquanto Morgan se agachava com a criança nos braços.

O *entourage* de Morgan já corria pelo gramado empunhando as armas. Os dois agressores mal tiveram tempo de pular no carro, dar a partida, pisar fundo e fugir do bairro. As escoltas correram para seus automóveis e foram atrás deles.

Olga subiu a escada o mais rápido que pôde e entrou no quarto.

— Ela está bem — assegurou Morgan, entregando-lhe a filha. Depois ele desceu correndo e saiu porta afora.

Apesar dos guarda-costas em ambas as esquinas do quarteirão de vigia, o carro conseguira passar pela segurança e parara diante da casa. Alguma coisa estava errada.

Tremendo, Olga desceu a escada com Loretta nos braços. Ela não ficaria mais ali.

38

MORGAN PASSOU O RESTO DA NOITE VIGIANDO A CASA, ENFIAN-do o cano da Sten nos arbustos para se assegurar de que não havia ninguém escondido por ali. Com as metralhadoras apontando para o alto, os guardas paravam todos os carros que passavam pela vizinhança. Ninguém se aproximava da porta de entrada da casa sem ser revistado pelos guarda-costas.

Morgan nunca tinha criticado o trabalho dos seus homens, mas a segurança falhara lamentavelmente. Eles nunca o tinham visto tão zangado. O que mais o irritava era que os agressores chegaram à porta da casa sem serem incomodados. Ele podia cuidar de si e até de Olga, que havia sobrevivido à luta nas montanhas, mas balas atravessaram a parede bem debaixo do quarto onde sua filha dormia.

Olga estava fazendo as malas. Os homens de Morgan também. Ele havia decidido. Iriam se mudar para um lugar menor e mais seguro, provavelmente uma cobertura no bairro de Vedado. Só poderia levar uns dez de seus homens mais próximos, portando metralhadoras calibre .30 e granadas. Morgan se preparava para outro ataque contra sua vida. Mas, dessa vez, estaria pronto.

Ele vinha trabalhando nos bastidores, telefonando para o Departamento de Estado dos EUA e para outros membros do Senado, angariando respaldo. O congressista estava farto de ouvir falarem do *comandante ianque*. Não lhe importava que os cubanos o considerassem um herói. O sujeito tinha ajudado Castro. Era o que importava. Agora, iria pagar.

Em questão de dias, o deputado Walter convencera os procuradores do governo a darem um passo tremendamente incomum que colocaria Morgan em situação absolutamente vulnerável: eles o privaram do direito de naturalidade.

Morgan não podia mais se considerar cidadão americano. Funcionários do Departamento de Estado recorreram a uma cláusula raramente empregada e emitiram um "certificado de perda de nacionalidade americana". Motivo: Morgan havia servido nas forças armadas de um país estrangeiro. Ele perdeu os direitos conferidos aos cidadãos americanos. Podia ser impedido de entrar no seu país. Na tarde de 4 de setembro, a medida se tornou oficial.

Repórteres se apressaram pelo longo corredor até o escritório do congressista Walter. A papelada havia sido assinada e enviada ao Departamento de Estado. A decisão chegou a Havana via teletipo. Só faltava o anúncio público. Em seu escritório, diante dos repórteres, Walter disparou contra Morgan, afirmando que os esforços dele para ajudar Castro "foram muito prejudiciais aos interesses dos Estados Unidos"; e se mostrou peremptório: "O Departamento de Estado concorda com minha opinião."

A notícia fluiu pelo telégrafo e alertou repórteres em Havana. Um funcionário da Associated Press leu o teletipo e telefonou para a casa em Miramar.

Morgan havia passado grande parte do dia empacotando coisas e fazendo outros preparativos. Tinha encontrado um apartamento alto e conveniente na Calle 16, do outro lado do Malecón, e não sabia da notícia. A princípio, duvidou. Ninguém lhe tinha dito nada nem recebera alertas do que estava por vir. O repórter explicou-lhe a justificativa para a perda da cidadania. Morgan retrucou que não servira ao exército cubano. As acusações eram forjadas.

O Comandante Ianque

— Tive a boa sorte de nascer nos Estados Unidos — disse —, e não vou perder a cidadania americana.

Desligou o telefone. Nem sempre entendia as maquinações da política, mas concluiu que aquilo era obra de Trujillo e dos que o apoiavam nos EUA. Não permitiria que alguém anulasse sua cidadania. Lutaria por ela. Seu futuro e o da sua família dependiam disto.

* * *

Olga viu o marido reunido com repórteres no apartamento do casal. Dizia que não culpava ninguém, mas estava ficando zangado. Não era uma questão de justiça, afirmou. Tratava-se simplesmente de recolocar as coisas no lugar. Não fizera nada de errado.

— Fiz o que a América me ensinou — disse.

Podiam ter revogado sua cidadania nove meses antes, logo após o êxito da revolução, em janeiro. Mas o faziam agora, duas semanas após a conspiração fracassada de Trujillo. Ele soubera que o deputado Walter; o senador George Smathers, pela Flórida; e o senador James Eastland, pelo Mississippi, haviam liderado a revogação.

— Subornados pelo ouro de Trujillo, os membros do Congresso que cassaram temporariamente minha cidadania não são melhores cidadãos do que eu — declarou. — Nosso país os conhece bem. A opinião pública ficará do meu lado.

Morgan entrava de novo no modo de batalha, só que agora o inimigo estava a 1,6 mil quilômetros, em Washington. Se tivesse de constranger gente como Walter e Smathers, ele o faria. Morgan lembrou aos repórteres que Trujillo faria o que fosse preciso e gastaria o que fosse necessário para alcançar seu objetivo. O ditador distribuíra US$750 mil pelo Sistema de Radiotransmissão Mutual para que divulgasse histórias favoráveis ao seu regime.

— Já vimos como este dinheiro envenenou os Estados Unidos e comprou a imprensa no recente escândalo — afirmou Morgan.

Os repórteres anotaram cada palavra e completaram suas reportagens. Clete Roberts, âncora da KTLA-TV, de Los Angeles, apareceu na casa de Morgan com uma equipe inteira e insistiu em conversar com o americano. Roberts perguntou sobre seu papel na revolução e por que ele tinha ajudado Castro.

Morgan respondeu que não fora pela fama. Ele quisera ajudar a libertar o povo de um déspota.

— As pessoas que se rebelaram aqui em Cuba combateram por um ideal, lutaram por um motivo. Acho que já era hora do homenzinho dar um tempo. Ele nunca dera — disse.

Roberts quis saber a resposta de Morgan às acusações de que era um mero "soldado aventureiro".

Morgan retrucou que sua ida a Cuba não teve nada de mercenário.

— Não acho que se deva lucrar com os ideais. Quando fui para as montanhas eu não sabia que era um idealista, mas agora acho que sou. Ou, ao menos, tenho uma fé muito forte em expressiva quantidade de pessoas e no que elas querem fazer.

Mas ele não sabia o que estava por vir.

39

Cada mudança era mais complicada e cansativa do que a anterior. Aquela era a sua quarta casa desde que a revolução terminara. Olga pensara encontrar refúgio nos Estados Unidos, mas agora seu sonho ficava cada vez mais distante.

Ela observava as luzes ondearem nas águas do porto quando ouviu um ruído no quarto. Parecia alguém gritando, mas não tinha certeza. Morgan estava de pé diante da televisão, com os punhos cerrados. Na tela em preto e branco, Castro erguia os braços e instava a multidão a unir-se a ele e denunciar os americanos em Cuba.

— ¡Yanqui, vete a casa! — gritava ele. Ianque, volte para casa.

A audiência no estúdio repetia o refrão "¡Yanqui, vete a casa!".

O casal já ouvira aquilo antes, mas desta vez ressoava com mais força na plateia, levando-a ao frenesi.

— Esse filho da puta! — exclamou Morgan.

Olga desligou o televisor, mas Morgan já estava se vestindo.

— Vou até lá — anunciou.

Ela tentou acalmá-lo, mas ele não ouvia.

— Vou até lá — insistiu. — Troque de roupa. Vamos ao programa.

Olga foi ao corredor alertar os seguranças, mas quando pegaram as armas Morgan já estava no elevador.

— Você não pode fazer isso! — Ela correu atrás dele. — Este é Castro.

Mas Morgan já estava a caminho. Olga e vários homens correram escada abaixo para alcançá-lo. Ela não sabia o que ele iria fazer, mas não seria coisa boa. Quando chegaram ao térreo, o Oldsmobile azul não estava mais lá. Se quisessem chegar a tempo ao estúdio da Telemundo, teriam de sair já de imediato.

O motorista pisou no acelerador enquanto Olga, nervosa, procurava o carro do marido a caminho da estação. Ela, melhor do que ninguém, conhecia o temperamento dele. Estava furioso com a atitude absurda de Castro na entrevista coletiva. Depois houve o atentado a bala, que poderia ter matado a bebê. Talvez ele estivesse reagindo, *a posteriori*, à perda da sua cidadania.

Quando Morgan chegou à entrada da estação, os empregados o reconheceram e o mandaram entrar. Ele abriu a porta do estúdio. Quando apareceu, a plateia o aplaudiu. "*¡Comandante Morgan!*", saudaram-no de pé.

Ele se tornara herói do povo cubano. Os jornais escreviam editoriais favoráveis a ele, e grupos cívicos pressionavam o governo para que compensasse a perda da cidadania americana conferindo-lhe a cubana. Sua grandiosidade crescera como nunca.

Obviamente, sua presença não estava programada durante o discurso de Castro à nação, e ele entrou no estúdio com as câmeras transmitindo ao vivo. Castro ainda fazia um pronunciamento. Sempre um *showman*, ele agiu como se nada estivesse acontecendo. Olga, que chegou minutos depois com os seguranças, reparou que ele tinha a cabeça erguida e os braços cruzados.

Os dois homens se afastaram do microfone e conversaram longe do público, Castro mascando o charuto. Olga viu os olhos do líder cubano se estreitarem. As escoltas empunhavam as armas nervosamente. Morgan, que estivera falando intensamente ao ouvido de Castro, retrocedeu, deu meia-volta e saiu do cenário, saudado pela plateia. Ninguém ouviu a conversa, mas Olga percebeu que Castro estava irado.

O Comandante Ianque

Quando saíram, ela caminhou ao lado de Morgan.

— Ele nos perseguirá — disse, balançando a cabeça. — Ele não vai se esquecer disso.

❧

Até Morgan tinha um limite para seu estado de ânimo. Pouco antes do amanhecer, ele saiu do apartamento e subiu no Oldsmobile com um par de guarda-costas. Se pudesse passar só um dia fora da cidade, talvez conseguisse descansar. Talvez pudesse sair daquele turbilhão.

Ele não tinha ficado quase tempo algum com Olga e menos ainda com a pequena Loretta. As longas conversas que tivera com Olga nas montanhas sobre o que fariam depois da guerra estavam se desvanecendo. Aquilo parecia nunca se acabar. Justo quando pensavam poder continuar a vida, alguma coisa acontecia. Raramente falava sobre os filhos em Ohio, mas Olga sabia que queria vê-los. Desejava todos reunidos. Faria o que fosse preciso para proteger a família e a Segunda Frente, mas tudo lhe caía em cima. O redemoinho de Havana estava consumindo a existência deles.

O sol surgia quando o Oldsmobile acelerou em direção à primeira linha de encostas. O odor da terra fértil encheu o ar e a vasta clareira de cafeeiros se descortinou diante deles. A distância, os *guajiros* cuidavam das fileiras de altos e verdes pés de café. Aquela era a Cuba pela qual havia lutado. Aquelas eram as pessoas que o haviam impelido, as pessoas que importavam.

O carro avançou pela estrada de terra até uma clareira. Trepadeiras frondosas cobriam diversas choças que circundavam uma construção deteriorada de madeira. Detrás das árvores havia o som de água correndo.

— *El río Ariguanabo* — disse um dos homens, referindo-se a um curso de água ao sul de Havana.

Morgan andou até o grupo de árvores e casinhas abandonadas. Afastou os galhos e espiou o interior de uma choça. Na penumbra, viu uma fileira de tanques de alvenaria repletos de água verde e fria. Na choça seguinte, puxou o facão da bainha junto à perna e cortou as trepadeiras para entrar. Atônitos, os homens o observavam. Ele examinou as choças e mediu a distância entre elas e o rio. Parecia que valas tinham sido cavadas para levar água às estruturas. O lugar parecia ter relação com a pesca, mas não se sabia ao certo.

Morgan voltou para o carro, seguido pelos seguranças. No caminho de volta a Havana fez perguntas sobre o rio, o lugar e a vida isolada no local. Alguma ideia tomara forma na sua cabeça, mas ninguém sabia do que se tratava.

❧

Ele não conseguia dormir. Andava pelo corredor, ia até a sacada e voltava. Não conseguia parar de pensar na parada que fizera com seus homens. Aquilo não era um lugar desolado em Cuba. Para Morgan, representava algo muito diferente.

Naquele momento, ele percebeu o lugar onde poderiam se tornar autossuficientes. Se ele e seus homens conseguissem juntar bastante material de construção e cavar uma rede de canais, poderiam construir uma fazenda de peixes. Ninguém os incomodaria. Ninguém ameaçaria a maneira de viver deles. Aquilo os tiraria de Havana e, o mais importante, permitiria que ganhassem dinheiro para sobreviver. Nunca mais precisariam do governo.

A ideia de montar um criadouro de peixes e rãs — que seriam empacotados e vendidos a restaurantes — era real, disse ele aos seus homens. O rio estava repleto de perca-sóis e robalos que eles poderiam despachar para restaurantes em Cuba e Miami.

O COMANDANTE IANQUE

A Segunda Frente não tinha muitas opções. Seus integrantes não tinham para onde ir. Ou deixavam o país ou ficavam e tentavam fazer algo ali. A única coisa que esperava do governo era que deixasse a Segunda Frente se virar por si mesma em suas próprias terras. Ele faria o resto. Já era hora de os rebeldes tomarem as rédeas de seus destinos. Chegara a hora de reunir seus recursos e defender sua causa.

40

Ensopado de suor, Morgan enfiou a enxada na terra escura e cavou. Em pouco tempo traçou a vala até o rio. A alguns metros dali haveria outra, na mesma direção.

Morgan traçara o esboço do criadouro. Agora os homens cavariam as valas. Ele conseguira livros sobre viveiros e piscicultura, e inclusive encontrara um mapa de conservação da terra a sudoeste de Havana, onde o rio Ariguanabo desembocava em meandros pelas lagoas escuras.

Estava determinado a aprender tudo sobre criação de peixes e de outra espécie que existia por toda a região: rãs. No final da década de 1950, as coxas de rã tinham se tornado um prato refinado nos restaurantes americanos, e Morgan percebeu o potencial negócio.

Seus homens e Olga estavam conhecendo outro lado de Morgan. Sempre o tinham visto como combatente rebelde. Vê-lo debruçado sobre livros e fazendo esboços sobre o papel era quase estranho, porém ficava evidente que ele se dedicava àquelas tarefas com a mesma paixão que demonstrara nas montanhas.

Havia conseguido um investidor americano para financiar os tijolos de concreto e o cimento para construir os tanques. Frank Emmick prometeu ficar à margem e deixar Morgan realizar o trabalho. Ele estava agradecido por Emmick se dispor a desembolsar diversos milhares de dólares, mas tinha receio dos laços que aquele empreiteiro de Ohio mantinha com o governo americano e até com a CIA. Parecia que todos os investidores que tinham ido para Havana depois da revolução se jactavam de ter conexões com o governo. Depois do que tinha passado com o FBI, Morgan não queria nada com a polícia federal.

Para ele, o que importava era o criadouro. Nunca havia projetado nada na vida, e o nível de tecnologia e ciência para operar bem a piscicultura e a criação de rãs exigia muito mais do que havia aprendido na escola. O projeto precisava ser cientificamente sólido, com a iluminação, temperatura e químicos corretamente dosados.

Morgan pressionou o governo para que doasse as terras e chegou a conseguir alguns caminhões emprestados do Ministério da Agricultura para uso no projeto. Nunca houvera algo assim em Cuba. Ele arriscava tudo.

41

A LUZ DO SOL SE FILTRAVA PELA JANELA DO APARTAMENTO. OLGA
sacudiu Morgan com delicadeza. Era cedo, desculpou-se, mas se sentia
mal. Precisava ir à clínica.

Estava enjoada por dias, mas não quis incomodar Morgan. Ele despertava de madrugada dia após dia, dirigia até o viveiro e trabalhava
por dezoito horas seguidas, para por fim se arrastar de volta para casa.

Morgan não tinha reparado que Olga andava adoentada, mas, ao
observá-la melhor, percebeu que ela não estava bem. Ao chegarem à
clínica do Sagrado Coração, as enfermeiras já esperavam por eles. Morgan ficou preocupado. Olga raramente se queixava da saúde e nunca se
consultara com um médico. Passava a maior parte do tempo cuidando
dos outros, inclusive dos membros do *entourage* de ambos.

A pressão sobre o casal era intensa, mas Olga sempre fora melhor
em lidar com isto. Morgan andou pelo corredor tentando ordenar seus
pensamentos. Membros de sua equipe entraram na clínica, mas ele não
teve tempo para conversar. Uma enfermeira o chamou para entrar no
consultório.

Do leito, Olga o observava. Queria dar a notícia pessoalmente.

— Você vai ser pai mais uma vez — anunciou, sorrindo debilmente.

Morgan arregalou os olhos. Não podia acreditar naquilo. Com toda
a agitação à volta deles, era a primeira boa notícia em muito tempo. Ele
pôs os braços ao redor de Olga e a beijou.

— Sei que vai ser um menino.

Olga sorriu. Não fazia diferença se fosse menino ou menina. O que importava é que seus filhos pudessem viver na paz e na liberdade pela qual o pai deles havia lutado. O que importava era que ele não tivesse de combater de novo.

<hr>

O rádio transmitia uma música suave no apartamento do último andar enquanto Olga descansava no sofá, ninando Loretta. A cada dia a situação ficava mais difícil, mas ela não queria pensar em nada. Estivera observando Morgan se dedicar ao projeto, e a última coisa que desejava era se queixar. Pela primeira vez desde que se casaram, ele tentava criar uma vida para ambos.

Ao deitar a filha no berço, ela ouviu sirenes na rua. Em princípio, não se preocupou. Passavam carros de bombeiros pelo Malecón o tempo todo. Mas as sirenes não se calavam. Um veículo de emergência atrás do outro passava velozmente pela conhecida via à beira-mar sob o sol da tarde.

Ela foi à sacada e viu uma fileira de caminhões e ambulâncias na rua. Aquilo era mais do que um acidente de trânsito. Entrou e esperou o barulho lá fora abrandar, mas as sirenes continuavam soando estridentemente a distância. Aí ela se inquietou. Horas antes, Morgan havia deixado a cobertura e fizera algumas paradas em Havana antes de ir para o criadouro.

Não havia como falar com ele no viveiro nem como ir até lá, então ela começou a telefonar. Tentou os membros da Segunda Frente, inclusive Menoyo, mas não encontrou ninguém. Ligou para o escritório do governo aonde Morgan deveria ter ido, mas as linhas estavam ocupadas.

O Comandante Ianque

Caminhou de um lado para o outro. Alejandrina tentou acalmá-la, sem êxito. Olga estava determinada a descobrir o que ocorria. Antes de fazer outra chamada, a música no rádio foi interrompida e ouviu-se uma voz masculina. Era urgente. Aparentemente, duas grandes explosões tinham acontecido em um navio atracado no porto. Ainda era cedo para informar sobre danos, mas havia muitos feridos.

O locutor se despediu sem dar mais detalhes. Aquilo explicava as sirenes, mas agora Olga estava em pânico. Queria correr até o porto, mas era longe demais. Tentou telefonar novamente para o escritório do governo, mas a linha continuava ocupada.

Só restava ligar a televisão. Um repórter entrou no ar com mais notícias: havia feridos por toda parte: no cais, boiando na água, estirados nas ruas. O caos se instalara enquanto o pessoal da emergência atendia os feridos. Algumas pessoas tinham morrido.

As duas explosões — a segunda meia hora depois da primeira — tinham ocorrido em uma embarcação francesa, *La Coubre*, que atracara seis horas antes no porto. O governo estava investigando, mas havia poucos detalhes. Olga ficou atenta a cada palavra que ouviu na televisão e no rádio. As reportagens descreviam os corpos ensanguentados e um cogumelo de fumaça espessa pairando no porto. Havia equipes de fotógrafos e repórteres no cais. Naquele momento, o governo não sabia se se tratava de um ataque. Olga não descansaria até saber se o marido estava bem. Quando o telefone tocou, ela deu um pulo.

Correu pela sala e tirou o aparelho do gancho. Era Morgan. Não tinha muito tempo. Ele fora para o porto ao saber das explosões e ajudou alguns estivadores feridos.

— A coisa está muito feia — disse.

Ninguém sabia quem ou o que causara as explosões. Era como estar de volta às montanhas: Morgan tinha ido embora e Olga estava só, esperando por ele.

Castro se mostrava furioso. Andava no cais de um lado para o outro apontando para a embarcação e a fumaça que pairava sobre a água. Não pode ter sido um acidente, afirmou. Enquanto o pessoal das ambulâncias carregava os corpos, ele exigia respostas.

Não era segredo que o navio trazia armas para o exército cubano: 76 toneladas de munição belga. O primeiro estrondo sacudiu o porto às 15h10, e o impacto atirou membros da tripulação no molhe e na água.

Castro e as equipes de socorro correram para ajudar quando ocorreu a outra explosão que feriu ainda mais gente. Os guarda-costas de Fidel saltaram em cima dele para protegê-lo dos estilhaços que voavam. Membros da tripulação ficaram irreconhecíveis devido às queimaduras, e o fedor de carne carbonizada pairava no ar.

Castro declarou aos repórteres que se tratava de um ataque direto a Cuba perpetrado por seus inimigos. Estava claro que aquilo havia sido obra de gente que odiava a revolução. Ele não só iria descobrir o responsável como era importante que o país demonstrasse sua unidade. Eles mostrariam ao mundo que não estavam inertes e não deixariam escapar os culpados. Fariam homenagem aos mortos. Seria a mais comovedora demonstração pública de pesar que já houvessem organizado. Depois, fariam o que fosse possível para levar os assassinos à justiça.

❧

Os comandantes se reuniram no Malecón, não muito longe da entrada do porto. Castro estava pronto. Pediu a Che e ao presidente indicado, Osvaldo Dorticós, que se juntassem a ele, encabeçando a procissão fúnebre. Era crucial demonstrar força diante dos repórteres internacionais.

O COMANDANTE IANQUE

Eram esperados milhares de pessoas alinhadas nas ruas por onde passaria o cortejo, além de equipes de televisão. Para demonstrar unidade, Castro fez um pedido surpreendente. Que os dois principais comandantes da Segunda Frente, Morgan e Menoyo, se juntassem a eles.

Os dois lados eram considerados diametralmente opostos — um estava de fora e o outro controlava o governo. Contudo, em questão de aparências, Castro era insuperável. Ele mostraria à nação e ao mundo que Cuba estava unida contra as forças externas que não desejavam sua sobrevivência.

A verdade é que o "Líder Máximo" ficara abalado com as explosões. Desde a revolução, ninguém golpeara tão de perto o coração do governo.

Castro daria o recado com aqueles dois homens à testa da marcha. Morgan e Menoyo desconfiavam dele — agora mais do que nunca — mas haviam testemunhado a chacina e o sofrimento nas docas. Era a mesma Cuba pela qual haviam combatido. Concordaram em se juntar aos outros no Malecón.

Porém Castro tinha outros planos, além do cortejo fúnebre e do sepultamento. Preparava-se para atacar os Estados Unidos como nunca o tinha feito. Tomando como exemplo a Guerra Hispano-Americana de seis décadas atrás, estava a ponto de denunciar as explosões selvagens como obra do governo dos Estados Unidos.

— Não pode ter sido um acidente! — declarou ele à frente do cortejo. — Isto certamente foi intencional.

Ressaltou que os EUA se recusavam a vender armas ao novo governo e não queria que os cubanos obtivessem armas de outra nação.

— Que direito tem qualquer governo de tentar evitar que Cuba adquira armamento, armas que todos os governos obtêm para defender sua soberania e sua dignidade? — bradou.

265

La Coubre foi um ponto de inflexão não só nas relações de Cuba com os Estados Unidos, como também para Menoyo e Morgan, enquanto caminhavam ao lado de Castro no cortejo.

✦

Na maioria das vezes, os Estados Unidos ignoravam a raiva de Castro, mas o corpo diplomático em Havana revidou. William Wieland jogou o comunicado à imprensa por cima de sua mesa para o *chargé d'affaires* cubano, Enrique Patterson. Wieland queria que o colega lesse cada palavra da página. Uma coisa era ter diferenças políticas — principalmente depois de todos os anos em que os EUA apoiaram Batista —, outra era acusar o país de explodir o *La Coubre*.

— É infundado e irresponsável — disse ele a Patterson.

As reações andavam tensas entre o novo governo e a embaixada dos EUA, mas agora se deterioravam aceleradamente. Os Estados Unidos emitiram comunicado acusando Castro de tentar usar a tragédia do *La Coubre* para insuflar sentimentos antiamericanos. As declarações de Castro foram "calculadas para transformar a tristeza compreensível do povo cubano em rancor contra os Estados Unidos", afirmou Wieland.

Mas Castro não se intimidou. A cada passo que dava, os Estados Unidos tentavam solapar sua liderança. Os americanos não lhe vendiam armas. Não apoiavam suas reformas. Agora se preparavam para suspender a compra de açúcar, prejudicando seriamente a economia de Cuba. Cerca de 80% das exportações do país eram de açúcar. Sem isso, ele ficaria arruinado.

Essas diferenças ficaram no ar até a campanha presidencial de 1960. O candidato democrata, John Kennedy, acusou o governo de Eisenhower de ignorar as crises que ocorriam em Cuba e o impacto de perder tal país como aliado no auge da Guerra Fria. Mas o que Kennedy não sabia era que, em 17 de março, Eisenhower aprovara um plano secreto para derrubar o novo governo mediante a criação de força paramilitar para invadir a ilha. Ninguém sabia quando seria, mas o treinamento começaria em breve.

Patterson devolveu o comunicado à imprensa. Ele transmitiria os sentimentos dos Estados Unidos ao governo cubano. Mas a verdade era que o novo governo cubano já não ligava para o que diziam os americanos. Cuba estava farta da grande potência vizinha. Ambos os lados chegavam ao limite em suas relações.

42

Era hora de um encontro dos comandantes da Segunda Frente. Eles tinham feito todo o possível para proteger seus homens e sobreviver no seio do novo governo. Puseram de lado as diferenças e apoiaram a liderança durante a conspiração de Trujillo. Permaneceram calados durante as "reformas" agrárias. Ficaram ao lado de Castro depois da tragédia do *La Coubre*. Mas agora o governo tinha ido longe demais.

Cuba estava forjando laços oficiais com a União Soviética. Castro por fim tinha arrancado a tomada da democracia.

Morgan não deveria ter ficado surpreso, mas ficou. Tinha visto Castro afirmar que não queria vínculos com o comunismo, que Cuba lutava para se tornar um Estado independente. Agora, não só se reunia com os soviéticos como nomeava o antigo rival da Segunda Frente, Faure Chomón Mediavilla, embaixador em Moscou.

Olga viu Morgan parado diante da televisão. Ele passara dias com seus homens trabalhando no criadouro, tentando se manter à margem da política. Despendera grandes esforços para controlar os jovens rebeldes que comandava, embora eles quisessem papel mais ativo nas atividades antigovernamentais. Já sabia da notícia, mas ver aquilo na televisão o deixou ainda mais irritado.

Menoyo tentou apaziguá-lo, mas tudo aquilo o deixara muito aflito, sentimento partilhado por Fleites e Carreras. Nenhuma unidade militar se opunha mais ao comunismo do que a Segunda Frente. Eles tinham declarado publicamente sua posição. Chegaram até a expressar seus sentimentos a Castro. A maioria sabia que Fidel ainda estava furioso por causa do *La Coubre*, mas acharam que ele aguardaria o término da investigação. Não havia provas de que os EUA tinham apertado o gatilho.

A noite caía no porto, e Morgan chamou seus homens para a sala de estar. A conversa era só entre os comandantes. A Segunda Frente precisava se precaver. Não podia esperar a próxima atitude do governo. Deviam armazenar armas nas montanhas. Isso não significava embates armados. Não sinalizava que fossem atacar. Mas precisavam começar o aprestamento de um modo mais amplo.

Ninguém discordou. Carreras andava ansioso por abandonar seus vínculos com o governo e se juntar aos rebeldes mais jovens, que começavam a se aliar ao crescente movimento oposicionista. Fleites mantivera o diálogo com Castro, e concordara em se encontrar periodicamente com o líder cubano, mas já não era mais assim. Morgan já estocara certa provisão de metralhadoras e granadas no viveiro, e levaria para lá outras mais.

Em uma noite, tudo mudou.

✦

Durante grande parte da gravidez, Olga se sentiu mal, mas ficou alarmada ao observar, sentada no assento do passageiro, Morgan dirigindo. Na maior parte da manhã, as mãos dele tremeram e ele se mostrou com o rosto rubro. Ela tentou convencê-lo a encostar o carro e deixar que um dos guarda-costas assumisse o volante, mas Morgan se recusou.

Tinham visitado os pais dela em Santa Clara e iam pela estrada principal rumo ao leste quando ele começou a se sentir fraco. Olga o

O COMANDANTE IANQUE

havia advertido de que estava se extenuando acima dos limites, sem descansar, mas ele não a ouvia. Todos os dias, despertava com o sol, carregava o carro e ia para o viveiro. Voltava para casa uma ou duas horas depois da chegada da noite, e algumas vezes dormia no prédio principal do criadouro. Olga ficara ainda mais inquieta quando ele começou a estocar armas.

— Você vai acabar se matando — protestou.

Quando o sol começou a se refletir no para-brisa, Olga constatou que estavam passando pela cidade de Florida, na província de Camagüey. Os comerciantes começavam a dispor seus produtos nas calçadas, diante das lojas.

Havia poucos lugares em Cuba onde Morgan não fosse reconhecido. Assim que foi visto tomando assento em um restaurante, um homem foi à mesa deles. Havia problemas. A polícia de Camagüey acabara de deter Elio López. O mensageiro não sabia o motivo de ele estar na prisão, mas suspeitava que tivesse a ver com atividades anticastristas. López, um dos homens da Segunda Frente, era jovem, impetuoso, e estava enraivecido porque o novo governo havia menosprezado o grupo rebelde.

Quando Morgan se ergueu, Olga notou que, embora fraco como denotava, ele nunca deixaria um homem seu na prisão. Agarrou a Sten, chamou as escoltas e foi para o carro. Era como estar de volta às montanhas: Morgan e seus homens estavam prestes a enfrentar a polícia secreta.

Quando chegaram à prisão, meia hora depois, o pai de López esperava do lado de fora.

— Não se preocupe — disse-lhe Morgan. — Vamos tirá-lo daqui.

Dirigiu-se ao escritório do superintendente, seguido por seus homens. Os guardas o reconheceram imediatamente.

— Comandante — disseram, abrindo-lhe o caminho.

— Quero que libertem Elio López agora — ordenou.

Pálidos, os guardas não queriam briga com o americano. Um dos supervisores explicou que a polícia havia detido López e eles não podiam soltá-lo. Morgan o ignorou. Exigiu ver López.

O guarda concordou e mandou seus homens buscarem o prisioneiro. Pouco depois, López apareceu.

— Você vem comigo — disse Morgan.

Os guardas deixaram López sair sem opor resistência. Morgan era um *comandante* e tinha poder para ordenar a soltura. Mas isto não significava que a G2, a polícia secreta de Castro, não o caçaria ao saber que o americano o tinha libertado. Morgan precisava tirá-lo dali. Foi para o centro de Camagüey em busca de quartos em um hotel.

Com o rosto vermelho como um tomate e os olhos vidrados, Morgan lutava contra seu mal-estar. Se não visse um médico imediatamente, ele morreria. Olga nunca o vira tão abatido. Ele insistiu que estava bem, mas, assim que entrou no quarto do hotel, desabou. Olga se ajoelhou para ajudá-lo — mas dessa vez ele não iria se levantar.

❦

Os médicos não entendiam.

A ambulância o levara rapidamente ao hospital. Os médicos lhe aplicaram uma injeção intravenosa no braço e uma máscara de oxigênio no rosto. A pressão de Morgan estava tão alta que, na teoria, ele não deveria estar vivo. Seus sinais vitais estavam absolutamente anormais e ele sofria de exaustão grave.

Em geral, Olga e Morgan tinham aguentado bem a pressão do ano precedente, mas por fim chegaram aos seus limites. Talvez tivesse sido a decisão de armazenar armas. Talvez a vigilância sobre a Segunda Frente por parte do governo. Talvez por Morgan ter se tornado o líder *de facto* da unidade. Tudo isso tinha seu preço. Ele andava fumando demais e, nervoso, caminhava de um lado para outro sem parar. Despertava com olheiras profundas e a respiração ofegante. Tinha apenas 31 anos, mas parecia ser uma década mais velho.

O médico foi claro: se não descansasse e reduzisse o estresse, ele morreria. A febre, calafrios e dores no peito eram sinais de que estava se matando.

Morgan apenas meneou a cabeça, anuindo. Tentaria dormir, mas não ficaria ali muito tempo. Precisava ir embora pela manhã.

Olga foi até a beira do leito e pôs a mão na testa dele. Morgan sempre fora o mais forte dos dois. Sempre cuidou dela quando precisou. Agora, encolhido sob a coberta, parecia indefeso. Ela queria que permanecessem ali; não desejava nem regressar a Havana. Morgan prometeu-lhe que descansaria — mas não conseguia se conter. Ela não sabia como aquilo iria terminar. E isto a deixava muito preocupada.

Na manhã seguinte, Morgan saltou do leito do hospital. Não ia ficar parado. Não importava que ainda estivesse tremendo, nem que a sua temperatura continuasse alta. Tinha de ir embora. Depois de prometer aos médicos que encontraria um lugar para descansar, saiu acompanhado de Olga.

Em vez de regressarem a Havana, foram para Santa Clara. Estavam no quarto do hotel por pouco tempo quando rebeldes da Segunda Frente bateram à porta. Sabiam que Morgan acabara de sair de um hospital, mas aquilo era importante: Jesús Carreras estava preso.

Os líderes de Castro desprezavam Carreras, mas ele ainda era também um *comandante*. A ordem de deter alguém da sua patente só podia vir do alto. Morgan se lembrou do conselho do médico: descanse... mas não agora. De todos os líderes da Segunda Frente, Carreras era o menos popular no novo governo, principalmente do ponto de vista de Che.

Morgan não podia deixá-lo na cadeia. Porém primeiro precisava colocar Olga fora de perigo. Tinha de levá-la de volta a Havana para que ela repousasse. Ele voltaria depois com mais homens.

Em questão de minutos, Morgan entrou em contato com Menoyo pelo rádio. Precisava falar com Castro. Não lhe importava se isto levasse o dia todo; queria falar pessoalmente com Fidel. Não era só para ajudar Carreras, mas para fazer o governo saber que a Segunda Frente estava unida. A verdade é que Morgan e Carreras nunca se deram muito bem. Carreras se irritava facilmente, ficava remoendo as rusgas e, ultimamente, isto acontecia com frequência cada vez maior. Por sua vez, Carreras pensava que Morgan tinha ido longe demais para aplacar o novo governo e não havia exigido o suficiente de Castro.

Independentemente das diferenças entre eles, Morgan estava determinado a libertar Carreras. Em vez de esperar, decidiu levar Olga a Havana pessoalmente.

Demonstrava estar cada vez mais furioso. Quanto mais pensava naquilo, mais acreditava que o governo começava a se livrar dos rebeldes. Alguns dias antes tinha sido Elio López. Agora, Jesús Carreras, um *comandante*.

— Podemos ser os próximos — disse ele a Olga.

Menoyo ligou de volta. Castro estava disposto a conversar.

Quando Morgan estacionou o carro diante do prédio de apartamentos em Havana, seus homens os aguardavam. Morgan acompanhou Olga ao apartamento e telefonou para Castro. A princípio, o líder disse que não sabia dos detalhes, mas que perguntaria e ligaria de volta para Morgan.

Apesar das garantias de Castro, Morgan planejou uma alternativa. Ele se informara melhor sobre o que tinha acontecido com Carreras. Policiais que investigavam um tiroteio prenderam ele e o seu motorista. Embora os detalhes continuassem vagos, os policiais liberaram o motorista, mas mantiveram Carreras em um calabouço em Santa Clara. Morgan não acreditava que Castro não soubesse, mas, no fim, aquilo não importava. Não ia ficar esperando.

O Comandante Ianque

Mandou os homens se aprontarem para viajar a Santa Clara. Iriam em dois carros e levariam as armas.

Castro nunca telefonou de volta. Morgan tinha dormido junto ao aparelho, esperando. Alimentava a esperança de ouvir que Carreras seria solto ou, ao menos, de obter mais detalhes sobre sua prisão.

Depois de conversar com seus homens, ele por fim tomou a decisão. Iriam para Santa Clara. Carregariam os carros com metralhadoras e fuzis semiautomáticos. O plano era simples: se os carcereiros não soltassem Carreras, eles realizariam uma operação de comandos.

"As armas foram nas malas dos carros", lembrou-se Ossorio. "Estávamos decididos a atacar."

Primeiro, tomariam o superintendente como refém. Depois, assaltariam a ala da prisão onde Carreras estava cativo. Não iriam embora sem ele.

Morgan passou toda a viagem de Havana a Santa Clara insultando Castro e suas promessas não cumpridas. Ele e Carreras haviam lutado juntos desde o início, quando a unidade contava apenas com uma dúzia de rebeldes. Combateram lado a lado e ambos chegaram a liderar suas próprias colunas. Diferenças à parte, os laços que criaram na guerra, em meio ao sangue e ao suor, os irmanara. Como Castro, Carreras combatera e arriscara a própria vida. Merecia o mesmo respeito.

Ao identificarem a prisão do regimento, os homens pararam os carros e pegaram as armas. Os carros estacionaram em frente à cadeia, Morgan pulou do assento do motorista e seus homens o seguiram, frenéticos. Quando abriu a porta do escritório do superintendente, os guardas se sobressaltaram. Morgan exigiu ver o comandante Carreras.

O chefe da guarda respondeu que entendia a ordem, mas que o G2 estabelecera uma custódia especial para o prisioneiro. Morgan não recuou. Disse ao carcereiro que a ordem não era apenas sua. Ele havia falado com o próprio Castro.

O carcereiro fitou-os como se não acreditasse. Não recebera tal informação de Castro, mas não tinha tempo de telefonar para ninguém. Morgan era um comandante e havia dado a ordem. O chefe da prisão disse aos guardas que trouxessem Carreras.

Momentos depois, ele entrou no escritório.

— Você vem comigo — disse Morgan.

Sem esperar, os homens da Segunda Frente circundaram Carreras e saíram juntos.

Enquanto caminhavam para o carro, Morgan disse a Carreras:

— Eu não tinha nenhuma autorização para tirar você de lá. Nenhuma.

Eles riram, mas tudo havia mudado. O fato de a polícia deter um comandante da Segunda Frente falava por si mesmo.

43

Olga entreabriu os olhos e viu a enfermeira trazer um pacote minúsculo nos braços. A última coisa de que se lembrava era de ter sido levada em cadeira de rodas à sala de parto, com Morgan e seus guarda-costas esperando do lado de fora. Tudo ocorrera muito rapidamente. Em um momento ela estava fazendo compras na mercearia, no minuto seguinte, fora levada às pressas para o hospital.

Ela esticou os braços e pegou o bebê.

— Parabéns — disse a enfermeira —; você teve outra filha.

Puxou as cobertas e sorriu ao tomar a filha nos braços. Ela e Morgan tinham combinado que, se fosse menina, se chamaria Olga. Por um instante esqueceu-se de tudo: as prisões, as armas, a saúde de seu marido.

Os últimos nove meses tinham sido os mais difíceis da sua vida. Mas ao olhar a bebezinha no seu peito ficou embevecida. Havia muito tempo que não se sentia tão em paz. Mal notou que Morgan estava ao seu lado, sorridente. Ele se inclinou, beijou-a e pegou-lhe a mão.

— Uma menina — disse.

Recordou-se de ter ouvido Morgan dizer, no finzinho da gravidez, que teriam um filho. Mas sabia que o marido não resistia a nenhum bebê — menino ou menina. Ele beijou a filha delicadamente e segurou a mão da mulher. Brincou dizendo que teriam mais filhos e "finalmente conseguirei meu menino".

Mas ela o interrompeu.

— Chegue aqui perto — pediu. — Quero lhe dizer uma coisa.

Ele se inclinou.

— Não temos mais tempo. Lembre-se de que estamos vivendo sérios problemas. Em breve, precisaremos tomar outro caminho.

Ela estava certa, mas Morgan não estava disposto a se preocupar com coisa alguma, não agora.

— Descanse — respondeu.

Não queria que nada a perturbasse, ao menos por um tempo. Em breve, tudo iria mudar.

Antes do anoitecer, Roger Redondo obtivera todas as informações necessárias. O velho cargueiro estava atracado em um porto escondido. Os homens a bordo já haviam descarregado os contêineres. Ninguém deveria saber a origem da embarcação, nem os estivadores nem as pessoas na cidade. Mas Redondo tinha conhecimento de tudo.

Depois de agradecer às suas fontes, ele disparou em direção a Havana. Sempre se orgulhara de fornecer inteligência operacional à Segunda Frente, fosse localizando uma companhia inimiga nas montanhas, fosse seguindo a pista de fuzis de que eles necessitavam desesperadamente. Dessa vez era diferente.

Grande parte dos dados era vaga, mas Redondo soube que o navio que acabara de chegar ao porto de Trinidad era soviético. Ninguém sabia de onde havia partido, mas os homens que desembarcaram falavam russo. Os russos raramente se aventuravam por aquela parte do país. Os cargueiros soviéticos iam para Havana.

Surgiram mais detalhes quando um dos tripulantes do cargueiro foi ao grande sanatório Topes de Collantes, a cerca de 25 quilômetros de distância. Angelito Martínez, comunista espanhol que lutara na Guerra Civil no seu país e depois ensinara tática militar ao exército soviético durante a

Segunda Guerra Mundial, dirigiu-se ao escritório do diretor para exigir que a cozinha do hospital preparasse comida para os homens do seu cargueiro.

A princípio, o chefe da cozinha se recusou.

— Os doentes têm prioridade; depois veremos o que podemos fazer por você.

Martínez, cujo verdadeiro nome era Francisco Ciutat de Miguel, tinha 51 anos e não estava acostumado a ouvir negativas. Determinou que seus homens fossem alimentados imediatamente.

Redondo precisava avisar Morgan. Diplomatas soviéticos em Havana não eram surpresa, mas a presença de conselheiros militares da URSS em área remota ao sul de Cuba — ameaça direta à Segunda Frente — certamente era.

Redondo contou tudo a Morgan, inclusive as exigências do agente soviético no sanatório. Como era de esperar, Morgan ficou enfurecido. Eles só podiam ter posto os pés em Cuba a convite de Fidel Castro. Pior, a presença de líderes militares comunistas no país tinha que significar uma só coisa: eles treinavam soldados cubanos.

— Aquele filho da puta! — disparou Morgan.

Ele tentara deixar tudo de lado em prol dos seus homens e da família. Prometera a Olga que viveriam em paz. Mas já não podia fazê-lo — não diante do que acabara de saber. Aquele país não era de Castro. Ele pertencia ao povo de Cuba. Era dos camponeses e dos trabalhadores. Todos tinham feito a revolução pela democracia, e agora tudo desmoronava.

A Segunda Frente precisava voltar a combater.

<hr />

A bebê chorou durante a maior parte da noite. Olga ia e vinha entre o quarto deles e o das meninas. Não conseguia dormir desde que saíra do hospital. Morgan ficava no criadouro até tarde, e quando voltava para casa se reunia com seus homens na sacada.

Depois de uma hora, ela puxou o marido para o quarto.

— Nada de segredos, comandante — alertou.

Morgan sabia não conseguir guardar segredos dela. Olga o conhecia muito bem. Mas não era fácil. Ele contou sobre a infiltração soviética nas montanhas e o que aquilo sinalizava. Não podiam ficar parados e ver Cuba ser levada pela voragem comunista. Ele tentara viver em paz no país. Olga era testemunha do trabalho e dedicação que ele devotava ao viveiro, preocupado em construir uma vida estável.

Mas tudo pelo que haviam lutado estava em jogo. Não podiam aceitar o que acabavam de descobrir. Não dava para ficar inerte em casa. Já não só criavam peixes e rãs. Gastavam bom tempo armazenando armas lá e, depois, as levando para as montanhas.

— Temos de agir contra eles — afirmou.

Olga se lembrou de tê-lo abraçado. Queria viver em paz. Era mãe de duas filhas dele. Não apenas entendeu o que Morgan lhe disse como concordou plenamente. Eles se conheceram na revolução. Casaram-se na revolução. Se fosse preciso, morreriam na revolução.

— Estou com você — asseverou.

<hr/>

Depois do telefonema, Rafael Huguet correu para o viveiro. O jovem piloto, que falava inglês fluentemente, não via o americano fazia semanas, mas percebeu urgência na voz de Morgan. Quando Huguet chegou, o último caminhão acabara de partir, deixando-o com Morgan e mais alguns homens.

Cubano de nascimento, Huguet passara grande parte da vida nos Estados Unidos, onde estudou no Instituto de Tecnologia da Geórgia e aprendeu a paixão de sua vida: pilotar aviões. Opunha-se ao governo de Batista desde que o pai fora agredido pela polícia durante inspeção

O Comandante Ianque

policial de rotina no trânsito de Havana. Nos últimos dias da revolução, fora copiloto de um avião que levou armas para Trinidad e balas voaram perto da janela da aeronave enquanto ela pousava.

Longe dos ouvidos dos trabalhadores, passaram pelas rãs que coaxavam e Morgan o levou a uma sala pequena, anexa ao prédio principal. Antes que Huguet dissesse algo, Morgan cruzou a sala e abriu a porta de um armário. "Quero lhe mostrar uma coisa", disse.

Lá dentro existiam muitas metralhadoras, carabinas automáticas, granadas e cunhetes de munição. Huguet deu um passo atrás, surpreso.

— William, o que você está fazendo? — perguntou. — Enlouqueceu?

Morgan fechou a porta. As armas estavam ali por um motivo: ele partiria para as montanhas. Já não se tratava somente de uma prevenção. Tinha começado com a ocultação de armas perto de Banao, por proteção. Quase semanalmente, caminhões partiam do criadouro. Mas a operação crescera. Castro cruzara o limite inaceitável para a Segunda Frente: havia convidado assessores militares soviéticos para o Escambray.

Não seria fácil, mas Morgan estava preparado para treinar centenas de homens nas montanhas, inclusive os fazendeiros, que se mostravam bastante descontentes com o governo.

— Temos de fazer alguma coisa contra esse sujeito — afirmou.

Os guerrilheiros já recebiam ajuda da CIA, que acabara de despejar de paraquedas uma grande provisão de armas no sopé das montanhas. Morgan não queria ligações com a agência, mas, se ela estava disposta a fornecer armas, então que mandasse.

O *comandante ianque* corria um risco enorme com aquela movimentação de armas.

— Você se abre com gente demais — alertou Huguet.

Morgan concordou, mas não seria dissuadido. Era tarde demais para se preocupar com o que Castro pretendia fazer. Chamara Huguet por uma razão simples: precisava de alguém em Miami para ajudar a conseguir armas junto a ativistas anticastristas e, se preciso, trazê-las de avião na calada da noite para pistas de pouso remotas.

— Você me ajudaria? — perguntou. — Conseguiria armas para mim?

Era a oportunidade adequada para Huguet. Ele apoiara a revolução com paixão, mas tinha se desiludido com Castro e outros, como Che. Nos últimos dois anos, aprendera a admirar Morgan, não só pelo combate durante a revolução, mas pelo que conseguira fazer depois.

— Vou colaborar — respondeu.

Ele estaria em Miami em duas semanas e telefonaria para Morgan quando chegasse. Então poderiam começar. Teria de fazer os contatos fundamentais para iniciar a coleta de armas. O maior desafio seria enviá-las a tempo.

44

O CARRO PAROU DIANTE DO INSTITUTO NACIONAL PARA A RE-forma Agrária (INRA). Morgan desceu e pegou um pacote no assento. Não queria pôr os pés em um prédio do governo, mas precisava se encontrar com Pedro Miret Prieto, o ministro da Agricultura, que se casaria dentro de alguns dias.

Morgan havia se afastado da maior parte dos líderes do governo, mas tolerava Miret. Ele fora indicado por Castro um ano antes e aprovava em silêncio o trabalho de Morgan no viveiro, inclusive permitindo-lhe usar caminhões de seu ministério.

Morgan entregou o pacote a Miret: uma carteira de pele de rã para ele e uma bolsa para a esposa. Miret pegou os presentes, sorriu e convidou o visitante a se sentar, mas Morgan não tinha tempo. Seus homens o esperavam.

Quando se virou para sair, vários guardas entraram e o cercaram.

— Comandante Morgan — disse um deles —, temos de detê-lo.

Então um guarda tomou a arma que Morgan levava à cintura e os outros o agarraram pelos braços. Ele exigiu que o chefe dos guardas explicasse por que estava sendo detido. Mas ele não soube responder.

— Comandante, vamos levá-lo às repartições de Investigação Técnica — respondeu.

Morgan ficou calmo. Deixou que os guardas o algemassem.

Enquanto era levado pelos corredores, os funcionários abriam caminho e assistiam, incrédulos, ao *comandante ianque* ser conduzido porta afora.

Olga deixou às pressas o quarto das crianças e foi para o telefone. Um guarda-costas falou de um telefonema do Instituto Nacional de Reforma Agrária. Era a secretária de Miret: Morgan estava em uma reunião importante, mas queria que Olga o encontrasse no escritório.

Ela pensou: se ele fosse se atrasar, teria ligado pessoalmente.

— Por que não telefonou? — perguntou.

A secretária repetiu que Morgan estava em uma reunião muito importante e não podia ser interrompido. Mas queria encontrá-la lá. O coração de Olga disparou. Sabia que havia algo errado. Desligou o telefone e pediu a Alejandrina para cuidar das crianças. Ela e os seguranças iriam ao escritório do INRA. Queria estar equivocada; talvez Morgan estivesse mesmo ocupado demais para telefonar. Porém, ao chegarem à esquina, ela viu as luzes dos carros da polícia cercando o prédio. Mas não eram só carros da polícia. Eram também veículos do Departamento de Investigações Técnicas.

Quando encostaram no meio-fio, uma das amigas de Olga correu para o lado do passageiro, onde Olga estava sentada.

— William não está aqui — explicou ela, sem fôlego. — Eles o levaram ao Departamento de Investigações Técnicas.

Então a polícia a avistou. Antes que alcançassem o carro em que estava, ela ordenou ao motorista que voltasse para o apartamento. Não queria saber se ele iria avançar todos os sinais vermelhos pelo caminho. Que pisasse fundo.

Olga se perguntava se alguém do *entourage* teria traído Morgan. O único ausente era Manuel Cisneros Castro, um dos seus guarda-

O Comandante Ianque

-costas, que partira repentinamente na noite anterior para visitar a mãe gravemente doente na província de Oriente. Cisneros estava com eles desde a conspiração de Trujillo, mas ninguém confiava muito naquele segurança — principalmente Olga.

Carros da polícia cercavam o edifício. Olga correu para a entrada. Não ligava para o que poderia lhe acontecer, pois suas filhas estavam no apartamento. No último piso, de pé na sacada, Ossorio olhou para baixo e viu que o prédio estava cercado. Agarrou um punhado de granadas e uma submetralhadora Thompson e ficou esperando junto à porta.

"Eu iria disparar sobre eles", recordou-se.

Olga passou pela polícia no saguão da entrada e dirigiu-se ao elevador. Havia policiais plantados nos corredores entre o elevador e o apartamento.

— O que vocês querem? — perguntou ela.

— Vamos revistar seu apartamento — respondeu um deles.

Quando entraram, ela viu Ossorio.

— Não, Pedro, não — pediu. — Estou com eles. Não atire.

Ossorio percebeu que o policial estava próximo demais de Olga para que ele pudesse fazer alguma coisa.

— Abaixe a arma — ordenou um dos policiais.

Ele continuou apontando. Recusava-se a ceder.

— Pedro, faça o que eles dizem — pediu Olga.

Ossorio atirou sua arma ao chão. A polícia o cercou e o algemou. Depois que o levaram para fora, Olga observou os homens vasculhando armários e revirando móveis. No piso superior, sua filha chorava bem alto.

— Parem agora! — gritou ela. — Esta é a casa do comandante Morgan. Vocês precisam de um mandado de busca e apreensão. Quero saber que direito legal vocês têm de revistar a casa.

O capitão da polícia desceu a escada e ordenou aos seus homens que parassem.

— Esperem lá fora — ordenou. — Vamos trazer um mandado.

A polícia não precisava de ordens judiciais para invadir a maioria das casas, mas aquela pertencia a um *comandante*.

Olga correu para o segundo piso assim que fechou a porta atrás daqueles homens. Trancou a porta do quarto e foi até o armário onde Morgan guardava granadas de mão e metralhadoras. Pegou uma por uma e jogou-as pelo buraco da lixeira. Depois, foi até a cômoda e encontrou mapas das montanhas do Escambray. Jogou-os pela lixeira também.

No quarto das crianças, Alejandrina tremia e se encolhia em um canto com a pequena Olga.

— Está tudo bem, Alejandrina, tudo bem — acalmou-a Olga. — Não vai lhe acontecer nada.

Algum tempo depois, a polícia voltou a bater na porta da frente. Olga abriu e o capitão apresentou o mandado. Imediatamente, toda a equipe policial invadiu a cobertura, revistando os quartos, virando tudo de ponta-cabeça, abrindo gavetas, derrubando abajures.

— Temos de levá-la presa — declarou o capitão.

<hr />

Antes mesmo de os debates presidenciais se encerrarem, o telefone de Loretta Morgan começou a tocar. O jornal local informara que o governo de Castro havia detido William Morgan, mas não dera maiores detalhes. Uma difusão radiofônica afirmava que ele fora preso por ajudar insurgentes nas montanhas. Outra dizia que havia sido flagrado escondendo armas.

A notícia fora dada poucas horas antes do último debate televisionado entre Kennedy e Nixon, dessa vez em Nova York, com fortes declarações sobre Cuba e a necessidade de impedir a expansão do comunismo em nação tão próxima dos Estados Unidos.

O Comandante Ianque

Normalmente, Loretta teria ficado grudada no televisor, observando o jovem senador católico nos estágios finais da campanha. Mas tinha os nervos em frangalhos. Toda vez que o telefone soava, era uma amiga ou membro da igreja perguntando se havia mais notícias.

Alexander Morgan afundou na poltrona, vendo o tremeluzir da tela no televisor. As notícias não traziam nada de novo além do que o governo cubano informara mais cedo daquele dia em comunicado à imprensa.

Não importando o que seu filho dissesse, Loretta temia que algo assim ocorresse algum dia. Da última vez em que se falaram, Morgan contou sobre o viveiro e disse que ele e Olga tentavam se acomodar e formar uma família. Mas ela sabia que isso seria desafio demasiadamente grande para ele. Não tinha ideia de como seria uma prisão cubana, mas boa não podia ser. Seus piores temores se tornavam realidade.

Naquela noite, ela se deitou, apertando o rosário na mão, mas não conseguiu conciliar o sono. Repetiu as mesmas preces ansiosas vezes sem conta.

No dia seguinte, o jornal que atiraram à sua porta dizia: "Exército cubano anunciou a prisão do ex-toledano major Morgan." O artigo no *Toledo Blade* mencionava que Jesús Carreras também havia sido preso, novamente, sem mais pormenores. Não havia informações sobre julgamento, nada sobre acusações específicas, no entanto, nada também indicava que Loretta Morgan voltaria a ver o filho de novo.

45

ELA NÃO PODIA USAR O TELEFONE. NÃO PODIA DEIXAR O APARtamento. Havia pouca comida na despensa e estava sem dinheiro.

Olga se encontrava em prisão domiciliar havia alguns dias, sem autorização para constituir advogado. Durante a maior parte do tempo, com a pequena Olga nos braços, ela fuzilava com o olhar os guardas sentados diante dela, em sua sala de visitas. Não podia ir à casa de seus pais. Não conseguia ver o marido, e ninguém explicava quais eram as acusações contra eles. À noite, Olga se deitava e embalava o próprio sono chorando. Depois, as bebês despertavam quase sempre aos berros e com fome.

A incerteza quanto ao futuro deles era o que mais a agoniava. Não sabia nada sobre o paradeiro de Morgan. A princípio, os guardas disseram que estava detido na Quinta Avenida, a prisão do G2. Depois, que estava em La Cabaña. Ela buscava um meio de enviar mensagem aos vizinhos das sacadas abaixo, mas os guardas vigiavam todos os seus movimentos.

Por fim, repentinamente, ela passou diante dos homens, foi até o telefone e o arrancou da parede, fazendo saltar pedaços de reboco no piso. Um guarda foi em sua direção, mas ela o advertiu para se manter longe.

— Estou cansada disso! Estou farta de vocês! — exclamou.

Ou encontrava um jeito de escapar com as filhas, ou o governo a mandaria à prisão. Ela não resistiria se continuasse por muito tempo naquelas condições.

<hr/>

Os homens da Segunda Frente se reuniram ao redor da mesa do pequeno escritório no bairro de Vedado. Menoyo sentou-se no centro. Demonstrava estar bastante abalado com a prisão de Morgan. Tinha passado várias noites acordado, tentando encontrar uma maneira de tirá-lo de La Cabaña. Menoyo nunca conhecera alguém como o americano. De todos os homens da sua unidade, ele era o mais leal e sempre disposto a morrer pelos outros. Se Menoyo estivesse na mesma situação que Morgan, o americano sem dúvida teria lutado por ele.

Eram duas as suas alternativas: poderia reunir os *guajiros* das montanhas, que respeitavam e apoiavam Morgan, e atacar a prisão. Provavelmente, os homens conseguiriam sobrepujar a primeira linha de guardas e invadir La Cabaña, mas certamente os soldados do governo cercariam a fortaleza antes que os rebeldes conseguissem fugir. Seria missão suicida.

A segunda opção seria trabalhar a partir do interior da prisão, o que era difícil, mas não impossível. Nem todos os guardas eram leais a Castro. Se a Segunda Frente conseguisse contatar pessoas-chave no movimento anticastrista, gente com vínculos diretos com os guardas, talvez houvesse um meio de ajudar Morgan a escapar. Tais homens — membros do recém-formado Movimento 30 de Novembro — estavam dispostos a colaborar com a Segunda Frente. Para tirar o amigo da cadeia, Menoyo precisava aproveitar o momento.

Entrementes, era necessário garantir que a Segunda Frente continuasse a receber armamentos para o Escambray. Seus membros sabiam que seria

O Comandante Ianque

executada outra ofensiva militar — não havia outro modo de arrebatar o controle do país das mãos de Castro. Mas precisavam de mais poder de fogo. Necessitavam de maior efetivo. Precisavam de Morgan.

❧

Ladeada pelos guardas, Olga percorreu o longo corredor de tijolos e passou pelas celas úmidas da prisão. Sempre temera La Cabaña: o espancamento brutal dos prisioneiros, as execuções conduzidas por Che Guevara, carne apodrecendo nos muros. Porém não teve opção depois que os guardas foram buscá-la em casa com a ordem judicial: deveria ser levada para lá a fim de ouvir a leitura das acusações.

Construída no alto de uma colina ao leste do porto, La Cabaña era um dos pontos mais notáveis de Havana, uma fortaleza construída cem anos atrás para repelir os invasores britânicos. Antes símbolo nobre de desafio, agora era uma prisão militar conhecida por seus muros perfurados pelas balas com as quais os detentos eram fuzilados.

Quando Olga entrou na sala do tribunal, com seu pé-direito alto e uma galeria, os guardas e os presentes se levantaram. Aquela deveria ser uma audiência de rotina, em que os juízes leem as acusações e o prisioneiro apresenta sua defesa. Contudo, enquanto liam o que havia contra ela — traição, porte de armas, conspiração —, Olga os interrompia seguidamente, dizendo:

— Não.

Os juízes se calavam, esperavam um pouco, e prosseguiam; e ela voltava a interferir seguidamente.

— Não, isto não aconteceu.

Irritados, os juízes ordenaram que assinasse as acusações, mas ela se recusou.

— Os senhores farão o que quiserem — acusou. — Mas não tomarei parte nisso.

Um deles se zangou e disse que ela só piorava sua situação, mas Olga passou a ser até insolente.

— Seja lá o que for, já foi tudo planejado, e só nos cabe aguardar os resultados de tudo isso.

Os guardas a obrigaram a voltar-se para trás e a retiraram da sala de audiências. Quando se dirigiam ao carro, ela se deteve de chofre.

— Quero ver meu marido — disse.

A princípio, os guardas seguiram tentando fazê-la avançar, mas ela não se moveu. Exigiu ver o diretor da prisão.

Os guardas iam acabar envolvidos em um escândalo. Um deles sugeriu levá-la ao superintendente, para que ouvisse a recusa pessoalmente. Ao se aproximarem do escritório, ela olhou para o lado, onde os visitantes se reuniam para encontros com os detentos.

— Olga — chamou um deles.

Ela reconheceu um parente de Jesús Carreras e correu para o portão, mas os guardas foram atrás dela. Antes que pudessem detê-la, descobriu que Morgan e os outros estavam confinados na área da capela adjacente à entrada principal. Seu coração doeu. Era onde os guardas mantinham os que estavam em grandes apuros e, em alguns casos, os que esperavam ser fuzilados.

Olga disfarçou e conseguiu se livrar dos braços dos guardas. Armou-se o caos. Os guardas correram para a entrada, mas, antes que conseguissem agarrá-la, Olga já havia penetrado no escritório do superintendente. Surpreso, o diretor viu uma mulher parada diante de sua mesa.

— Onde está o meu marido, William Morgan? — exigiu.

Os guardas entraram correndo no escritório, mas o superintendente ordenou que voltassem. Estava tudo sob controle. Depois de ouvi-la, ele concordou em deixá-la ver o marido por alguns momentos, mas devia seguir as regras.

Ao saírem, ela olhou através de um dos portões e avistou Morgan. Mal o reconheceu. Ele tinha a face pálida e os olhos encovados. Nunca o vira tão magro.

O Comandante Ianque

— Meu Deus! — ela disse. — O que fizeram com você?

Olga correu para abraçá-lo. Seus olhos se encheram de lágrimas quando ela se agarrou ao uniforme de prisioneiro do marido. Morgan a abraçou firmemente.

— Estou bem, Olga. Não se preocupe. — Ele a beijou e sussurrou em seu ouvido: — Eu te amo.

Parecia um sonho. Olga não queria ir embora. Por um instante, eles se entreolharam sem dizer nada. Morgan já havia suportado dias de interrogatórios da polícia secreta, mas eles não conseguiram arrancar nada. Quando perguntavam por que estava transportando armas para as montanhas, ele respondia:

— Para me proteger.

Mais tarde, de volta à cela, um carcereiro lhe serviu comida contaminada. Ele se contorceu em dores por três dias, mas conseguiu se recuperar. A prisão em si já o deixava doente. A combinação da água da chuva se infiltrando pelo concreto grosso e poroso e o vento marinho mantinham o lugar úmido e frio à noite.

Morgan sabia que Olga estava por demais abalada, mas o tempo da visita terminava.

— Ouça — sussurrou em seu ouvido. — Não posso falar muito, mas estamos bolando um plano, uma fuga. Vou avisá-la quando chegar a hora, e estaremos juntos novamente. Prometo.

Ele a beijou.

— Sempre penso em você. Penso e pensarei sempre em você.

Os prisioneiros se juntaram em um círculo no chão empedrado, bem próximos, para que ninguém invadisse seu espaço. Um deles tomou um tabuleiro de xadrez com peças de plástico e começou a dispô-las cuidadosamente no centro. A fortaleza estava tão lotada que eles tinham poucos lugares para onde ir. As galerias estavam apinhadas com duzentos prisioneiros — o dobro da capacidade original — e a maioria dormia no chão frio e molhado.

Morgan se inclinou para que Pedro Ossorio e Edmundo Amado o ouvissem em meio ao barulho dos demais prisioneiros. Começavam a chegar notícias de fora: os que os apoiavam faziam contatos com guardas lá de dentro, inclusive com um supervisor. Alguém com autoridade garantiria que o portão certo para a saída estivesse deserto e que os guardas adequados estivessem de serviço.

Independentemente do plano, precisavam esperar e se manter calmos.

— Todos aqui são traidores — disse.

Morgan obtinha informações por intermédio de visitantes que traziam mensagens para outros presos, e estes as repassavam a ele. Era arriscado, mas o único modo de os dois lados se manterem em contato. Se fosse preciso, podiam mandar até mensagens urgentíssimas para serem recebidas por Morgan no mesmo dia.

<hr />

Ele se deitou no piso sujo em um canto do pátio da prisão para fazer flexões. Enquanto os homens o cercavam, vendo-o se exercitar, ele subia e descia lentamente, apoiando o corpo nas mãos. Depois de uma série, fez outra. E outra.

Morgan começara o dia andando rapidamente ao redor do pátio, e foi acelerando até correr. Depois de uma pausa na galeria, voltou para o pátio da prisão e começou a tarde fazendo polichinelos e contando alto o número de movimentos para si mesmo. Depois de uma série, fez outra. E outra. Recuperava-se do sangramento nos intestinos. Ninguém esperava que se dedicasse tanto a um regime de treinamento físico.

O Comandante Ianque

A princípio, os homens se limitavam a olhar, inclusive os guardas. Então, ele dava uma corrida de uns 100 metros, alheio a todos à sua volta.

— *El comandante Morgan es muy loco* — comentou um guarda.

Não era só o exercício físico. Morgan começara a rezar, às vezes sussurrando umas palavras rapidamente pela manhã. Porém, à tarde, passava mais tempo na cela. Era tudo o que podia fazer para controlar seu destino. Não possuía nenhum controle externo. Os homens que trabalhavam para ajudá-lo e aos seus comandados estavam fora do seu alcance. Ele nem os conhecia. Porém, se conseguisse sobrepujar o nível de resistência física que possuía anteriormente, estaria preparado para tirar bom proveito daquilo que lhe pudessem oferecer.

❧

As famílias estavam se reunindo ao longo da rua 16, instalando cadeiras e dependurando enfeites nos postes. Na avenida La Rampa, os músicos se acomodavam nas calçadas. Da sacada, Olga assistia aos preparativos para a comemoração do Ano-Novo nas ruas de Vedado. A visita a La Cabaña havia sido um desastre. Ela estava proibida de voltar para ver o marido. Se promovesse outra confusão como aquela, poderia ser mandada ao cárcere feminino.

Cobriu os ombros com um xale para se proteger da brisa fria do Malecón. Dois anos atrás, estava a caminho de Cienfuegos para encontrar Morgan, no que foi um dos momentos mais felizes da sua vida. Todas as promessas que tinham feito um ao outro por pouco não se materializaram.

No ano passado, àquela época, ela fizera um longo passeio com Morgan à beira do oceano, observando as estrelas, quando decidiram viver em Cuba. A menos que realizasse algo muitíssimo arriscado, nunca passariam juntos outro Ano-Novo. Isto estava claro. Precisava salvar o marido.

Ela repensou seu plano, concebido havia dias. Não sabia se iria funcionar, mas não tinha alternativa. Era preciso agir. Aquela noite era tão boa quanto qualquer outra para colocá-lo em prática. Os guardas estariam relaxados nas comemorações de fim de ano, talvez até com ânimo festivo. Não veriam o plano se desenrolar.

Olga foi ao quarto de Loretta e cobriu-a bem. Se existe uma chance, chegou a hora. Desceu para ver qual era a equipe de guardas de serviço. Ficou imediatamente animada com os homens que viu na sala de estar. Eram os que mais desprezava. Se fossem responsabilizados por sua fuga, azar o deles. Mereciam ser severamente punidos. Foi até a sala e disse-lhes que, como era Ano-Novo, iria preparar um chocolate quente. Aceitariam uma xícara?

Fazia frio lá fora e eles pareceram achar que um chocolate cairia muito bem para aquecê-los. Todos aceitaram.

Ela foi até a cozinha, mas em vez de alcançar o chocolate em pó, pegou um frasco de Equanil, sedativo e relaxante muscular poderoso. Voltou para o quarto e se trancou no banheiro. Retirou as pílulas e as esmagou com uma colher. Juntou o pó e voltou para a cozinha, onde o misturou com leite e pedaços de chocolate. Bateu bem para dissolver tudo e serviu o líquido quente em três xícaras. Como precaução, acrescentou um pouco de açúcar para disfarçar o sabor amargo.

Depois de entregar as xícaras aos guardas e deixar uma bandeja com biscoitos ao lado do sofá, voltou a subir a escada e esperou a droga fazer efeito ao lado das filhas. Seu coração batia aceleradamente ao trancar a porta do quarto. Ou descobririam seu ardil, ou dormiriam. Arriscara tudo em uma só jogada. Se fosse pega, a enviariam para a prisão de mulheres e levariam suas filhas.

Olhou o relógio. 5 horas da manhã. Quando abriu a porta do quarto, tudo estava em silêncio no piso inferior. Desceu a escada na ponta dos pés e espiou. Um guarda estava esparramado no sofá perto da entrada, os outros se encolhiam nas poltronas.

O COMANDANTE IANQUE

Voltou para o quarto. Primeiro, despertou Loretta.

— Vamos ver o papai, querida — sussurrou.

Depois, tirou a pequena Olga do berço. Com a bebê nos braços, saiu com Loretta pela porta da cozinha. Na escuridão, percorreu dois quarteirões com as filhas até que passou um carro. Olga correu para a calçada e fez sinal para o motorista.

— Por favor, poderia nos ajudar?

O homem hesitou, até ver a bebê nos braços de Olga. Abriu a porta e as deixou entrar. Enquanto passavam pelas ruas de Vedado, ela sabia que não teria muito tempo. Em questão de horas, toda a força policial de Castro estaria em seu encalço.

46

CARREGANDO A BEBÊ NOS BRAÇOS, OLGA AVANÇOU PÉ ANTE PÉ pelo corredor, tentando não despertar as pessoas na casa.

Escipión Encinosa havia dado refúgio a membros do movimento clandestino, mas não esperava que a esposa do *comandante ianque* batesse à sua porta. Olga tinha ido para lá depois de fugir de seu apartamento e suplicou a ajuda de membros da resistência subterrânea.

O pai, de 46 anos, corria riscos ao deixar que ela e as filhas ficassem em sua casa, mas sabia que o governo não teria compaixão se a encontrasse. Os rumores sobre a sua fuga começavam a se espalhar, mas o governo os havia abafado. Como explicar que uma mulher de 24 anos com duas bebês conseguira escapar de três guardas adormecidos?

A polícia continuava vasculhando o bairro onde ficava o apartamento dela, e o G2 interrogava gente da área que poderia tê-la visto. Ela teve permissão para ficar com a família Encinosa, mas teria de partir pela manhã. Havia *chivatos* demais na vizinhança.

Encinosa foi ao quarto do filho e disse-lhe que ficasse calado.

— Preciso confiar em você — advertiu. — Não quero que diga a ninguém, nem às suas tias, nem à sua avó.

Enrique, de 11 anos, concordou com a cabeça, ainda surpreso com a visão da jovem e das duas menininhas no corredor, diante do seu quarto.

Durante a maior parte da noite, Olga fitou a escuridão, desejando que as filhas dormissem. Não tinha dinheiro nem roupas, e não sabia para onde ir pela manhã. Enquanto as horas passavam, ela se perguntava como sobreviveriam.

Se conseguisse chegar a Santa Clara, poderia deixá-las com sua mãe, mas temia que a polícia fizesse alguma retaliação à sua família. Olga sabia que, mais cedo ou mais tarde, seu tempo se esgotaria.

Naquela manhã, Encinosa entrou em contato com a rede clandestina e soube que a embaixada venezuelana iria recebê-la. Mas levá-la até lá era como atravessar um campo minado na ponta dos pés.

Havia tanta gente buscando asilo nas embaixadas latino-americanas que o governo cubano contra-atacara montando postos de vigilância perto das entradas das legações. Antes de sair de casa, Encinosa virou--se para Olga e a alertou:

— Temos de ser cautelosos.

Ao saírem à rua, foram por calçadas opostas até o quarteirão seguinte, onde esperariam um motorista. A polícia certamente procurava uma mulher com duas crianças.

Ao chegar, o motorista parecia nervoso. Todos estavam sendo vigiados ultimamente, até mesmo os táxis. Enquanto ele avançava, Olga abraçou as filhas, ocultando-as no assento do carro. Tudo estava mudando. Além dos postos de vigilância da polícia, caminhões do exército cubano circulavam pelas ruas principais. Antes de chegar ao prédio, o táxi se deteve e o motorista apontou para onde ela deveria ir.

Olga desceu do carro levando as filhas. Ao se aproximar do portão principal, viu a placa. Não era a embaixada da Venezuela, mas do Brasil. Por um instante, entrou em pânico. Não sabia se os diplomatas a receberiam.

A outra opção era correr pelas ruas e buscar o prédio venezuelano, mas a polícia certamente a encontraria. Naquele exato momento, o guarda da guarita perguntou o que queria. Ela foi até ele:

— Sou a costureira da esposa do embaixador e ela está à minha espera.

O COMANDANTE IANQUE

O guarda a olhou, desconfiado, e mandou-a aguardar. Enquanto se comunicava com a casa, Olga sussurrou a Loretta que corresse para o jardim, do outro lado do portão. Isto lhe daria a desculpa para ir atrás dela e penetrar em território brasileiro.

A pequena Loretta fez o que ela mandou. Antes que o guarda a detivesse, Olga correu para um homem que cuidava dos jardins.

— Estou em perigo — disse —, e vim para a embaixada errada. Por favor, me ajude.

O homem podia ver que ela estava desesperada. Depois de dispensar o guarda, disse para segui-lo até a casa. Com duas bebês a tiracolo e carros patrulheiros da polícia passando diante dos portões, aquele seria seu único refúgio.

O primeiro sinal de que Menoyo enfrentava dificuldades chegou durante a madrugada, por intermédio de agente do governo. As armas tinham chegado ao Escambray, mas a polícia secreta estava vigiando. A movimentação tinha sido monitorada.

As armas — M1, Stens britânicas e granadas de mão — haviam sido estocadas em lugar seguro, área dominada pela Segunda Frente. Com Morgan na prisão, alguma outra pessoa da unidade estava dando as ordens. A polícia secreta focou então sua atenção para o fundador da Segunda Frente. Ela o seguia ao se dirigir ao escritório pequeno e apinhado de Vedado. Passava de carro constantemente diante de seu apartamento, a duas quadras dali.

Menoyo nunca tinha sido alvo, não daquele modo. Nas primeiras horas da manhã, um agente do governo simpático à Segunda Frente foi à casa de Armando Fleites, conselheiro de confiança de Menoyo, e deixou claro que não se tratava de visita social. Menoyo já não estava

301

em segurança. Castro havia assumido uma atitude radical, principalmente devido ao fluxo constante de informações de que a ilha estava a ponto de ser invadida.

O governo já montara o processo contra Morgan e Carreras. Agora, mirava o comandante remanescente.

Fazia sentido. Dias antes da visita do agente, Menoyo e Fleites haviam sido convidados ao palácio presidencial, em 26 de janeiro. A princípio, não entenderam por que estavam sendo convocados para uma reunião governamental. Agora entendiam.

No dia seguinte, Menoyo, Fleites e outros se reuniram.

— Eles vão nos pegar — afirmou Menoyo.

Havia duas opções. Poderiam ir para as montanhas, ou para os Estados Unidos e criar uma força de invasão própria. Em Miami, poderiam angariar fundos e armas entre a comunidade exilada, recrutar novos membros e regressar a Cuba para lutar contra Castro.

Precisavam partir.

Tinham 24 horas para obter barcos, gasolina e armas suficientes para se protegerem. O último *jefe* da Segunda Frente estava a ponto de ir embora.

— ❦ —

Como a polícia secreta rondava as ruas ao redor das embaixadas, era muito arriscado para os que apoiavam Olga ir ao prédio da missão brasileira. Obtido o asilo, Olga passou a ser uma das fugitivas mais vigiadas. Mas o homem diante do portão insistia em vê-la.

Os guardas da embaixada desconfiaram do estranho. Verificaram sua identidade e fizeram muitas perguntas. Quando Olga foi chamada para vê-lo, disse aos guardas que não o conhecia. Mas enquanto conversava com os homens que protegiam a asilada, o homem mostrou um isqueiro. Era o mesmo que a mãe de Morgan havia lhe enviado.

— Isto é de William — disse, tomando-o do visitante. Ela se virou para os guardas. Estava tudo bem. Iria conversar com ele.

O homem não tinha muito tempo, mas trazia um recado importante de William — a informação provinha de um visitante da prisão. Morgan estava prestes a fugir de La Cabaña. Depois de meses de espera, estava tudo pronto. O mensageiro não sabia os detalhes, mas Morgan queria que ela soubesse que iria direto para Camagüey. Antes de mais nada, queria vê-la.

Olga não podia acreditar no que ouvia. Era o que esperava. Não seria fácil, mas precisava ir até lá.

Com o isqueiro na mão, ela agradeceu ao visitante e correu para a casa. Os guardas a advertiram de que podia ser uma armadilha. Como ele conseguira o isqueiro se Morgan estava preso? Seria perigoso demais sair.

Olga ponderou sobre aquilo, mas estava desesperada. Sabia que Morgan arquitetara um plano de fuga havia algum tempo. Se alguém podia fazê-lo, esse alguém era ele. Avisaria à sua mãe que as filhas estavam na embaixada, e ela as buscaria depois.

Começou a corrida. Se ele ia para Camagüey, ela queria chegar lá primeiro. Ao consultar um dos seus contatos por telefone, disseram-lhe que fosse para Cienfuegos, onde haveria um carro à sua espera. O motorista levaria pelo menos quatro horas para chegar à cidade. Olga devia esperá-lo.

Durante o tempo que passou na embaixada, ela fez amizade com o embaixador, que ofereceu proteção a ela e às suas filhas. Mas a advertiu de que poderia ser capturada e separada das meninas. Seria executada.

— Peço-lhe que não vá — disse ele.

Olga sacudiu negativamente a cabeça. Se o embaixador não podia ajudá-la, daria um jeito. Precisava encontrar o marido.

O embaixador sabia que não poderia convencê-la a ficar, mas não podia simplesmente deixá-la cruzar os portões. Ordenou que preparassem o carro. Arriscaria o seu status diplomático, mas garantiria que ela saísse de Havana.

47

OS GUARDAS TRANCARAM OS PORTÕES À NOITE. TODOS NA PRISÃO estavam tensos. Os carcereiros rondavam os corredores externos, certificando-se de que os detentos estavam apinhados nas galerias. Os beliches foram empurrados contra as paredes, deixando-os competir por espaço no chão. O grande número de presos tornava a fortaleza vulnerável. Não havia guardas suficientes. Se uma quantidade grande de homens corresse para os portões, o mais provável é que a maioria conseguisse fugir.

Na escuridão, Morgan ouviu os detentos ressonando e os guardas andando pela galeria. Então, ouviu um estalo ao fundo do longo corredor cavernoso. O ruído assustou alguns prisioneiros. Era tarde para que fosse ouvida aquela voz terrível. Todos sabiam o que aquilo significava. Era a chamada dos presos que seriam julgados. Ninguém queria ouvir o próprio nome, mas todos escutavam atentamente.

A rotina era conhecida. Os guardas vinham buscar o condenado e o levavam às celas especiais, no piso inferior. Lá, eles esperavam até o dia seguinte para comparecer ao tribunal.

Os passos dos carcereiros estavam se aproximando quando Hiram González esfregou os olhos para espantar o sono e olhou para o beliche ao lado. Quase todos estavam sentados e viram quando os guardas entraram na sala.

Morgan estava à espera quando eles vieram pelo corredor. As luzes se acenderam e os outros presos se sentaram aturdidos, olhando. Não pode ser, disseram entre si. Ninguém esperava que chamassem o nome dele. Mas foi o que aconteceu.

William Alexander Morgan. O *comandante ianque* foi chamado para ser julgado.

⌐◆⌐

Loretta Morgan não conseguiu terminar a conversa ao telefone. Aos prantos, tentava entrar em contato com Thomas "Lud" Ashley, o deputado de Toledo, que estava ocupado em uma sessão no Congresso.

Ela vinha tentando entrar em contato com a Casa Branca de Kennedy e enviara um telegrama em 9 de março. Procurou o cardeal Richard Cushing, um dos mais proeminentes clérigos católicos americanos. Chegou a tentar falar com o presidente cubano Osvaldo Dorticós Torrado. Como os Estados Unidos não mantinham relações diplomáticas com Cuba, a Casa Branca recorrera à embaixada suíça.

Aquele era o pesadelo que estivera tentando afastar, na esperança de que nunca chegasse. Ela havia advertido Bill. Rogara para que saísse de Cuba, que trouxesse Olga e voltasse para os Estados Unidos. Não importava seu problema com o FBI. Qualquer coisa seria melhor do que permanecer lá.

Ultimamente, vinha sendo assombrada pela imagem de La Cabaña. Mais jovens, ela e o marido tinham ido a Havana de férias, e ela se lembrava de ter visto a fortaleza de pedra que se erguia sobre o porto. "Aquela prisão tétrica", recordou-se mais tarde. "Nunca pensei que teria um filho ali."

Ela procurou membros da igreja e pediu-lhes que orassem. Se pudesse ir pessoalmente a Cuba e implorar a Castro pela vida de Bill, o teria feito também.

Ashley entrou em contato com o Departamento de Estado a fim de conseguir um advogado para Morgan. Infelizmente, como ele já não era cidadão americano, nada havia a fazer. "Uma abordagem informal junto ao governo cubano não era possível", escreveu Ashley em carta.

O Comandante Ianque

Só havia um lugar onde Loretta poderia se aventurar: a grande e impressionante catedral no final da rua. Lá, ela se prostrou em um dos bancos, juntou as mãos e rezou.

———◆———

Morgan puxou os cadarços das botas para deixá-las firmes e enfiou a camisa para dentro da calça. Na outra ponta da prisão, os juízes estavam à sua espera. Depois de horas debruçado sobre a mesa escrevendo, ele estava pronto.

Na carta que escreveu à mãe, mais cedo naquele dia, afirmou que todos os homens tinham "direito à liberdade", e que ele tinha a responsabilidade de terminar o que havia começado.

Com os passos dos guardas ecoando no corredor, Morgan parou junto à porta. Em dois minutos estariam diante dos promotores. Ao passar pela esquina da capela e seguir em frente em direção ao salão de audiências, os presos foram até as grades das celas e os guardas saíram de seus postos para ver o americano. Enquanto caminhava, ele fez algo que ninguém entendeu muito bem. Começou cantarolando baixinho e foi subindo o tom de uma melodia que chamou a atenção de todos à sua volta. Ele começou a cantar "The Army Song", o hino do exército dos Estados Unidos.

Ninguém sabia por que entoava uma canção que havia aprendido aos 18 anos em um acampamento, mas agora ele a cantava diante dos seus captores, que detinham o poder de decidir se ele iria viver ou morrer. Ao se dirigir à porta, ele já bradava:

> Até a caminhada final,
> sempre nos orgulharemos
> em manter os armões de munição rodando

A sala estava lotada de espectadores, que incluíam Henry Raymont, repórter da United Press International e um dos correspondentes mais proeminentes em Cuba. A um lado, a mãe e a irmã de Olga contiveram as lágrimas quando os policiais conduziram Morgan pela sala.

A maioria das audiências era brevíssima, apenas com pessoas da família na audiência, mas aquilo se transformara em um espetáculo. A correspondente para a televisão americana Lee Hall estava presente. Jorge Luís Carro, o defensor público, ocupou uma cadeira junto a Morgan e os outros, enquanto o procurador Fernando Luiz Florez Ibarra já estava acomodado diante dos cinco juízes.

Florez Ibarra granjeara reputação como promotor frio que mandava regularmente homens ao *paredón*. Em sua opinião, poderiam colocar Morgan e os outros em fileira já naquele momento, ou mais tarde. Não fazia diferença. Eram traidores que mereciam morrer.

O trabalho de Carro era manter os homens vivos, mas estava cada vez mais difícil. Com poucos minutos para se reunir com cada um deles, não conseguiria montar uma defesa plausível. Conhecido como o advogado dos condenados, passara semanas aturdido com homens que lhe imploravam para ajudá-los, às vezes soluçando e tremendo nas celas. Quando fitou Morgan do outro lado da mesa, era como se o conhecesse. O rosto do *comandante ianque* tinha figurado nos jornais nos últimos dois anos como um dos heróis da revolução.

Mas Carro iria lutar contra uma força avassaladora. Morgan e Carreras, ambos comandantes, eram acusados não só de estocar armas, mas de liderar grupos que planejavam derrubar o governo. Os outros — Ossorio, Amado e até Olga (julgada à revelia) — haviam participado do complô.

Carro solicitou alguns minutos ao tribunal militar antes que o julgamento tivesse início. Conversando com Morgan e Carreras, deixou claro que o governo tinha uma acusação de peso contra eles por terem armazenado armas no Escambray. A polícia secreta havia encontrado

O Comandante Ianque

os depósitos escondidos. A melhor chance era buscar brechas e lacunas na argumentação do governo de que teriam planejado derrubar Castro.

De sua parte, Ibarra confiava possuir evidências suficientes para condená-los à morte. O procurador se postou diante dos cinco juízes e leu as acusações, a voz elevada e em tom furioso. Morgan e Carreras haviam se aproveitado da sua posição de confiança para trair Cuba e mereciam nada menos do que a morte. As armas que levaram ao Escambray — metralhadoras de calibre .50, M1s, granadas de mão e mísseis anticarro — haviam terminado em mãos de guerrilheiros que combatiam ativamente os soldados cubanos.

Para provar a acusação, Florez chamou Mario Marín ao banco das testemunhas. Um murmúrio percorreu a sala quando Marín, um dos motoristas de Morgan, se levantou. Pouco antes de Olga ser presa, ele havia fugido para as montanhas, onde foi detido pelos homens de Castro. Ao ser interrogado, confessara não só ter carregado caminhões com armas para o Escambray como também dirigira os veículos.

Florez apresentou um mapa detalhado, confiscado na casa de Morgan e marcado nos pontos estratégicos no Escambray. Não havia razão para Morgan guardar o mapa, a menos que pretendesse usar as áreas para futuros envios de armas.

O procurador também convocou o testemunho de outros dois membros da equipe de Morgan, Rueben Domínguez e Manolo Castro Cisneros. Ambos confirmaram as declarações de Marín.

Carro ouviu tudo em silêncio e virou-se para Morgan. O americano já se erguera e caminhava para o local dos depoentes. Sussurros percorreram a sala.

Carro começou inquirindo Morgan a respeito das armas. Era crucial defender-se primeiro daquelas acusações. Virando-se para os juízes, Morgan disse que as armas que levara às montanhas eram para proteção pessoal e da Segunda Frente. Eles formavam uma milícia que lutara bravamente nas montanhas centrais, e tinham todo o direito de

309

estocar armas. O mapa que o promotor exibira era da época em que ele ajudara a salvar o incipiente governo de Castro da invasão trujillista. Não precisavam de mapas para recuperar as armas que eles próprios haviam armazenado.

Quanto a Marín e às demais testemunhas, Morgan declarou que eram "inimigos pessoais" enviados pelo governo para espioná-lo. Seu único propósito em testemunhar contra ele era para obter favores junto ao governo.

Morgan tinha poucos minutos para apresentar sua defesa. Para ele, não se tratava de traficar armas nem de derrubar Castro. As acusações não passavam de uma farsa. A luta era para proteger os princípios da revolução — uma revolução na qual todos acreditavam. Deixou claro que nenhum acusado naquela sala havia traído a causa. A revolução era maior do que todos eles.

Depois olhou para Ossorio, Amado, Carreras e os outros, e se dirigiu à corte. Ninguém fez nada para ferir o povo cubano. Todos ainda combatiam na revolução em que acreditavam.

— Aqui estou, inocente, e garanto a esta corte que, se for declarado culpado, caminharei até o muro do fuzilamento sem escolta, com força moral e a consciência tranquila. Defendi esta revolução porque acreditei nela.

O comandante ianque havia dito tudo o que precisava.

Os juízes — Jorge Robreño Marieges, Mario A. Tagle Babe, Roberto Pafradela Nápoles, Pelayo Fernández-Rubio e Ramón Martínez Fernández — se reuniram e cochicharam entre si. Era o momento de decidir a sorte dos réus. Já haviam feito aquilo muitas vezes antes, e o fariam muitas vezes depois. Raramente havia dissensão entre eles, se é que houve.

Depois de alguns minutos, o juiz principal, Robreño, olhou para a frente e anunciou que haviam chegado a uma decisão — e era unânime. Em meio ao silêncio da sala, o juiz lentamente leu as acusações de cada réu. Todos permaneciam sentados, em silêncio, olhando fixamente adiante.

— Culpados de todas as acusações — declarou.

Na galeria, alguns espectadores arfaram. A mãe e a irmã de Olga se abraçaram e choraram. Os juízes deixaram seus assentos, deram a volta e foram para suas salas.

Os guardas escoltaram os réus para fora do salão de audiências. Cruzando o corredor, foram levados às solitárias ao fundo da capela, onde esperariam a sentença.

Morgan caminhou até o fundo da cela, mas, antes de os guardas fecharem a porta, pediu lápis e papel. Poderia ser a última oportunidade de escrever a Olga. Não sabia como ela receberia o bilhete, mas o deixaria com seu advogado. Ao inclinar-se sobre uma mesinha na cela, ele pensou na mulher que conhecera no Escambray havia algum tempo, mas que parecia uma eternidade. A noite caía sobre o acampamento quando ela surgiu, e todos estavam cansados. Mas ele nunca se esqueceu daquele momento.

"Desde a primeira vez em que a vi nas montanhas até a última, quando nos encontramos na prisão, você tem sido o meu amor, minha felicidade, minha companheira de vida e estará nos meus pensamentos na hora da morte", escreveu. Ao pensar na curta vida que compartilharam, não pôde deixar de mencionar os arrependimentos por todos os acontecimentos externos que se interpuseram entre eles: as residências apinhadas de gente, as emergências que o consumiram. "Tivemos tão pouco tempo juntos, você, as meninas e eu, sempre pareceu que nunca podíamos estar a sós, e os momentos em que conseguimos fazê-lo foram os que conseguiram roubar."

O que o incomodava agora era que o governo Castro o acusava de atacar a revolução, mas Castro era quem a tinha abandonado. "Olga, nunca fui um traidor nem fiz mal a Cuba. Posso dizer isso porque você sabe que é verdade", escreveu. "Peço-lhe, por favor, que nunca permita que o meu nome, o das meninas e o seu sejam usados para fins políticos. Por pessoas que os empregariam por puro ódio, para prejudicar ou atacar Cuba e sua gente, ou para representar coisas que eu nunca representaria."

Escreveu mais que havia pensado longamente sobre seus acusadores e pediu a ela que se mantivesse acima de ressentimentos pessoais. "Não quero sangue derramado por minha causa. A vingança não é resposta. É melhor morrer por ter defendido vidas. Só peço que algum dia a verdade venha à tona e minhas filhas se orgulhem do pai."

Quando terminou a carta, os guardas foram até a porta. Os juízes esperavam na plataforma elevada. Os espectadores estavam de volta ao salão do julgamento. Ladeado pelos guardas, Morgan atravessou o corredor e entrou no salão.

Quando os réus tomaram seus assentos, Morgan e Carreras receberam ordens de se levantarem ante a corte. O juiz principal olhou para a frente e declarou, sem demonstrar emoção: morte por fuzilamento.

Morgan o fitou sem pestanejar. Carreras permaneceu ereto. Atrás deles, um prisioneiro se ergueu.

— Eu também quero morrer — declarou Ossorio. — Se vão fuzilar William Morgan, então me fuzilem também.

Ao seu lado, Edmundo Amado se levantou e disse o mesmo.

Os espectadores na galeria se agitaram e murmuraram, e o juiz principal mandou Ossorio e Amado se sentarem. Eles não estavam em posição de pedir coisa alguma. As sentenças estavam decididas.

48

UMA BRISA SUAVE VARRIA A ÁGUA DO MAR QUANDO OS GUARDAS se posicionaram no fosso seco de La Cabaña, como faziam todas as noites ao se alinharem de frente para o muro de execuções. A distância, ouvia-se o ronco surdo do carro que entrava pelo largo portão bem na extremidade da fortaleza. Morgan estava de pé junto ao padre John Joseph McKniff, em mais uma noite tranquila acima das águas vastas e escuras.

O idoso padre temia aqueles momentos. Já vira tantos jovens alinhados contra o paredão depois de rezar com eles que se sentia até meio tonto. Porém algo o comoveu ao conhecer Morgan. Na quietude da cela da prisão, ele tinha feito a última confissão e depois lhe disse, calmamente, que não tinha medo de morrer. Segundo a lei, seria executado no dia seguinte, mas Morgan e Carreras pediram que as sentenças fossem cumpridas naquela noite.

"Estou em paz com Deus", escreveu ele da cela. "Aceito o que vier com a mente clara e o espírito forte."

Agora, de pé, lado a lado, eles ouviam um som vindo da prisão que começou como um ruído surdo e foi se elevando. O vento amorteceu o ruído que ecoava no centro da construção, mas ao escutarem melhor ouviram a palavra "Viva" e depois outra: "Morgan." E novamente "Viva... Morgan".

Para os guardas, aquilo não era um bom sinal. Os prisioneiros estavam cantando em uníssono, sinal de que algo iria explodir. Desde

313

que Morgan fora levado a julgamento, os detentos andavam inquietos, gritavam com os guardas e se reuniam em grupos no pátio de concreto. Agora, gritavam das celas lotadas: "Viva Morgan!"

Havia rumores de ataques externos, o que levou alguns guardas a vigiarem persistentemente o telhado portando armas antiaéreas russas e tchecas calibre .50. Os guardas só precisavam embarcar Morgan no carro que o levaria ao paredão. Era melhor fazerem isso logo.

O carro deu a volta na esquina do fosso seco e roncou mais fortemente. Havia tempo que eles tinham cortado o cano de descarga do veículo para criar um ruído alto de explosão que amedrontasse os presos.

Enquanto Morgan e McKniff esperavam, o padre olhou-o bem nos olhos. Eram momentos em que os homens começavam a gemer e tremer descontroladamente. Alguns se recusavam a entrar no carro, travando as pernas no chão até que um guarda impiedosamente as golpeasse com a coronha do fuzil. Alguns chegavam a molhar as calças. Contudo, Morgan esperou calmamente que o guarda abrisse a porta traseira e acomodou-se no assento sem dizer uma palavra.

Quando o carro acelerou, o padre notou que os lábios de Morgan se moviam. Aproximou-se e o ouviu rezar. Era como se ele não escutasse o ronco do motor. O veículo avançou ao longo da muralha de pedras que circundava a fortaleza até se deter no centro do fosso seco coberto de grama, onde todos iam parar.

Sempre que o carro estacionava ali, o coração de McKniff batia mais forte. Em vez de ficarem mais fáceis, as execuções se tornavam cada vez mais penosas. O padre estava em Havana desde 1939, mas os últimos dois anos tinham sido torturantes. Os guardas abriram a porta traseira.

Morgan se ergueu, virou-se para os homens e se afastou do carro. Do outro lado do muro a cidade seguia viva, e a luz tênue de um carnaval rompia a escuridão desoladora. Com Morgan de pé no escuro, um guarda apertou um botão e, de repente, o fosso foi banhado pela

O Comandante Ianque

luz de refletores. Os guardas o fitaram, mas ele permaneceu impávido. Como escreveu na última carta à mãe, "Não se trata de *quando* um homem morre, mas de *como*."

Ergueu os punhos algemados para o chefe da guarda.

— Não quero isto — disse.

Sem hesitar, o guarda retirou as algemas. Morgan estava condenado à morte, mas ainda era um *comandante*.

Com as mãos livres, ele se virou para o padre e o abraçou. Em pouco tempo os dois haviam criado laços amistosos. Depois, virou-se para o sargento do pelotão de fuzilamento. Deteve-se diante dele e surpreendeu a todos ao abraçá-lo.

— Diga aos rapazes que eu lhes perdoo — disse.

Por um instante, ninguém disse palavra alguma.

Eles fuzilavam homens todas as noites, mas nunca tinham visto algo assim. De costas para o pelotão, Morgan caminhou lentamente até o muro coberto de buracos de tiros e até com algumas crateras. McKniff o seguiu sussurrando uma prece e fez o sinal da cruz. Quando o padre começou a se afastar, Morgan o deteve.

— Padre, espere — pediu, retirando o rosário do pescoço. — Guarde isto.

McKniff pôs as contas no bolso.

Depois de esperar que Morgan se posicionasse, o sargento gritou para que os homens se preparassem. Perfilados, os atiradores ergueram os fuzis belgas. Sob as luzes, Morgan parecia mítico fitando os homens armados.

— ¡Fuego! — ordenou o sargento.

Os tiros soaram e a força dos disparos jogou Morgan contra o muro.

Em vez de atirarem no coração ou na cabeça, eles fizeram pontaria nas pernas. McKniff viu que Morgan não estava deitado, mas sentado. Ouviu-o arquejar. *As hienas haviam mirado em seus joelhos.* McKniff se preparou para a próxima rajada. Ele podia ver a dor transpassar todo o corpo de Morgan.

315

Ofegante, Morgan encarou o guarda que caminhou na sua direção. Parado a um par de metros, ele mirou a submetralhadora no peito de Morgan, que subia e descia sob a luz em busca de ar, e apertou o gatilho. O ruído ecoou pelo pátio da prisão e a fumaça flutuou como neblina sob os refletores.

Os guardas abaixaram os fuzis.

━━━

Olga despertou com o coração disparado. No sono, tinha visto William se aproximar e beijá-la. Olhou ao redor no quarto, mas não havia ninguém. Deve ter sido um sonho, disse a si mesma.

Ela chegara ao refúgio em Santa Clara e queria descansar antes que os seguranças chegassem para levá-la a Camagüey. A polícia secreta rondava a cidade, e era perigoso sair de casa. A única coisa que a mantinha de pé era a ideia de estar com o marido.

William. Ela havia ensaiado o que diria ao vê-lo sob o sol da manhã. Não tinha rádio na casa, e ela não sabia o que ocorria em Havana. Fazia quatro dias que saíra da embaixada na mala do carro do embaixador. Ela fora até o refúgio em Cienfuegos e de lá viajara para Santa Clara. Não ligaria para os seus contatos enquanto não chegasse a Camagüey. Em breve saberia de tudo, disse a si mesma

Logo após o entardecer, o dono da casa foi à janela e viu o brilho de faróis vindo pela rua. Era o momento.

Tardariam cinco horas até Camagüey, mas se houvesse postos de controle nas principais estradas, a viagem duraria mais. Olga pegou suas roupas e agradeceu ao dono. Já havia se escondido em tantos lugares que perdera a conta. Mas era grata. Todos os que a hospedavam corriam sério risco pessoal. Ao sair, ela olhou para ambos os lados e correu para o automóvel, onde havia um homem e duas mulheres agachados.

O Comandante Ianque

Três anos atrás, Olga tinha se disfarçado e subira em um ônibus em Santa Clara para escapar da polícia secreta de Batista. Agora saía novamente, mas desta vez para se encontrar com o marido.

O motorista acelerou pela estrada... e se deparou com uma fileira de luzes vermelhas piscantes da polícia. Tentou dobrar uma esquina, mas havia outros carros bloqueando a rua. Olga e os que a ajudavam estavam cercados.

— Não — queixou-se ela ao olhar pela janela.

O carro parou e os policiais caminharam em sua direção empunhando armas. Olga quis correr, mas não conseguiu sair. Havia policiais demais.

Junto à janela, um policial berrou que se rendessem. Ela saiu calmamente do carro e pisou na calçada. Os policiais perguntaram se era Olga Morgan, mas ela negou com a cabeça. Mas não tardaria para que eles soubessem.

Juntou gente na rua para olhar. A polícia estava interrogando as outras duas mulheres e o homem no carro, mas eles tampouco falavam. Frustrados, os policiais abriram a porta do seu carro e ordenaram-lhes que entrassem. Iriam à estação da G2.

Olga ficou olhando para a frente enquanto o carro arrancava. Nada que fizessem a forçaria a falar. A polícia tentara arrancar alguma coisa do aglomerado de observadores, mas ninguém disse nada. A princípio, ela não deu importância. Mas, enquanto o carro sacolejava pela rua, Olga entendeu que as pessoas na rua poderiam tê-la denunciado. E também as que estavam no carro. E ninguém o fizera.

Desde que deixara a embaixada brasileira até a última parada em Santa Clara, todos tinham aberto as portas para ela. Em cada casa, ofereceram comida e roupas aos fugitivos do governo. Ela testemunhava o início de uma rebelião a ponto de eclodir no mesmo local onde buscara refúgio três anos antes: as montanhas. Os rebeldes que esperara ver em Santa Clara — homens da Segunda Frente e os novos recrutas — já estavam no Escambray.

O que Morgan havia iniciado, com a entrega de armas e provisões, estava se transformando em novo conflito amado. Isto explicava a presença de agentes do G2 em cada esquina de Santa Clara. Sinalizava também por que tanta gente era detida para interrogatórios. Os ocupantes de cada casa-refúgio faziam-na lembrar do impacto causado por Morgan na luta pela liberdade deles.

A liberdade dela havia acabado, tinha certeza. Porém consolou-se pensando que talvez Morgan tivesse escapado. Talvez ainda estivesse vivo. Talvez algum dia eles pudessem viver em paz.

EPÍLOGO

NUMA MANHÃ FRIA E VENTOSA DE JANEIRO DE 2002, UM REPÓRTER parou diante da casa velha coberta de telhas, no final de um quarteirão longo e estreito.

Observando as janelas cobertas de gelo, Michael Sallah (um dos autores deste livro) estacionou diante da casa. Articulista de assuntos nacionais do *Toledo Blade*, Sallah havia escrito reportagens sobre grande parte da história de Toledo: a máfia, os políticos, os capitães de indústria. Mas esta aqui tinha desbotado ao longo do tempo, tornando-se apenas uma nota de rodapé, quando muito.

Ao subir as escadas da frente da casa, uma figura miúda e encurvada foi até a porta e espiou pela fenda. Antes que a mulher morena e diminuta pudesse dizer alguma coisa, ele se apresentou e, sem hesitação, perguntou:

— A senhora é Olga Morgan?

Olga Morgan. Fazia anos que ninguém a chamava assim. Ela era Olga Goodwin. Havia se casado outra vez — era avó — e vivia na obscuridade, no bairro operário de West Toledo. Pouca gente, inclusive o atual marido, conhecia os segredos do seu passado.

Ela olhou para o repórter e anuiu. Sim, respondeu, era Olga.

Sallah perguntou se podia entrar para conversarem, só por uns instantes. Tinha passado horas lendo atentamente recortes de jornais sobre ela, e se embevecera com as fotos da revolucionária incrivelmente bela da década de 1950. Queria saber mais. Porém Olga hesitou. Fazia anos que não falava sobre sua outra vida; anos desde que deixara Cuba em um barco amarelo caindo aos pedaços, na fuga de Mariel, em 1980: anos desde que chegara a Toledo em um dia solitário de inverno segurando apenas uma maleta pequena.

Quando ela começou a fechar a porta, Sallah insistiu em entregar-lhe seu cartão, na esperança de que não o atirasse no lixo.

Passaram-se dias até ela por fim concordar em ser entrevistada e se sentar para remoer seus segredos enterrados. Abriu a porta e deixou o repórter entrar em sua casa, sabendo que talvez nunca pudesse fechá-la novamente. Com o gravador sobre a mesa, ela se abriu e aos poucos, deliberadamente, começou a contar o que trazia guardado no coração.

Tentara seguir com a nova vida, novo marido e novo lar. Contudo, quanto mais falava com o repórter, mais confortável se sentia, e em questão de dias começou a revelar detalhes sobre Morgan e uma revolução que tentara esquecer.

Ao revolver uma caixa com cartas e fotos na mesa da sala, ela pegou uma destas últimas, granulada em branco e preto, em que ela e Morgan estão abraçados, de pé no topo de uma montanha, portando armas e entreolhando-se, sorridentes.

— Isto está no meu coração para sempre — disse.

A cada dia que passou na prisão — quase onze anos —, ela se lembrava da vida deles juntos, das filhas.

Foi no primeiro dia na prisão de Guanabacoa que Olga soube, por um supervisor, que Morgan havia sido executado dias antes, o que a levou a pular na garganta do homem, em frenesi, até que os guardas a afastaram.

Passou semanas na solitária: uma cela escura como breu com um buraco no piso para se aliviar e uma fenda na porta por onde os guardas enfiavam pratos de pão duro e arroz velho. Quando se deitava para dormir, os ratos e insetos percorriam seu corpo.

Por um tempo, nem se importou com o que lhe acontecesse.

O Comandante Ianque

Porém, depois de ser levada de uma prisão a outra e testemunhar as condições brutais, não pôde mais permanecer calada. Liderou greves de fome e mais tarde chefiou um grupo de detentas conhecido como *Las Plantadas*. Certo dia, recebeu uma surra de cassetete, e os golpes prejudicaram permanentemente seu olho direito.

Em 1971, a Comissão de Direitos Humanos das Nações Unidas começou a investigar as condições nas prisões cubanas, principalmente o tratamento dado aos prisioneiros políticos. Para se livrar dos holofotes, o governo cubano concordou em libertar alguns prisioneiros. O nome de Olga estava na lista. A princípio, ela ficou perplexa. Havia sido rotulada como encrenqueira e condenada à prisão perpétua. Porém, certo dia de agosto de 1971, foi chamada à sala de visitas e reuniu-se com membros da sua família, inclusive as filhas. Estava livre.

Nos anos seguintes, ela tentou seguir com sua vida. Caminhava pelas ruas de Havana, mas sempre se lembrando do marido. Às vezes a dor era pior do que a sentida na prisão.

Certo dia, foi ao cemitério Colón. Queria ver o túmulo dele. A princípio, o vigia hesitou. Podiam estar sendo espionados. Mas Olga insistiu.

— Só um minuto — implorou.

O homem cedeu e a conduziu por uma passagem por entre bustos em pedra de generais e presidentes cubanos. Em um canto remoto do cemitério, ele abriu a porta de um mausoléu.

— Posso perder a vida por causa disto — afirmou.

Lá, pela primeira vez, ela viu onde ele fazia seu repouso final. Subitamente, a realidade da sua morte a atingiu como nunca antes. Compreendeu que precisava ir embora.

Olga lembrou-se do que Morgan lhe dissera: se alguma vez ela e as filhas saíssem de Cuba, deviam ir para os Estados Unidos. A mãe dele cuidaria delas.

Mais tarde, em 1978, ela, seus pais e as crianças tiveram uma oportunidade: vistos para sair de Cuba. Um a um, embarcaram no avião para Miami. No entanto, quando chegou a vez dela, foi detida pelos guardas. Não havia fuga para a viúva do *comandante ianque.*

De pé na pista, ela viu o avião levar sua família, que nunca mais regressaria. Outro golpe cruel na boca do estômago.

Olga foi viver em um convento em Havana, mas não suportava a ideia de estar outra vez separada das filhas. Dois anos depois, uma freira, repentinamente, propôs-lhe uma saída: havia uma multidão de cubanos na embaixada peruana pedindo asilo.

— Você tem de ir — disse a freira.

Olga pegou suas roupas, abraçou a mulher e correu para a embaixada. O portão estava trancado, mas ela pulou a cerca, ajudada por outros que a empurraram para o lado de dentro.

Depois de passar semanas na embaixada, levaram-na ao porto de Mariel, onde embarcou em um barco tosco. O destino: Miami. Depois que a embarcação levantou âncora, a marinha cubana começou a disparar na proa, em uma provocação cruel. Em pouco tempo o barco começou a inundar. Ela passou horas apinhada, rezando com os outros passageiros, até que por fim olhou para o alto e viu um helicóptero da Guarda Costeira dos EUA descer do céu para guiar o barco até Key West.

Dias depois, Olga se reuniu com os pais e as filhas em Miami. Mas ela não se sentia à vontade. Não queria se instalar em um lugar onde tantos compatriotas haviam encontrado refúgio. Mais uma vez, foi assombrada pelas palavras de Morgan: *se alguma vez você precisar de alguma coisa, minha mãe a ajudará.* Com a assistência de Frank Emmick, velho amigo de Morgan, ela embarcou em um avião para Toledo.

Sentada no avião, não sabia o que esperar. Tinha ouvido tantas coisas sobre Loretta, mas não a conhecia.

Ao subir as escadas do prédio de apartamentos onde Loretta Morgan vivia, Olga olhou para o alto e viu uma mulher corpulenta, de meia-idade e cabelos grisalhos que a olhava com carinho junto à porta aberta. Olga correu e a abraçou.

O Comandante Ianque

Nos dias seguintes, elas não se separaram, compartilhando histórias sobre o homem que amaram. Loretta também era viúva. Três anos depois de perder o filho, Alexander Morgan faleceu. Mais tarde, ela vendeu a casa grande e se mudou para um pequeno apartamento a poucos quarteirões de distância.

Outra tragédia se abateu sobre sua vida em 1963 quando Billy Jr., aos 6 anos de idade, morreu com um golpe na cabeça em circunstâncias duvidosas quando vivia com a mãe e o padrasto em uma base militar na Turquia. A filha de Morgan, Ann Marie, estava casada e vivia em Indiana.

Olga não tardou a tomar uma decisão. Mandou buscar os pais e as filhas para viverem com ela em Toledo, um lugar de invernos bem frios e antigas fábricas de tijolos cor de barro. Olga conseguiu trabalho como assistente social ajudando imigrantes a encontrar comida e abrigo. Com o tempo, a família se adaptou ao seu novo mundo.

No final da década de 1980, a saúde de Loretta começou a declinar e ela foi levada a um asilo. Em seu leito de morte, fez um pedido a Olga: traga os restos de William de volta e recupere a cidadania dele. Nunca se conformara com a ideia de que o corpo do filho jazesse em cemitério de Havana.

Olga sorriu e concordou com a cabeça. Não importavam as dificuldades, ela não podia dizer não. Não para a mãe de William.

Nos anos seguintes, Olga casou-se com Jim Goodwin, operário do Mississippi de olhar bondoso e sorriso afável. O casal se estabeleceu na pequena casa de West Toledo, onde Olga começou a ajudar a criar os netos.

Mas sofria por não ter feito nada para cumprir a promessa que fizera a Loretta. Um ano se escoava atrás do outro, e o corpo de William seguia em uma tumba de Havana. Durante uma entrevista ao *Toledo Blade,* Olga trouxe à baila a promessa que fizera.

Ela não sabia o que esperar quando, em março de 2002, o *Blade* publicou uma série em três partes sobre o *comandante ianque* relatando a extraordinária jornada de Morgan em Cuba e sua morte por um pelotão de fuzilamento. Mitch Weiss (o outro autor deste livro), naquela época editor do jornal para o estado, havia revisado as histórias antes que fossem publicadas e observou que os artigos poderiam levar o governo dos EUA a atender ao pedido de Olga.

No mês seguinte, dois membros do Congresso, Marcy Kaptur, de Ohio, e Charles Rangel, de Nova York, viajaram a Havana para se encontrar com Fidel Castro e rogaram: consideraria ele a entrega dos restos mortais de Morgan aos Estados Unidos? Depois de se reunir por horas com os legisladores, ele afirmou que levaria o pedido em consideração.

Entrementes, Opie Rollison, advogado local que leu a história, tomou a liberdade de pressionar o Departamento de Estado dos EUA para que devolvesse a cidadania a Morgan, argumentando que o governo não tinha o direito de despojar o *comandante ianque* do direito de naturalidade. Dois anos depois, o Departamento de Estado tomou uma providência incomum e, em 2007, reverteu a decisão anterior, admitindo que havia errado quase cinquenta anos atrás. Morgan era, de fato, cidadão americano.

Mas a questão dos restos mortais de Morgan ainda não foi resolvida. Em 2013, o senador Sherrod Brown, de Ohio, se uniu à luta para ajudar a trazer seus ossos para casa, e se reuniu com a Seção de Interesses Cubanos em Washington, DC. Porém até agora o pedido não foi atendido.

Olga, agora com 78 anos de idade, jura que não se deterá enquanto Morgan não descansar na cidade onde está enterrada sua família.

— Este foi o seu país — explica. — É aqui que tem de estar.

Olga reconhece que às vezes a tarefa parece impossível. As tensões políticas entre os dois países vez por outra se inflamam. A própria Cuba luta com a ideia de que estaria honrando um fantasma do seu difícil passado.

Quando precisa de alento, Olga recorre a um álbum de recortes no porão e a uma carta desbotada que Morgan escreveu-lhe em La Cabaña, pouco antes de morrer.

Desde a primeira vez em que a vi nas montanhas até a última, quando nos encontramos na prisão, você tem sido o meu amor, minha felicidade, minha companheira de vida e estará nos meus pensamentos na hora da morte.

Agradecimentos

Devemos a maior parte deste livro a Olga Goodwin, viúva de William Morgan, que guardou esta poderosa história no coração por mais de meio século. Ela não só passou horas a fio conosco durante a fase de pesquisa do projeto como nos confiou suas memórias — centenas de páginas — que escreveu pouco depois de chegar a este país na fuga de Mariel, em 1980. Os detalhes preciosos da vida com Morgan que ela trouxe à baila foram valiosos e forneceram perspectiva muito mais rica a um dos personagens mais cativantes da Guerra Fria.

Também somos gratos ao escritor e historiador Aran Shetterly, cujo livro sobre Morgan, *The Americano*, ajudou a desvendar seu papel na história e a chamar a atenção para seus feitos.

Damos crédito merecido aos homens que serviram com Morgan na Segunda Frente, incluindo os falecidos Eloy Gutiérrez Menoyo, Ramiro Lorenzo, Domingo Ortega, Jorge Castellano, Hiram González e Michael Álvarez.

Agradecemos ao autor e ex-jornalista Lee Roderick, cujas entrevistas gravadas na década de 1980 com pessoas-chave que conheceram Morgan — inclusive rebeldes mortos da Segunda Frente — foram indispensáveis para a crônica dos acontecimentos cruciais da sua vida.

Somos igualmente gratos a diversos historiadores cujas perspectivas políticas amplamente distintas nos ajudaram a obter uma compreensão mais abrangente de Morgan. Eles incluem os incansáveis Enrique Encinosa, Antonio de la Cova, Louis A. Pérez Jr. e Juan Antonio Blanco.

Este livro teve origem na reportagem que Michael Sallah escreveu como jornalista do *Toledo Blade* no início de 2002. Por isso, um agradecimento caloroso ao dono e aos editores do *Blade*, por seu apoio na cobertura e por nos permitirem republicar diversas fotos de Morgan neste livro.

Gerardo "Opie" Rollison, advogado de Toledo, ofereceu apoio crucial e conselhos valiosos. Além disso, agradecemos ao advogado Jon Richardson, que trabalhou nos bastidores para garantir que a história de Olga pudesse ser divulgada.

Outros, como amigos e colegas, deram conselhos espirituais e jornalísticos geniais em etapas importantes da redação deste livro: Johnnie Harmeling; o reverendo Ricardo Mullen, OSA, David Nickell, Kevin Maurer e Ronnie Green.

Diversos jornalistas escreveram sobre Morgan. O excelente artigo de David Grann no *The New Yorker*, em 2012, forneceu detalhes sobre a vida de Morgan em Cuba. No *Miami Herald*, os confiáveis Alfonso Chardy, Amy Driscoll e Manny García, que agora é editor executivo do *Naples Daily News*, desenvolveram cobertura contínua que mais adiante levou à recuperação póstuma da cidadania de Morgan e deu novo alento aos esforços para repatriar seus restos mortais para serem reenterrados nos Estados Unidos.

Don Cellini, professor de espanhol do Adrian College, Alexia Fernández Campbell, repórter do *National Journal,* e Roger Redondo Ramos (filho de Roger Redondo) traduziram entrevistas e documentos indispensáveis para contar esta história.

Devemos muito ao trabalho de Randy Schultz, ex-diretor editorial do *Palm Beach Post*, cuja esclarecedora série sobre Morgan, publicada em 1979, expôs aspectos importantes do seu caráter.

O Comandante Ianque

Somos gratos ao nosso editor, James Jayo, por reconhecer a importância deste trabalho e do papel crítico de Morgan em uma das revoluções mais significativas do século XX. Agradecemos também ao nosso agente literário Scott Miller, do Tridentia Media Group.

Por fim, e mais importante, seremos sempre gratos às nossas esposas, Judi Sallah e Suzyn Weiss, e aos nossos filhos, que passaram muitas noites e fins de semana sem nossa companhia enquanto corríamos atrás desta história. Sem o amor e a paciência deles, este livro não teria sido possível.

Notas sobre as fontes

Os acontecimentos descritos neste livro provêm de longas entrevistas com Olga Goodwin (Morgan) e dezenas de membros da Segunda Frente Nacional do Escambray, além de amigos e parentes de William Morgan, historiadores e cubanos que lutaram na revolução. Passamos uma década pesquisando a história, revisando milhares de páginas de documentos de coleções particulares e da Administração Nacional de Arquivos e Documentos. Além disso, analisamos centenas de histórias novas no *New York Times*, *Miami Herald*, Associated Press, *Toledo Blade* e outros veículos da mídia. Fontes importantes foram as memórias de Olga, manuscrito inédito de 150 páginas guardado em seu porão durante anos. Seus escritos são material profundamente pessoal e apresentam detalhes extensos da relação do casal durante uma das revoluções mais importantes do século passado. Também utilizamos quase quinze horas de entrevistas gravadas com membros-chave da Segunda Frente, da coleção do escritor e ex-jornalista Lee Roderick.

Introdução

Conversamos longamente com diversos integrantes da Segunda Frente Nacional do Escambray, como Roger Redondo, Armando Fleites, Domingo Ortega e Ramiro Lorenzo. Entrevistamos Hiram González, Rino Puig e outros encarcerados com Morgan em La Cabaña. Usamos transcrições de entrevistas com Pedro Ossorio, Edmundo Amado Consuegra e outros. Entrevistamos Olga Goodwin (Morgan) e recorremos a documentos históricos.

Capítulo 1

Entrevistamos dezenas de parentes e amigos de William Morgan. Incluem-se Art Ryan, Donnie Van Gunten, Stan Sturgill, Marshall Isenberg, James Tafelski e outros. Aproveitamos transcrições de entrevistas com Loretta Morgan, Carroll Constain e seu marido, Edric Constain, além de Charles Zissan e Edmundo Amado Consuegra. Revisamos o histórico militar de Morgan, transcrições do seu julgamento pela corte marcial e da avaliação psiquiátrica do exército dos EUA. Conversamos com membros importantes da Segunda Frente Nacional do Escambray.

Capítulo 2

Fizemos longas entrevistas com parentes e amigos de Olga Goodwin. Entrevistamos Olga mais de uma dúzia de vezes na última década e puxamos por sua memória, com detalhes sobre a viagem de ônibus para levar mantimentos aos rebeldes nas montanhas. Também recorremos a documentos históricos e reportagens jornalísticas durante a ditadura militar de Fulgêncio Batista Zaldívar, na década de 1950.

Capítulo 3

Conversamos longamente com membros da Segunda Frente Nacional do Escambray, como Roger Redondo e Armando Fleites. Usamos transcrições de entrevistas com Edmundo Amado Consuegra. Examinamos documentos e material de arquivo sobre a história das relações entre os Estados Unidos e Cuba.

Capítulo 4

Usamos transcrições de entrevistas com Roger Redondo, Isabelle Rodríguez e outros que ajudaram Morgan em sua jornada para as montanhas. Fizemos longas entrevistas com membros da Segunda Frente Nacional do Escambray e usamos documentos históricos e material impresso.

Capítulo 5

Fizemos diversas entrevistas com soldados companheiros de Morgan no Escambray, inclusive Eloy Martínez Menoyo, líder da Segunda Frente Nacional do Escambray. Os homens descreveram os primeiros dias de Morgan no terreno acidentado e as difíceis condições nos acampamentos. Também usamos entrevistas com Olga Goodwin, que se lembrou de histórias que o marido lhe contara sobre seus primeiros dias na guerrilha. Usamos mapas militares e documentos históricos para localizar os movimentos rebeldes.

Capítulo 6

Conversamos bastante com membros da Segunda Frente Nacional do Escambray, que descreveram entreveros com soldados do governo no início de 1958. Eles também mostraram cartas topográficas militares e outros documentos para ajudar a explicar a campanha e a estratégia. Roger Redondo contou como escondeu um lote de armas crítico para a sobrevivência dos rebeldes. A biografia de Menoyo, que trata de suas diferenças ideológicas com Faure Chomón, foi baseada em nossas entrevistas, além de documentos e material impresso.

Capítulo 7

Conduzimos entrevistas com membros da Segunda Frente Nacional do Escambray. Eles descreveram a cansativa marcha fugindo dos soldados de Batista e contaram como Menoyo encorajou Morgan a seguir em frente ao encontrar o americano no chão, curvado de dor.

Capítulo 8

O relato sobre a promoção de Morgan na unidade rebelde provém de numerosas entrevistas com membros da Segunda Frente Nacional do Escambray. Eles descreveram as habilidades de Morgan como combatente e como ele treinou os rebeldes em autodefesa e no manejo de armas. Mencionaram também a altercação entre Morgan e Regino Camacho Santos, e exaltaram a coragem do primeiro durante uma emboscada dos soldados de Batista em Charco Azul.

"Na confusão, Morgan não entendeu as ordens de atacar", recordou Roger Redondo. "William ficou cercado e lutou por sua vida." Para o relato sobre os pensamentos de Morgan durante a escaramuça nos apoiamos em entrevistas com membros da Segunda Frente e em Olga Goodwin. Segundo eles, Morgan lhes contou o que pensava ao se levantar atirando durante o enfrentamento.

Incorporamos detalhes da carta de Morgan ao correspondente do *New York Times* Herbert Matthews, para mostrar que a Segunda Frente surgia como uma unidade de combate nas montanhas. A carta foi o primeiro sinal para o mundo externo do envolvimento de Morgan no conflito. Nela, ele explica por que estava lutando.

Trecho: "Por que luto nesta terra tão estranha à minha? Por que vim para cá, longe de casa e da família? Por que me preocupo com os homens que estão nas montanhas comigo? Porque são amigos próximos? Não! Quando cheguei, eram estranhos para mim. Eu não falava a língua deles nem entendia seus problemas. É porque busco aventuras? Não. Aqui não há aventuras, só os problemas constantes da sobrevivência. Então, por que estou aqui? Estou aqui porque creio que o mais importante para os homens livres é proteger a liberdade de outrem. Estou aqui para que quando meus filhos crescerem não tenham de lutar nem morrer em uma terra que não é a sua, porque um homem ou um grupo de homens tentou roubar suas liberdades."

CAPÍTULO 9

Falamos longamente com Olga Goodwin sobre sua viagem de Santa Clara ao Escambray. À época, ela era procurada pela polícia secreta por atividades antigovernamentais. Também nos baseamos em suas memórias e em entrevistas com amigos e parentes, além de documentos históricos e reportagens na imprensa para relatar a vida em Santa Clara e na província de Las Villas em 1958. "Eu preferiria morrer nas ruas a ser exilada", disse ela sobre o modo como fugiu para as montanhas em vez de buscar asilo em uma embaixada estrangeira em Havana. Ex-combatentes da Segunda Frente Nacional do Escambray forneceram detalhes dos acampamentos das bases, incluindo sinais de chamadas e sinais usados para alertar as sentinelas de um perigo iminente.

CAPÍTULO 10

O relato sobre os primeiros dois encontros de Olga e Morgan se baseia em suas memórias e em entrevistas:

"Ele disse que estava muito contente por me conhecer... Fiquei tão emocionada que não conseguia dizer nada. Só olhava para ele assombrada e surpresa. Ele era tão grande e diferente dos demais que só podia ficar olhando para ele", escreveu.

Mais tarde, naquela noite, ela se recordou que Morgan viera galopando em sua direção montado num cavalo branco e assobiando uma marcha que mais tarde ela viria a saber que se tratava do tema do filme *A ponte sobre o rio Kwai*.

— *Hola* — disse ele. — Como vai, Olgo?

— Estou bem, comandante, mas o meu nome não é Olgo. É Olga... feminino.

Morgan riu. Ainda estava tentando aprender o espanhol.

— Ok — disse ele. — Mas para mim você continua sendo Olgo.

Capítulo 11

Conversamos longamente com membros da Segunda Frente Nacional do Escambray, como Eloy Gutiérrez Menoyo, Roger Redondo, Armando Fleites e outros. Eles nos forneceram detalhes importantes sobre como pequenos grupos de soldados se comunicavam entre si e trocavam informações de campanha, além de como planejaram e fizeram os ataques.

Capítulo 12

Fizemos longas entrevistas com Olga Goodwin e usamos detalhes de suas memórias, inclusive sobre como ela ministrou primeiros socorros aos rebeldes feridos. Membros da Segunda Frente Nacional do Escambray forneceram informações sobre a rede de mensageiros e de refúgios nas montanhas.

Capítulo 13

Para o relato sobre as escaramuças nas montanhas nos baseamos em entrevistas com soldados da Segunda Frente Nacional do Escambray, como Eloy Gutiérrez Menoyo, Roger Redondo, Armando Fleites e outros. Também usamos documentos históricos, mapas e reportagens. O relato sobre a tortura dos aldeões pela Guarda Rural provém de testemunhas oculares. Morgan incluiu detalhes em carta à mãe:

"Outro dia os soldados vieram às montanhas, 1.200 na nossa zona, e incendiaram catorze casas de famílias que não eram rebeldes nem opositoras — o governo matou uma mulher de 60 anos que fugiu de casa para proteger o neto — e cortaram a língua, arrancaram as unhas e enforcaram um homem senil de 72 anos que se recusou a deixá-los entrar na casa dele — tenho visto essas coisas e muito mais."

Capítulo 14

Este capítulo deriva em parte das cartas de Morgan à mãe e aos dois filhos. Nelas, ele explica por que estava lutando na revolução e dá conselhos futuros ao filho e à filha. "Querida mamãe: Esta será a primeira carta que escrevi desde que parti em dezembro. Sei que você não aprova nem entende por que estou aqui — embora seja a única pessoa no mundo — creio eu — que me entende. Estive em muitos lugares na minha vida, e fiz muitas coisas que você não aprovou — ou entendeu, e que eu mesmo não entendi naquele momento."

Ele diz à mãe que partira de Toledo em dezembro porque achou "que era a melhor coisa a fazer".

Em seguida descreve os amigos rebeldes e seu compromisso com a causa: "Os meus homens caminharam... 32 quilômetros em uma noite para atacar os mesmos soldados... na maior parte do tempo temos pouca comida... e dormimos no chão. Porém, lenta e firmemente estamos enxotando os soldados das montanhas e de toda Cuba — outros homens como nós fazem o mesmo na cidade e nas colinas."

Termina dizendo que esperava que agora a mãe entendesse por que ele estava em Cuba: "O motivo desta carta é contar-lhe por que luto aqui. Não espero que aprove, mas acho que você entenderá e — se acontecer de eu morrer aqui — saberá que não foi por um capricho tolo — ou, como diria papai, por uma fantasia. Quanto a Terri, Billy e Ann, é difícil entender, mas eu os amo profundamente e penso neles com frequência."

Capítulo 15

A base da história do bombardeio indiscriminado de Batista nas montanhas para dobrar a força dos guerrilheiros são as memórias de Olga Goodwin. Foi durante um desses ataques que Morgan tocou no assunto do futuro deles. Mas Olga respondeu que não podiam pensar no futuro estando em meio à guerra.

"Eu não conheço você. Não sei nada sobre você. Precisamos conversar com calma, pois não sei nada sobre sua vida e você não sabe nada sobre a minha", escreveu ela.

CAPÍTULO 16

Entrevistamos Olga Goodwin e usamos extensos trechos de suas memórias com detalhes sobre sua saída do acampamento quando seu papagaio morreu.

CAPÍTULO 17

Para o relato sobre o encontro de Jesús Carreras com Ernesto "Che" Guevara nos baseamos em longas entrevistas com membros da Segunda Frente Nacional do Escambray. Também nos baseamos em documentos e relatos históricos da jornada de Che ao Escambray e a disputa entre a Segunda Frente e o Movimento 26 de Julho.

CAPÍTULO 18

Conversamos longamente com Olga Goodwin e nos baseamos em suas memórias. Parte do capítulo provém de longas entrevistas com membros da Segunda Frente Nacional do Escambray, incluindo Eloy Gutiérrez Menoyo, Roger Redondo, Armando Fleites, Ramiro Lorenzo, Jorge Castellón e outros. Menoyo sofria pressão para fazer as pazes com Che, mas também tinha de lidar com a presença crescente das tropas de Batista nas montanhas.

CAPÍTULO 19

O relato sobre o casamento de Morgan e Olga provém de entrevistas com Olga Goodwin, seus parentes e amigos, e com membros da Segunda Frente Nacional do Escambray. Também usamos as memórias dela: "O mês de outubro chegou e a situação política em Cuba piorava a cada dia. Várias cidades estavam sendo atacadas e, no final de outubro de 1958, ele disse: 'Olga, é melhor nos casarmos. Ninguém sabe o que vai acontecer e sei que eu te amo muito e que você também me ama.' Então eu respondi: 'Está bem, nos casamos assim que for possível.'"

Usamos nossas entrevistas com membros da Segunda Frente, como Roger Redondo e Armando Fleites e cartas topográficas militares, reportagens na imprensa e material de arquivo para relatar a batalha de Trinidad. Redondo recordou que instara Menoyo a adiar a missão. Como olheiro, ele descobriu que os militares haviam enviado duas companhias a Trinidad, antecipando-se ao ataque rebelde. Apesar dos riscos, Menoyo prosseguiu com os planos.

Capítulo 20

O encontro de Menoyo com Che Guevara se baseia em diversas entrevistas com membros da Segunda Frente Nacional do Escambray, como Eloy Gutiérrez Menoyo, Roger Redondo, Armando Fleites e outros. Os documentos mostram que Castro havia enviado Che ao Escambray para colocar todas as unidades rebeldes sob o comando do Movimento 26 de Julho.

Capítulo 21

Conversamos longamente com Olga Goodwin e extraímos informações de suas memórias. Ela contou detalhes sobre o uniforme de Morgan e seu ritual — como se vestia antes de ir para a campanha. O relato sobre o ataque final — incluindo a escaramuça em Topes de Collantes e a tentativa de Che de solapar o papel da Segunda Frente Nacional do Escambray na luta — foi extraído de longas entrevistas com membros da unidade combatente, inclusive Roger Redondo, Armando Fleites e outros.

Capítulo 21

Entrevistamos uma série de pessoas que lutaram na Segunda Frente Nacional do Escambray, entre elas Eloy Gutiérrez Menoyo, Roger Redondo, Armando Fleites, Ramiro Lorenzo e outros. Eles contaram detalhes críticos dos entreveros e mostraram mapas e outros documentos. O relato sobre os últimos dias do governo de Batista provém de artigos e livros históricos e reportagens na mídia.

Capítulo 23

O relato sobre a campanha da Segunda Frente Nacional do Escambray para conquistar cidades e povoados se baseia em entrevistas com membros da unidade combatente, como Roger Redondo, Armando Fleites e outros.

Capítulo 24

Baseamos a maior parte da narrativa sobre o tempo de Morgan em Cienfuegos em longas entrevistas com Olga Goodwin e membros da Segunda Frente Nacional do Escambray, incluindo Roger Redondo, Armando Fleites, Rafael Huguet e outros. Também acrescentamos detalhes das memórias de Olga e transcrições de entrevistas com a família de Morgan, além de reportagens sobre o seu papel em Cienfuegos e na revolução. Usamos documentos do FBI, que seguia as atividades de Morgan em Cuba.

Capítulo 25

Baseamos o capítulo em longas entrevistas com Olga Goodwin, seus amigos e parentes. Em suas memórias, ela dá detalhes dos desafios que o marido e os rebeldes enfrentaram na esteira da súbita fuga de Batista. Usamos reportagens para documentar a popularidade de Morgan entre o povo cubano, que o chamava carinhosamente de "americano".

Capítulo 26

Sobre o tempo de Morgan e Olga em Cienfuegos, nos baseamos nas memórias de Olga Goodwin. Além de entrevistá-la, conversamos com seus amigos e parentes e com membros da Segunda Frente Nacional do Escambray. O relato da visita e refeição de Fidel Castro em um restaurante de Cienfuegos vem de entrevistas com Olga e outros, além de reportagens de jornal.

"Castro usava uniforme e coturnos; tinha o cabelo crespo e muito preto, os olhos brilhantes (algo que chamou muito minha atenção) que pareciam rir quando ele falava", escreveu ela em suas memórias.

Mas ela conta que se desiludiu rapidamente.

"Na verdade, não o vi prestar muita atenção a William nem ao grupo que ele comandava. Aquilo foi perturbador e decepcionante, pois vi que ele só dava atenção e importância ao seu grupo. Não achei aquilo justo e, por isso, falei com minha amiga (Rosita) que queria ir embora, e não quis comer. Cheguei perto de William e disse: não estou me sentindo muito bem e vou embora, porque tem gente demais aqui e preciso de ar fresco. Então saí."

Capítulo 27

A narrativa provém de extensas entrevistas com Olga Goodwin e membros da Segunda Frente Nacional do Escambray, como Eloy Gutiérrez Menoyo, Rafael Huguet, Roger Redondo, Armando Fleites, Ramiro Lorenzo e Jorge Castellón. Também examinamos as memórias de Olga, histórias novas e documentos.

Capítulo 28

Conversamos longamente com membros da Segunda Frente Nacional do Escambray, como Eloy Gutiérrez Menoyo, Roger Redondo, Armando Fleites e outros. Usamos trechos de longas entrevistas com Olga Goodwin e de suas memórias. Também nos valemos de artigos históricos e reportagens na mídia para descrever a situação caótica em Havana nos primeiros dias do governo de Fidel Castro. Fleites mencionou detalhes da briga de Menoyo com Che, que quase virou um banho de sangue. "Havia muita tensão na sala", recordou. "Não sabíamos o que ia acontecer."

Capítulo 29

Conduzimos longas entrevistas com Olga Goodwin, sua família e amigos, incluindo Isabelle Rodríguez, e extraímos detalhes de suas memórias. Nessas ocasiões, Olga relembrou suas conversas com Morgan. Entrevistamos muitos da Segunda Frente Nacional do Escambray, entre eles Roger Redondo e Armando Fleites. Usamos transcrições de entrevistas com a família de Morgan, inclusive Loretta Morgan e Carroll Costain.

Capítulo 30

Conversamos longamente com Olga Goodwin e membros da Segunda Frente Nacional do Escambray. O relato do encontro de Morgan com Dominick Bartone se baseou nessas entrevistas, com detalhes das conversas com Morgan. Além disso, examinamos documentos da Administração Nacional de Arquivos e Documentos como arquivos do FBI, CIA, Departamento de Estado e da máfia. Em uma entrevista, Fleites relembrou um encontro privado com Castro em que o líder cubano se mostrou preocupado porque Morgan era americano. O relato sobre o encontro com Frank Nelson tem origem, em parte nas conversas de Morgan com Olga e membros-chave da Segunda Frente, documentos do FBI e outros.

Capítulo 31

Nosso relato da reunião em que Morgan e Eloy Gutiérrez Menoyo decidem contar a Castro sobre a conspiração de Trujillo foi extraído de diversas entrevistas com membros da Segunda Frente Nacional do Escambray e com Olga Goodwin. Também usamos suas memórias e documentos do FBI. Para o trecho sobre a chegada de Pedro Ossorio à casa de Morgan, revisamos transcrições de uma entrevista anterior.

Capítulo 32

Fizemos diversas entrevistas com membros importantes da Segunda Frente Nacional do Escambray, como Eloy Gutiérrez Menoyo, Roger Redondo e Armando Fleites. Em conversas, Olga Goodwin contou como Morgan lidou com detalhes do complô e com as reuniões com os conspiradores de Trujillo. Algumas reuniões aconteceram na casa dela em Havana. Também encontramos detalhes importantes das reuniões em documentos do FBI; a agência tinha informantes que telefonavam regularmente passando informações.

Capítulo 33

Para documentar a conspiração de Trujillo, entrevistamos diversos membros da Segunda Frente Nacional do Escambray, como Eloy Gutiérrez Menoyo, Roger Redondo e Armando Fleites. Também conversamos com Olga Goodwin e examinamos suas memórias, que esclareceram problemas que o casal enfrentava, preso no meio de uma conspiração internacional. Ela descreveu em detalhes vívidos os personagens que costumavam bater à sua porta sem avisar, inclusive o reverendo Ricardo Velazco Ordóñez, confidente de Trujillo. O ditador o havia enviado a Cuba para avaliar Morgan. Também usamos transcrições de entrevistas anteriores com Pedro Ossorio e documentos do FBI e outros para mostrar que Morgan estava sendo vigiado por agentes federais que trabalhavam febrilmente para tentar desbaratar o complô. Os detalhes das reuniões entre Morgan e o agente do FBI Leman Stafford Jr. provêm de diversas fontes, inclusive documentos do FBI e memórias de Olga. Nas entrevistas, ela deu informações adicionais sobre a investigação do FBI.

Capítulo 34

Realizamos longas entrevistas com diversos membros da Segunda Frente Nacional do Escambray, como Roger Redondo, Armando Fleites e outros. Eles forneceram informações cruciais sobre os desdobramentos do complô. Estavam na sala quando Morgan falou com Trujillo pelo rádio. Durante o complô, Morgan se abriu com Olga e diversos amigos próximos, como Redondo e Fleites. Em entrevistas aos autores, eles falaram dessas conversas.

CAPÍTULO 35

A narrativa provém de longas entrevistas com Olga Goodwin. Também usamos trechos de suas memórias e conversamos sobre a trama com membros da Segunda Frente Nacional do Escambray. Examinamos documentos do FBI e do Departamento de Estado e reportagens. O relato da viagem de Morgan a Cuba com as armas foi extraído em parte de documentos do FBI, que incluíam detalhes de um telefonema de 26 de agosto de 1959 entre Morgan e Leman Stafford Jr. Isto ocorreu uma semana depois de o papel de Morgan como agente duplo ser revelado.

"Ele se desculpou pelo que denominou incapacidade de fornecer detalhes verídicos do propósito das suas visitas anteriores a Miami, Flórida. Pensava que não havia violado nenhuma lei americana com suas ações anteriores, embora sentisse que podia ter 'driblado' algumas delas", escreveu Stafford.

CAPÍTULO 36

Entrevistamos uma série de pessoas que participaram da conspiração de Trujillo, entre elas Eloy Gutiérrez Menoyo, Roger Redondo, Armando Fleites e outras. Conversamos longamente com membros da Segunda Frente Nacional do Escambray que estavam em uma casa de Havana quando Fidel Castro e Camilo Cienfuegos confrontaram diversos adversários envolvidos no complô para derrubar o governo cubano. Revisamos documentos, reportagens e documentos do FBI e do Departamento de Estado, inclusive telegramas e memorandos.

Capítulo 37

Os detalhes deste capítulo foram extraídos das memórias de Olga Goodwin. Ela conta que a conspiração de Trujillo realçou o perfil de Morgan em Cuba. Depois disso, Morgan tornou-se uma celebridade.

"Depois da 'Conspiração de Trujillo' houve muitas mudanças na nossa vida, porque antes disso ele já possuía muitos seguidores. Mas, quando aconteceu, a simpatia por ele aumentou. Quero dizer que houve muita agitação em torno dele, não só em Cuba, mas também no rádio e na televisão. Muitos jornalistas americanos telefonavam e pediam entrevistas. Então a minha casa estava constantemente repleta de jornalistas americanos", escreveu ela.

Capítulo 38

O relato sobre a perda da cidadania de Morgan provém de longas entrevistas com Olga Goodwin, com a família e amigos dele. Também analisamos documentos do Departamento de Estado, da CIA e outros. Entrevistamos diversos membros da Segunda Frente Nacional do Escambray sobre a proteção a Morgan na esteira da conspiração. Usamos transcrições da entrevista de Clete Roberts com Morgan, quando este perguntou sobre sua relação com a revolução, a relação com Fidel Castro e a perda da cidadania americana. Ele também perguntou sobre o casamento de Morgan.

Roberts: "Sabe, Bill, o que você acaba de contar — o encontro com a sra. Morgan, o romance, o tipo de vida que levam — me parece o roteiro de cinema com que Hollywood sonha. Por que você não pôs seu diário à venda?"

Morgan: "Não acho que você deva ganhar dinheiro com os seus ideais. Não pensava que era idealista quando fui para as montanhas, mas agora acho que sou. Ao menos tenho uma fé extraordinária em muitas pessoas e no que elas querem fazer."

Capítulo 39

Conversamos longamente com líderes da Segunda Frente Nacional do Escambray sobre como a polícia secreta de Fidel Castro começou a vigiar Morgan. Em uma série de entrevistas, Olga Goodwin contou que sua vida com Morgan nesse período foi difícil. Tinha uma filha recém-nascida. Eles acabavam de se mudar para o novo apartamento — a sua quarta casa desde o final da revolução. Contou que sonhava em se mudar para os Estados Unidos para constituir família. Mas, quando Morgan perdeu a cidadania, aquilo ficou impossível. Nas entrevistas e memórias de Olga, baseamos o relato sobre o confronto entre Morgan e Fidel Castro ao vivo na televisão. À época, Castro estava convocando uma multidão para se unir a ele para denunciar os Estados Unidos. Suas memórias foram fonte valiosa sobre a decisão de Morgan de criar o criadouro de peixes e rãs.

Capítulo 40

O relato sobre o esforço de Morgan para montar o viveiro de peixes e rãs provém de entrevistas com Olga Goodwin, amigos dele e membros da Segunda Frente Nacional do Escambray, inclusive Roger Redondo. Usamos transcrições de entrevistas com Edmundo Amado Consuegra e Pedro Ossorio. Olga recordou-se que naquele período Morgan colocou Antonio Chao Flores sob sua asa, para evitar que se metesse em confusão.

"Descrever este jovem é, de certa forma, uma razão de orgulho, pois eu o considero extraordinário", escreveu Olga em suas memórias. "William e eu o víamos como um filho. Ele tinha a pele clara, era muito amistoso, carinhoso e conversador, e tinha ideais políticos extraordinários. Possuía um olhar doce, penetrante e puro, era baixo, louro e de movimentos rápidos ao caminhar, nunca medroso e muito corajoso, pronto a enfrentar qualquer perigo, e às vezes até a procurá-lo. Por vezes eu olhava para ele e dizia: 'Temo por você, porque às vezes você é um pouco impulsivo e acho que algo pode lhe acontecer.' Ele sorria e dizia: 'Não se preocupe; nada vai me acontecer.'"

Capítulo 41

Conversamos com Olga Goodwin e tivemos acesso às suas memórias, com detalhes cruciais sobre a vida familiar do casal. O relato sobre o desastre do *La Coubre* provém de diversas entrevistas com Olga e membros da Segunda Frente Nacional do Escambray, entre eles Eloy Gutiérrez Menoyo, Roger Redondo, Armando Fleites e outros, além de documentos históricos e reportagens.

Capítulo 42

Entrevistamos membros-chave da Segunda Frente Nacional do Escambray, que forneceram informações cruciais sobre seus esforços para se contrapor à inclinação de Fidel Castro em direção à União Soviética. Em uma série de longas entrevistas, Roger Redondo e outros contaram que nenhuma outra unidade militar se opôs tanto ao comunismo quanto a Segunda Frente. Eles haviam declarado isso publicamente. Tinham inclusive expressado suas opiniões a Castro. O relato sobre a decisão de Morgan de levar armas ao Escambray vem de entrevistas com Olga Goodwin, membros da Segunda Frente e historiadores cubanos, entre eles Enrique Encinosa. Também nos baseamos em documentos históricos e transcrições de entrevistas com personagens importantes, como Frank Emmick. As memórias de Olga forneceram informações sobre a luta de Morgan para libertar Jesús Carreras da prisão.

Capítulo 43

O capítulo se baseia em longas entrevistas com Olga Goodwin e membros da Segunda Frente Nacional do Escambray, entre eles Rafael Huguet, Roger Redondo e Armando Fleites. Também em documentos histtóricos, especialmente a seção sobre a presença soviética no Escambray. Além disso, analisamos reportagens e diversos livros sobre a revolução cubana. As memórias de Olga relatam o nascimento da sua segunda filha.

Capítulo 44

Muitos detalhes importantes sobre as detenções de Morgan e Olga provêm das memórias desta e de entrevistas com ela na última década. Também usamos materiais de longas entrevistas com membros da Segunda Frente Nacional do Escambray, amigos e parentes de Morgan, historiadores cubanos, documentos do Departamento de Estado e reportagens.

Capítulo 45

A narrativa sobre o encarceramento de Morgan em La Cabaña, a prisão domiciliar da esposa e sua fuga posterior se baseia em entrevistas com Olga Goodwin e com membros da Segunda Frente Nacional do Escambray, como Roger Redondo e Armando Fleites, e na transcrição de entrevistas com Pedro Ossorio Franco e Edmundo Amado Consuegra. Usamos as memórias de Olga para detalhes importantes sobre seu encontro com Morgan em La Cabaña e sua fuga da prisão domiciliar com as duas filhas depois de drogar os guardas cubanos.

Capítulo 46

Conduzimos longas entrevistas com membros da Segunda Frente Nacional do Escambray, entre eles Roger Redondo, Armando Fleites, Eloy Gutiérrez Menoyo, Domingo Ortega e outros. Redondo e Fleites falaram da decisão de fugir de Cuba. As entrevistas com Olga Goodwin forneceram detalhes sobre sua entrada na embaixada brasileira, onde obteve asilo. Também extraímos informações de suas memórias. Em entrevistas com o historiador cubano Enrique Encinosa, ele revelou que seu pai abrigou Olga e as filhas quando fugiam da polícia secreta.

Capítulo 47

O relato sobre a prisão de Morgan em La Cabaña e sobre seu julgamento, em março de 1961, devemos a inúmeras fontes, como transcrições de entrevistas com Pedro Ossorio e Edmundo Amado Consuegra. Também entrevistamos o jornalista Henry Raymont, que cobriu o julgamento para a Associated Press International. Revisamos as últimas cartas de Morgan à mãe e a Olga, e documentos históricos, como as transcrições do julgamento (traduzidas por Donald Cellini, ex-professor de espanhol do Adrian College). Além disso, usamos reportagens e as memórias de Olga, que descreveram sua fuga da embaixada brasileira em uma tentativa desesperada de se reunir com Morgan em Camagüey. O relato da tentativa frenética de Loretta Morgan de salvar a vida do filho provém de diversas fontes, inclusive a transcrição de uma entrevista com ela na década de 1980, além de documentos e cartas com apelos a líderes do Congresso e da Igreja em favor do filho.

Capítulo 48

Baseamo-nos em entrevistas com pessoas que estavam em La Cabaña na noite em que Morgan foi executado, entre elas Hiram González e Pedro Ossorio (gravadas em 1983). Revisamos também documentos históricos e um relato escrito pelo reverendo John Joseph McKniff, o padre que ouviu a última confissão de Morgan e o acompanhou ao paredão da execução. McKniff descreveu a morte de Morgan pelo pelotão de fuzilamento. Entre os documentos estavam as cartas de Morgan à mãe.

"Fiz as pazes com Deus", escreveu ele na cela. "Posso aceitar o que for com a mente clara e o espírito forte."

O relato sobre a prisão de Olga foi extraído de entrevistas com ela e de suas memórias, escritas em 1982.

BIBLIOGRAFIA

LIVROS

ANDERSON, John Lee. *Che Guevara: A revolutionary life*. New York: Grove Press, 1997 [Che Guevara: uma biografia. Rio de Janeiro: Objetiva, 1997].

BETHEL, Paul D. *The Losers*. New Rochelle: Arlington House, 1969.

BONACHEA, Ramón L.; MARTIN, Marta San. *The Cuban Insurrection 1952-1959*. New Brunswick: Transaction Books, 1974.

CASTAÑEDA, Jorge G. *Companero: The life and death of Che Guevara*. Nova York: Alfred A. Knopf, 1997 [*Che Guevara: a vida em vermelho*. São Paulo: Companhia das Letras, 1997].

CASTRO, Fidel. *Che: A Memoir*. Nova York: Ocean Press, 2005 [*Che na lembrança de Fidel*. Niterói: Casa Jorge, 1997].

DE LA COVA, Antonio Rafael. *The Moncada Attack: Birth of the Cuban Revolution*. Columbia: University of South Carolina Press, 2007.

DORSCHNER, John; FABRÍCIO, Roberto. *The Winds of December*. Nova York: Coward, McCann & Geoghegan, 1980.

ENGLISH, T. J. *Havana Nocturne: How the Mob Owned Cuba... and Then Lost It to the Revolution*. Nova York: William Morrow, 2008.

ESCALANTE, Fabián. *The Secret War: CIA Covert Operations Against Cuba 1959-1962*. Nova York: Ocean Press, 1995.

GUEVARA, Ernesto Che. *Guerrilla Warfare*. 3ª edição. Wilmington, DE: Scholarly Resources, 1997.

KELLY, John J. *Father John Joseph McKniff, O.S.A.* Roma, Escritório Geral do Postulado, Ordem de Santo Agostinho, 1999.

MALLIN, Jay; BROWN, Robert K. *MERC: American Soldiers of Fortune.* Nova York: MacMillan, 1979.

MATTHEWS, Herbert L. *The Cuban Story.* Nova York: George Braziller, 1961.

PATERSON, Thomas G. *Contesting Castro: The United States and the Triumph of the Cuban Revolution.* Nova York: Oxford University Press, 1994.

RYAN, Henry Butterfield. *The Fall of Che Guevara: A Story of Soldiers, Spies, and Diplomats.* Nova York: Oxford University Press, 1998.

SHETTERLY, Aran. *The Americano: Fighting with Castro for Cuba's Freedom.* Chapel Hill: Algonquin Books, 2007.

VERDEJA, Sam; MARTÍNEZ, Guillermo. *Cubans: An Epic Journey, the Struggle of Exiles for Truth and Freedom.* St. Louis: Reedy Press, 2011.

VON TUNZELMANN, Alex. *Red Heat: Conspiracy, Murder, and the Cold War in the Caribbean.* Nova York: Henry Holt and Company, 2011.

WEISS, Mitch; MAURER, Kevin. *Hunting Che: How a US Special Forces Team Helped Capture the World's Most Famous Revolutionary.* Nova York: Penguin Group, 2013 [*Caçando Che.* Rio de Janeiro: Record, 2015].

ARQUIVOS E DOCUMENTOS

ADMINISTRAÇÃO Nacional de Arquivos e Registros, Washington, DC. Este arquivo inclui documentos da Agência Central de Inteligência, exército e Departamento de Defesa e arquivos de inteligência militar relativos à guerra de guerrilha de William Morgan, Fidel Castro e Ernesto "Che" Guevara em Cuba e a reação do governo dos EUA.

CIA, Confidencial, Resumo de Plano Contrarrevolucionário. 8-17 de agosto de 1959.

⸺. Invasão de Cuba, 1º de setembro de 1959.

DEPARTAMENTO de Estado dos EUA. *Foreign Relations of the United States, 1958-1960*, Volume IV, Cuba, Documento 469.

⸺. Serviço Exterior, telegrama do embaixador Philip Bonsal ao Departamento de Estado em Washington, DC, alertando sobre conspiração para derrubar Castro do líder dominicano Rafael Trujillo, com "William Alexander Morgan, pessoa-chave" no complô, 31 de julho de 1959.

O COMANDANTE IANQUE

_____·Carta do embaixador americano Philip Bonsal ao assistente do Secretário de Estado para assuntos Interamericanos, Richard Rubottom, sobre a deterioração das relações entre Cuba e os Estados Unidos, 2 de dezembro de 1959.

_____·Memorando de uma conversa, William A. Wieland, deputado Adam Clayton Powell, 12 de março de 1959.

_____·Telegrama do embaixador americano Philip Bonsal ao Departamento de Estado em Washington, DC, sobre tensões nas relações entre Cuba e os Estados Unidos, 6 de outubro de 1959.

_____·Telegrama da embaixada americana no Chile à embaixada americana em Cuba, confusão quanto à revelação dos EUA a Fidel Castro sobre a conspiração de Trujillo, 12 de agosto de 1959.

DEPARTAMENTO de Saúde de Ohio, Divisão de Estatísticas Vitais, certidão de nascimento original de William Alexander Morgan, Hospital St. John's, Cleveland, 19 de abril de 1928.

ESCUELA Normal para Maestros de Las Villas, República de Cuba, Ministerio de Educación, Olga Maria Rodríguez Farinas, Diploma de Mestre Normal, 16 de março de 1959.

FBI, Miami, Confidencial, Segurança Interna, Investigação de Antecedentes, Questão de Neutralidade, 21 de maio de 1959-14 de março de 1960, Leman Stafford.

_____·Informe ao diretor do FBI J. Edgar Hoover, Atividades Rebeldes em Cuba, Movimento 30 de novembro, 10 de abril de 1961.

FBI, Nova York, SAC ao diretor do FBI J. Edgar Hoover, República Dominicana, recompensa de Trujillo por Morgan, 3 de fevereiro de 1961.

GOODWIN, Olga (Morgan), 150 páginas de anotações manuscritas e datilografadas (em espanhol e inglês), descrevendo sua história, a revolução e sua vida com William Alexander Morgan, 1981-84.

IGREJA Paroquial de Vedado, Havana, certidão de batismo, Loretta de la Caridad, 9 de maio de 1960.

INTELIGÊNCIA do exército dos EUA, informe ao diretor do FBI, cidadãos dos EUA em cargos no governo cubano, 11 de março de 1960.

MORGAN, William Alexander, cartas a Loretta Morgan (1958, 1961), William Morgan Jr. (1958), Ann Morgan (1958) e Olga Morgan (1961).

REGISTROS do Cemitério Colón, Havana, William Alexander Morgan, Jesús Carreras, 1961-1971.

REGISTROS do julgamento de William Alexander Morgan, La Cabaña, Conselho Regular de Guerra, capitão Jorge Robreño Marieges, presidente do tribunal, 10 de março de 1961.

SERVIÇO de Imigração e Naturalização dos EUA, informe ao diretor do FBI J. Edgar Hoover, Perda de Cidadania (CO-1085-C), 14 de março de 1960.

PUBLICAÇÕES PERIÓDICAS

ALBARELLI, H. P., Jr. "William Morgan: Patriot or Traitor?" WorldNet Daily. com (2002).

BRANSON, Robert. "Frogs in New Command of Toledo Major in Cuba." *Toledo Blade,* 11/4/1960. http://www.latinamericanstudies.org/morgan/Morgan-04-11-60.htm.

DRISCOLL, Amy. "US Reclaims Citizen Who Led Cuban Rebel Fighters." *Miami Herald*, 13/4/2007.

EATON, Tracey. "Widow Pushes for Remains of Yankee Commander." *Dallas Morning News*, 31/3/2002.

FLICK, Jim. "The Ordeal of Frank Emmick." *Toledo Blade Sunday Magazine*, 3/2/1980.

GRANN, David. "The Yankee Comandante: A Story of Love, Revolution, and Betrayal." *New Yorker*, 28/5/2012.

HAVANA POST. "US Turns Down Morgan Citizenship Request." 5/2/1959.

MATTHEWS, Herbert L. "Cuban War Aided by Second Front." *New York Times*, 3/4/1958.

MIAMI HERALD. "Dockworker Set Ship Blast in Havana, American Claims." 7/3/1960.

———. "Once Cuban Hero, Buried as 'Traitor.'" 11/3/1961.

REVOLUCIÓN. "Comerciaremos con el Mundo Entero. Roa." 26/7/1959.

SALLAH, Michael. "Cuba's Yankee Comandante." *Toledo Blade*, 3-5/3/2002.

SCHULTZ, Randy. "In Pursuit of Dreams." *Palm Beach Post*, 4-8/11/1979.

TOLEDO BLADE. "Castro Names Toledoan to Military Post." 5/1/1959.

O Comandante Ianque

————. "Cuba Cancels US Tour by Morgan." 4/3/1959.

————. "Cuban Army Discloses Arrest of Major Morgan, Ex-Toledoan." 22/10/1960.

————. "Ex-Toledoan Reported in Cuban Prison." 16/11/1960.

————. "Ex-Toledoan to Tell Cuba Story in City." 27/2/1959.

————. "Leader of Castro's Jungle Fighters Wants to Return Home to Toledo." 5/1/1959.

————. "Morgan Buried in Cuban Crypt, Fugitive Wife Stays in Hiding." 13/3/1961.

————. "Morgan of Toledo Fights to Retain His Citizenship." 6/9/1959.

————. "Morgan's Widow Seized in Cuba." 18/3/1961.

————. "Toledoan's Death in Cuba Detailed." 2/8/1963.

————. "William Morgan." 20/6/1963.

Toledo Times. "Toledoan Held in Solitary, Havana Hears." 17/11/1960.

————. "Morgan Killed As Anti-Red, His Note Says." 17/3/1961.

————. "Quitting US Rights, Toledo Man Confirms." 25/9/1959.

Velázquez, José Sergio. "Llevado W. Morgan a Juicio." *El Mundo*, 10/3/1961.

Índice

A

Abbes, Johnny, 236, 244
Amado Consuegra, Edmundo, 11, 42, 214
   detenção de, 294
   e a promoção de Morgan, 104
   julgamento de, 308, 310, 312
   conhece Morgan em Miami, 22, 29-31
Artola Ordaz, Lázaro, 11
   apoia Menoyo, 116
   defende acampamento rebelde, 75, 76
   e a promoção de Morgan, 104
   encontro com Castro, 201
   testa Morgan, 52-54
   toma Manicaragua, 153-54, 154-55
   trabalha com as forças de Castro, 146, 147
Ashley, Thomas "Lud", 306

B

Barquin, Ramón, 167
Bartone, Dominick, 15
   encontros com Morgan, 190-91, 205, 207, 208
   trama contra Castro, 223
Batista Zaldívar, Fulgêncio, 13-14, 18, 26
   armas americanas de, 36
   ataques aos rebeldes, 58-59, 128-29
   envia exército ao Escambray, 103
   fuga de, 158, 159, 161-62, 167
   golpe de, 34
   guerra contra camponeses, 89, 90
   medo da revolução, 41
   presença no campo, 65
   reação às vitórias rebeldes, 154, 155
   trama contra Castro, 223-25
Benítez, Manuel, 14, 206, 207
   informe ao FBI, 215, 216
Besase, Anthony, 27
Betancourt, Francisco, 230, 240
Bethel, Ellen May "Terri", 15, 25
   divórcio de Morgan, 110
Blanco Navarro, Renaldo, 214
Bonsal, Philip, 15, 229
Brown, Sherrod, 324

C

Caíñas Milanés, Arturo, 224, 233-34
Camacho Santos, Regino, 11, 72-74
    cria fuzil de assalto, 103
Cárdenas Ávila, Anastasio, 11, 137, 138
Cárdenas, Nicholas, 130
Carreras Zayas, Jesús, 11, 61, 62
    apoia Menoyo, 116
    ataque a Topes de Collantes, 146
    ataque de Guevara a, 140
    defende acampamento rebelde, 75-76
    detenção de, 273-76, 287
    e grupo rebelde rival, 121-22, 125-26
    encontro com Guevara, 175-76
    execução de, 313
    julgamento de, 308-09, 310, 312
    opinião de Castro sobre, 192-93
    opinião sobre Morgan, 104
    oposição ao comunismo, 269, 270
Carro, Luís, 308, 309
Casanova, José, 150
Casillas Lumpuy, Joaquín, 155
Castellón, Jorge, 175, 176
Castro Cisneros, Manolo, 309
Castro Ruz, Fidel, 13, 18, 121, 122, 123-24
    carta a Che, 174-75
    complô contra, 206-09, 229-32, 233-36, 237-40, 241-43
    contra a Segunda Frente, 180
    controle do exército, 206-07
    discurso à nação de, 253-55

    e explosões no porto, 264-67
    e os restos mortais de Morgan, 324
    em Cienguegos, 169, 170-71
    encontro com Fleites, 191-93
    encontro com Morgan e Menoyo, 200-02, 202, 208-09
    foto de, 175
    laços com a União Soviética, 18, 269, 278-79, 281-82
    nas montanhas da Sierra Maestra, 36, 52
    nomeia presidente provisório, 170
    opinião sobre Trujillo, 196
    prisão de Carreras, 276-76
    sentimentos sobre os EUA, 181-82, 195-96
    sobre os cassinos da máfia, 191
    Guevara se junta a, 124-25
Castro Ruz, Raúl, 13, 124, 180
    e a viagem da Segunda Frente, 197, 199
    em Santiago de Cuba, 177
    encontro com a Segunda Frente, 182
    sentimentos sobre os EUA, 182
Chao Flores, Antonio, 11, 19, 212
    conhece Morgan em Miami, 22, 29-31
    traz Morgan a Cuba, 39, 40, 42, 44
Chomón Mediavilla, Faure, 13
    briga com Menoyo, 65-66
    embaixador em Moscou, 269
    encontro com Menoyo, 115-16
Cienfuegos Gorriarán, Camilo, 142
    ataque a Topes de Collantes, 146

complô contra Castro, 234

no acampamento Columbia, 167

toma Yaguajay, 155

vai para Havana, 163

Cisneros Castro, Manuel, 213, 284-85

Corcho, Pérez, 150-51

Cuba, ataque rebelde em Trinidad, 136-38

começo da revolução em, 21, 26, 34-36

controle rebelde de, 166-67

explosões no porto em, 262-66

governo interino em, 162-63

Havana, 41-42

interesses da máfia em, 190-91

invasão planejada de, 215, 223-25

mapa de, 9

montanhas do Escambray, 48, 52, 93

Nuevo Mundo, 100-01

popularidade da revolução em, 189-90

prisão de La Cabaña, 17, 290

rebeldes atacam Manicaragua, 153-54

rendição de Caibarién, 155

rendição de Cienfuegos, 158-60, 161-63

revoluções anteriores em, 39

rio Ariguanabo, 255, 259

sentimentos sobre os EUA em, 181-82

tratamento de prisioneiros em, 320-21

Cubela, Rolando, 115, 163

disputa com Castro, 170

Cushing, cardeal Richard, 306

D

Díaz Lanz, Pedro, 199-200

Diretório, 154, 162-63,174

acordo com Guevara, 140

Chomón líder do, 115-16

controle do distrito policial, 162

disputa com Castro, 169-70

Ver também Segunda Frente

Domínguez, Rueben, 309

Dorticós Torrado, Osvaldo, 264, 306

E

Eastland, James, 251

Echemendia, Faustino, 48-50

Edgerton, Darlene, 24, 25

Eisenhower, Dwight D., 266

Emmick, Frank, 15, 259, 322

Encinosa, Escipión, 299, 300

Errion, Thomas, 221, 222, 225

Escambray, montanhas do (Cuba), 48

importância das, 52

La Mata de Café, 93

Nuevo Mundo, 100

proprietários de terras nas, 141-42

vitórias rebeldes nas, 154-55

Estados Unidos, atitude com relação a Castro, 266-67

planejam invasão de Cuba, 19

preocupados com revolução cubana, 21-22

F

Fernández-Rubio, Pelayo, 310
Ferrando, Augusto, 14, 206
   complô contra Castro, 220, 223, 224
Fleites Díaz, Armando, 11, 63, 67
   alerta Menoyo, 301
   apoia Menoyo, 115-16
   conhece Olga, 87
   encontro com Castro e Guevara, 182, 183
   encontro com Castro, 191-93
   opinião sobre Morgan, 103
   oposição ao comunismo, 269, 270
Florez Ibarra, Fernando Luís, 308, 309

G

Galíndez Suárez, Jesús, 244
González, Hiram, 305
González, Reinol, 47-48
Goodwin, Jim, 323
Goodwin, Olga. *Ver* Morgan, Olga
Guarda Rural, 89, 91
   ataque a Escandel, 104-07
   Ver também Batista Zaldívar, Fulgêncio
Guevara de la Serna, Ernesto "Che", 13, 18, 123-26
   ataque com Menoyo, 145-47
   e as explosões no porto, 264
   encontra Menoyo em La Cabaña, 175-76
   encontro com a Segunda Frente, 182-83
   encontro com Menoyo, 139-43
   ordena julgamentos, 177, 179
   sentimentos sobre os EUA, 182
   sobre os cassinos da máfia, 190
   toma La Cabaña, 167
   vai para Havana, 162, 174-75
   vitórias de, 154-55

H

Hall, Lee, 308
Havana (Cuba), 41-42
   controle militar de, 162-63
   controle rebelde de, 166-67
   explosões no porto, 262-67
   prisão de La Cabaña, 17, 291
   rio Ariguanabo, 255-56, 259
   Ver também Cuba
Hernández Tellaheche, Arturo, 224
   captura rebelde de, 233, 234
Hernández, Ventura, 133, 134, 135
High, Robert King, 194
Hoover, J. Edgar, 15
   e o caso Morgan, 19, 245
   prisão de espião, 206
Huguet, Rafael, 12, 199, 280-82

J

Juárez, Benito, 34

K

Kaptur, Marcy, 324
Kennedy, John, 266

O Comandante Ianque

L

La Cabaña (prisão militar), 17, 291
La Mata de Café, 93
Lanski, Meyer, 190, 205
Leclerc, Jacques-Philippe, 58
Léon, Francisco, 134
López, Elio, 271, 272
Lorenzo Vega, Ramiro, 12, 50
    ataque a Topes de Collantes, 150
    ferimento de, 67-68, 69
Luciano, "Lucky", 190
Lüning, Heinz, 206

M

Machado, Gerardo, 40
Marín, Mario, 309, 310
Martí, José, 40
Martínez Fernández, Ramón, 310
Martínez, Angelito, 278
Matthews, Herbert, 77
McKniff, John Joseph, 313, 314, 315
Menoyo, Carlos, 58
Menoyo, Eloy Gutiérrez, 11, 57-59
    ataque aéreo a, 128
    aceita Morgan no grupo, 50-51, 52, 53, 54-55
    ataque a Cumanayagua, 147-49
    ataque a Escandel, 104, 105-07
    ataque a Topes de Collantes, 145-47, 149-51
    ataque ao quartel de Trinidad, 129-30, 136-38
    batalha na plantação, 93-96
    batalha nas montanhas, 60-63

    complô contra Castro, 200-02, 215, 231, 233, 235-36, 238, 239-40
    conhece Olga, 87-88
    defende acampamento rebelde, 74-77
    e a prisão de Morgan, 290-91
    e explosões no porto, 265
    encontro com Chomón, 115-16
    encontro com Raúl Castro, 182-83
    encontros com Guevara, 139-43, 175-76
    estratégia contra batalhão, 122-23
    foge para Miami, 301-02
    fotos de, 175, 247
    mobiliza rebeldes, 68-70
    oposição ao comunismo, 269
    planeja viagem aos EUA, 194, 197
    preocupado por causa de Che e Castro, 179-80
    promove Morgan, 103-04
    relação com Chomón, 65-66, 115-16
    treina os rebeldes, 71, 72, 87, 90
    vai para Havana, 162-63, 166-67, 174-75
Menoyo, José, 58
Mestre Gutiérrez, Ramón, 224, 233, 234-35
Miret Prieto, Pedro, 283
Morgan Rodríguez, Loretta, *247, 262*
Morgan, Alexander, 15, 323
    prisão do filho, 287
    relação com o filho, 23
Morgan, Ann Marie, 25, 109
Morgan, Billy, 109, 111
Morgan, Carroll, 23

359

Morgan, Loretta, 15, 110, 197
conhece Olga, 322
prisão do filho, 286-87, 306-07
relação com o filho, 23, 24
telefonema do filho, 186-88
Morgan, Olga, 19,145
complô contra Castro, 220, 241, 242
depois da morte de Morgan, 319-24
e a saúde de Morgan, 270-72, 273
e conselheiros soviéticos, 279-80
e discurso de Castro, 253, 255
e explosões no porto, 262-63
e Ossorio, 217
e plano de Castro, 212-14
em Cienfuegos, 165, 166, 170, 171
em Havana, 179, 180-81, 193
escapa da prisão domiciliar, 294-97,
    299-01
fotos de, 135, 262, 279
gestações de, 185-86, 261-62
na embaixada brasileira, 302-04
nascimentos das filhas, 244-45, 249,
    277
prisão e leitura das acusações, 284-
    86, 287, 289, 291-93
segunda detenção de, 316-18
teme pelo marido, 173, 174, 195,
    202-03
vai aos EUA com Morgan, 220-21,
    223, 227
Ver também Rodríguez Farinas,
    Olga
Morgan, William Alexander, 12, 17-18
apoia Menoyo e a Segunda Frente,
    116

ataque Cumanayagua, 145, 147-49,
    155
ataque a Escandel, 104, 106-07
ataque ao quartel de Trinidad, 137
ataques contra, 246-47,249
batalha na plantação, 93-96
cartas à família, 109-11
casa-se com Olga, 133-36
chegada de conselheiros soviéticos,
    278-82
cidadania resgatada, 324
colapso de, 270-73
conhece Castro, 169, 170, 171
conhece Olga, 88, 89-90
cria fuzil de assalto, 103
defende acampamento rebelde, 74-77
detenção de Carreras, 272-76
detenção e prisão de, 283, 285-87,
    292-94
e discurso de Castro, 253-55
e explosões no porto, 263, 264, 265
em Havana, 176-77, 179, 180-81,
    182, 185, 193
em Miami, 21-22, 25-26, 29-31
em Ohio, 26-29
encontro com Bartone, 189-91
encontro em Miami, 205-08, 215
execução de, 313-16; interesse do
    FBI em, 215-16, 226
julgamento de, 305, 307-12
lealdade aos rebeldes, 19
nascimentos das filhas, 244-45,
    277-78
no acampamento Nuevo Mundo,
    99-100

O Comandante Ianque

no acampamento rebelde, 69-70, 72-74

notoriedade de, 77, 166-67, 189-90

oferta para matar Castro, 194-95, 196, 199-200, 204

oposição ao comunismo, 269, 270

perda da cidadania, 249-52

planeja viagem aos EUA, 195, 197

plano com Castro, 211-15

plano de Batista contra, 213-15

planos para o viveiro, 255-57, 259-60, 261

primeira batalha de, 61-63

problemas no exército dos EUA, 24-25

promoção de, 103-04

questionado por Stafford, 225-26

relação com Olga, 97-99, 100-01, 113-15, 118-19, 127-28, 130-31

restos mortais de, 323-24

telefonema à mãe, 186-88

toma Cienfuegos, 157-60, 161-62, 165-66, 173-74

trama contra Castro, 200-02, 208-09, 219-25, 227-32, 233-40, 241-43, 279-82

une-se aos rebeldes, 43-45, 47-56, 57, 59-60, 67, 68

vai para Cuba, 39-40, 41-43

Movimento 26 de Julho, 13, 121-22, 125

poder do, 175, 180

toma Yaguajay, 154

Ver também Castro Ruz, Fidel

Castro Ruz, Raúl

Guevara de la Serna, Ernesto "Che"

Movimento 30 de Novembro, 290

Muchado, Gerardo, 67

Mur, Efrén, 48-50

N

Nelson, Frank, 15, 195-96

Nieves, Raúl, 147, 154

O

Ortega, Domingo Gómez, 12, 157

Ossorio Franco, Pedro, 12

detenção de, 285, 294

detenção de Carreras, 275

espiona Morgan, 203-04, 217

julgamento de, 308, 310, 312

P

Pafradela Nápoles, Roberto, 310

Patterson, Enrique, 266, 267

Paula, José, 21, 29, 31

Pedraza Cabrera, José, 206

Peña, Alfredo, 167

Pérez, Onofre, 135

Pozo, Inocencia, 83

Pozo, Luís del, 240

R

Rangel, Charles, 324

Raymont, Henry, 308

Redondo González, Roger, 12, 88, 233

e conselheiros soviéticos, 278

esconde armas, 57

foto de, 88

361

preocupa-se com Morgan, 51, 54

sobre a bravura de Morgan, 76

sobre batalha na montanha, 62, 63

Regueira Luaces, Antonio, 14, 76

Roa, Raúl, 230

Roberts, Clete, 252

Robreño Marieges, Jorge, 310

Rodríguez Farinas, Olga, 12

casa-se com Morgan, 133-36

conhece Morgan, 88, 89-92

consola soldados, 97

e Doña Rosa, 99-100

foge para se unir aos rebeldes, 81-86

foto de, 80

inquérito policial sobre, 79-81

no acampamento rebelde, 87-88

papagaio de, 117-18

queda de, 98-99

relação com Morgan, 97-98, 100-01, 113-15, 118-19, 127-28, 129-31

une-se à revolução, 34-37

Ver também Morgan, Olga

Rodríguez, Héctor, 137

Rodríguez, Isabelle, 185

Rodríguez, Rafael, 83

Rodríguez, Roberto, 35

Rodríguez, Roger, 12

conhece Morgan em Miami, 26, 28

encontra Morgan em Cuba, 43-45, 47, 50

Rollison, Opie, 324

Roosevelt, Theodore, 18

Rosa, Doña, 100-01

Ruiz Flores, Blanca, *247*

Ruiz, Publio, 155

S

Sánchez Manduley, Celia, 191, 208

Sánchez Mosquera, Angel, 14, 123

Segunda Frente Nacional do Escambray (SFNE)

Ver Segunda Frente

Segunda Frente, 52, 63

ataque aéreo contra, 127-28, 129

acampamento em Nuevo Mundo, 100

apoio dos fazendeiros, 133

ataque a acampamento da, 74-77

ataque a acampamento, 74-77

ataque a Cumanayagua, 147-49

ataque a Escandel, 104, 105-08

ataque ao quartel de Trinidad, 128-29, 136-38

ataque a Topes de Collantes, 149-51

ataque aéreo contra, 127, 128-29

ataque com forças de Castro, 145-47

base nas montanhas, 71-74

batalha na plantação, 93-96

cisão entre os líderes, 65-66

complô contra Castro, 225, 237, 238-39

e Chomón, 115-16

controla Havana, 166-67, 174-75

e prisão de Morgan, 289-90

encontro com Fidel, 200-02

encontro com Guevara, 175-76

encontro com Raúl e Guevara, 182-83

O Comandante Ianque

equipes de ataque da, 87
fuga para posto avançado, 65
importância de Cienfuegos, 170,171
membros da, 11-12
oferta de turnê pelos EUA, 195, 197, 199
oposição ao comunismo, 269-70
plano de Morgan para a, 257
toma Cienfuegos, 158-60
toma estrada, 109
toma Manicaragua, 153-54
Ver também membros específicos da
SIM (polícia secreta). *Ver* Batista y Zaldívar, Fulgêncio
Smathers, George, 251
Stafford, Leman, Jr., 15
descobre o complô, 215-16
informa sobre o caso Morgan, 215-16
segue a pista de Morgan, 219-20, 221-22, 225, 226, 228-29

T

Tabernilla Dolz, Francisco, 14, 154
Tagle Babe, Mario A., 310
Trafficante, Santo, Jr., 179, 205
Trujillo Molino, Rafael, 14, 196, 201
anticomunismo de, 246
complô contra Castro, 219, 223, 224, 231, 234, 235-40, 241, 244
influência nos EUA de, 251

U

Urrutia Lleó, Manuel, 170

V

Valdia Valdes, Alberto, 211-12
Varela Castro, Manuel, 167
Vásquez, Felix, 175
Vega, Jaime, 146
Velazco Ordóñez, Ricardo, 14, 238
Ventura Novo, Esteban, 45

W

Walter, Francis, 246, 250-51, 251
Wieland, William, 266
Winchester cubano (fuzil), 103

Y

Yaranowski, Leonard, 27

Z

Zissen, Charlie, 25-26, 28

Este livro foi composto na tipologia Minion Pro
Regular, em corpo 11/16, e impresso em
papel off-white no Sistema Cameron da
Divisão Gráfica da Distribuidora Record.